碧海情天

民国通俗小说典藏文库·刘云若卷

刘云若◎著

中国文史出版社

直面人性的"小说大宗师"——刘云若

（代序）

张元卿

1950 年刘云若去世后，作家招司发文悼念，竟招来一些非议，认为不必为刘云若这样一位旧文人树碑立传。半个多世纪后，刘云若已"走进"中国现代文学馆，成了经典作家。现在中国文史出版社即将规模推出《民国通俗小说典藏文库·刘云若卷》，这说明刘云若这个"旧文人"的小说还是有价值的，至少可以提供更多的原始文本，读者可以从量到质做出自己的评价。

关于刘云若的生平资料，百度上已有一些，关注刘云若的读者多已熟悉，此处不再赘述。本文着重写我为什么认为刘云若是直面人性的"小说大宗师"。

20 世纪 40 年代，上官筝在《小说的内容形式问题》中写道："我虽然是不大赞成写章回小说的人，可是对于刘云若先生的天才和修养也着实敬佩。"郑振铎认为刘云若的造诣之深远出张恨水之上。这里所说的"天才"和"造诣"，指的应是作为"小说大宗师"的"天才"与"造诣"。

刘云若的小说虽在上世纪三十年代就风行沽上了，但那也只是

"风行沽上",影响还有限。1937年平津沦陷后,张恨水南下,刘云若困守天津,京津一带出现"水流云在"的局面,北京的一些报刊便盯住了刘云若,后来东北的报刊也向他"招手",于是刘云若便成了北方沦陷区炙手可热的小说家,影响开始扩展到平津以外的地区,盗用其名的伪作也随之出现,而他竟在这种混乱的局面中从通俗小说家变成了"小说大宗师"。

1937年9月,《歌舞江山》开始在天津《民鸣》月刊(后改名《民治》月刊)连载,至1939年5月连载至第十七回,同月由天津书局出版了单行本,这是天津沦陷后刘云若创作的第一部小说。此后,因沦陷而停载的小说《旧巷斜阳》《情海归帆》开始在《新天津画报》连载,卖文为生的生活得以继续。沦陷期间,他在天津连载的小说还有《画梁归燕记》(连载于《妇女新都会画报》)、《酒眼灯唇录》《燕子人家》(连载于《庸报》)、《海誓山盟》(连载于《天津商报画刊》)、《粉黛江湖》(连载于《新天津画报》)等。在天津连载小说的同时,北京的报刊也在连载刘云若的小说,先后连载的小说有《金缕残歌》(连载于《戏剧周刊》)、《江湖红豆记》(连载于《戏剧报》)、《冰弦弹月记》(连载于《新民报半月刊》)、《湖海香盟》(连载于《新北京报》)、《云霞出海记》《紫陌红尘》(连载于《369画报》)、《翠袖黄衫》《鼙鼓霓裳》(连载于《新民报》)、《银汉红墙》(连载于《立言画刊》)、《婀娜英雄》(连载于《新光》)等。从数量上看,在北京连载的小说超过了天津。张恨水离开北京后的空白是被刘云若补上了,因此读者才有"水流云在"之感。在沦陷时期,刘云若在东北的影响逐渐扩大,沈阳、长春的出版社开始大量出版刘云若的小说,东北的报刊也开始集中刊载刘云若的小说,《麒麟》杂志就先后连载了刘云若的《回风舞柳记》和《落花门巷》。与此同时,随着1941年刘汇臣在上海成立励力出版社分社，刘云若的小说开始成系列地进入上海市场，在抗战结束前先后出版了《换巢鸾凤》《红杏出墙记》《碧海青天》《春风回梦记》《云霞出海记》《海誓山盟》等小说。由此可见，沦陷时期刘云若小说的影响范围远超从前，几乎覆盖了整个东部沦陷区。这说明当时的读者是非常认可他的小说的。

那么，当时的读者为何认可他的小说呢？刘云若的小说素以人物生动、情节诡奇著称，沦陷之后的小说也延续了这种特色，但刘云若令读者佩服之处实在于每部小说程式类似，情节人物却不雷同，因而能一直吊着读者的胃口。情节人物的歧异处理虽然可增加这种类型化小说的阅读趣味，但立意毕竟难有突破，因而多数小说也还是停留在供人消遣的层面。如《歌舞江山》主要写督军"吕启龙"和他的姨太太们的种种事迹，书中写道：帅府"简直是一座专演喜剧和武剧的双层舞台，前面是一群政客官僚、武夫嬖幸，在钩心斗角争夺权利，后面是一班娇妾宠姬，各自妒宠负恃，争妍乞怜。外面趄趄桓桓之士，时常仿效内庭妾妇之道，在宦海中固位保身；里面莺莺燕燕之俦，也时常学着外间的政治手腕，来在房帏间纵横捭阖"。此书之奇在于写出了"帅府"的黑幕空间，讽刺意味自然亦有，但除此之外，读者欣赏的还是情节人物之新颖。再如《婳婳英雄》，小说写汪剑平从南京回天津，从公司分部调回总部，并准备与未婚妻举行婚礼。回到天津后，未访到未婚妻棠君，却意外地在舞场看到她同一贵公子在一起。回到旅馆后，才看到未婚妻留言，说要解除婚约。后汪结识暗娟姚有华，适公司要开宴会，汪便请姚扮作他的太太参加宴会。汪这样做是因为公司老板不喜欢未婚男士，这样一来就可以使老板认为自己结婚，不会因未婚而丢了工作。此后，汪经朋友张慰苍介绍同苑女士结婚。姚有华自参加宴会后，力图上进，恰见汪陷入命案，便思营救。她住到接近歹人的地方，想办法救汪，慢慢发现汪的朋友张慰苍夫妇竟是匪党，而与其一伙的文则予就是陷害汪的人。就在此时，张氏夫妇设计灌醉有华，文则予趁机将有华侮辱。后有华被卖作暗娟，又利用文则予对自己的感情逃出。在路过警察局时，有华大喊捉贼，文被捉进警局，供出自己就是谋害汪的罪犯。至此，真相大白，汪出狱，有华却不再准备嫁人。苑女士在汪入狱后生活贫苦，继续做起舞女，却被一客人侮辱，受其摆弄，不得与汪重圆旧梦。有华看到汪和苑女士这种景况，又请人撮合，欲挽回他们的夫妻情缘。小说结尾写有华"宛如一个'杀身成仁'的英雄，情场中有这样伟大的心胸，而且出于一个风尘中的弱女子，称她为'娓婳英雄'，谁曰不宜？至于剑平出狱后，理宜对有华感恩入骨，能否善处知己，报答深情，以及苑娟能否摆脱季尔康的羁绊，和剑平重偕白首，只可让读者们细细咀嚼，作为本书未尽的余波了"。小说命意如此，读者亦甘愿在此多角情爱中享受"过山车"般之沉醉。不可否认沦陷时期的读者需要这种"过山车"般的沉醉，而刘云若的小说最能满足他们的这种阅读需求，因此风行一时，也毫不奇怪。然而，令人奇怪的是刘云若在写作这类小说时竟能写出《旧巷斜阳》这样引起社会轰动的小说。

《旧巷斜阳》主要写下层贫苦妇女谢璞玉人海浮沉的故事。璞玉的丈夫是个瞎眼残废，有两个未成年的孩子。为了生活，她只好去餐馆做女招待。其间，偶遇王小二，一见倾情，几欲以身相许，但她苦于已为人妇、人母，痛苦地徘徊在丈夫和情人间，"几把芳心碾碎，柔肠转断"。此后，丈夫发现她的隐情，为成全她和王小二，独自出走。王小二为此深怀自责，忍痛南下。璞玉此时贫苦无依，只好移往贫民窟。在失身地痞过铁后，被卖作暗娟，又为张月坡侮辱，几番沉沦。后经搭救才跳出火坑。其时，王小二回津做官，两人再度相逢，经柳塘说项，遂成眷属。可惜不久督军下台，王小二身受牵连，亡命天涯。璞玉只好依附老名士柳塘过活。柳塘晚年因发现妻子与人私通，而更加厌恶尘世生活，遂南下寻见王小二，相携出家。柳塘老宅日渐荒芜，璞玉和柳塘夫人相依为命、孤苦度日。在刘云若的小说中，《旧巷斜阳》的情节并不算太繁复，论奇诡还比不上《姽婳英雄》，但在刻画人物上，特别是对璞玉的刻画却极为成功，在连载期间《新天津画报》头版头条就常刊发评说璞玉命运的文章，最后竟转化为探讨妇女命运的大讨论，以至于 1940 年 8 月天津文华出版社出版单行本时，在"作者自序"和正文之间加印了"《旧巷斜阳》引起的批评讨论文字选录"，这在现代通俗小说出版史上是不多见的。加印的讨论文章共九篇，分别是榕孙的《谈谢璞玉》、彝曾的《再谈谢璞玉》、榕孙的《答彝曾先生——代王小二呼冤 替谢璞玉叫屈》、趾的《与云若表同情——璞玉所遭愈苦 愈足以警惕人心》、葛暗的《关于璞玉问题的平议》、摩公的《云若的公敌 为璞玉请命》、丁太玄的《响应宗兄丁二羊》、聊止的《关于璞玉获救的感想》、一迷的《关心妇女生活者应大批营救璞玉》。

这九篇文章大都发表于连载《旧巷斜阳》的《新天津画报》，大致能反映当时读者的看法。榕孙《谈谢璞玉》写道："谢出身微贱，居然出污泥而不染，能不为利欲所动，洵不失为女侍中典型人物。……深盼刘君能兜转笔锋，俾谢氏母子得早日出诸水火，则璞玉固未必知感，而一般替他人担忧之读者实感盛情也。"这说明璞玉在小说中的处境引起了读者的怜悯，他们不忍见"出污泥而不染"之人继续遭罪。而彝曾《再谈谢璞玉》表达的是另一派读者的意见："日前榕孙君《谈谢璞玉》一文，请作者鉴佳人之惨劫，怜稚子之无辜，早转笔锋，登之衽席，实为蔼然仁者之言，先获我心，倾慕曷已。不佞所不敢请者，因璞玉以一念之差，叛夫背子，再蹈前辙，沉溺尤深，作者非必欲置之于万劫不复之地。但揆诸人情天理，设不严惩苛责，何以对其恝然舍家之盲目夫婿，更何以点出一班将步璞玉后尘之芸芸众生。是则璞玉之遭垢，有为人情所必至，而天道所欲昭者矣！"显然这派读者觉得璞玉"叛夫背子"应受严惩。趾《与云若表同情——璞玉所遭愈苦 愈足以警惕人心》和《再谈谢璞玉》观点相近，他觉得虽然"在报上发表文字，一再向云若警告，或请求设法把璞玉救了出来"，但作者不必就将璞玉救出，他的理由是："但鄙人看来，现社会中像她这样堕落的女子，不知凡几。虽然堕落的途径不同，其原因无非误解自由，妄谈交际，以致身隐危境，无法摆脱，遂演出背叛尊亲，脱弃家庭，夫妇离异，以及淫奔私会奸杀拐卖种种不幸的惨剧。她们所受的痛苦，往往比璞玉还要来得厉害。所以著者正好拿假设的璞玉来做牺牲品，把她形容得愈苦，愈足以警惕人心，使那些醉心文明、误解自由、意志薄弱的青年女子，以璞玉做一前车之鉴，以收惩一警百之效，其有功于世道人心。正风移俗，自非浅鲜。"一迷的文章更是直接喊出了"应大批营救璞玉"的呼声："我们知道《旧巷斜阳》里所描写的低级娼寮，是真有那个去处。在娼寮里受着非人生活的女人，其痛苦情形或许十倍于作者之所描写，但是无人想到她们，只知关心璞玉，这是多么不合理。"又说："这里我们应该谈到文学了。譬如一则新闻，记载璞玉的故事，便不会如《旧巷斜阳》所写可以感人。假若关心妇女生活的当局（如新民妇女会）由璞玉想到那些在地狱里受罪的女子，而设法大批营救，则《旧巷斜阳》不是一部泛泛的小说了。"由对小说人物命运的关注，逐渐转到营救当时像璞玉"在地狱里受罪的女子"，一部小说能有这样的社会影响，首先说明它触及了当时黑暗的现实，起到了为时代立言、代无告之人控诉的作用。能产生这样的社会效果的作品，在号称文学为人生的新文学作品中也很少见，因此有研究者认为"作为一个旧时代的通俗小说作家，且在日伪高压政策的钳制下，能够写出如此惨烈之书，引发出如此严肃的社会问题，我们今天怎能用一个'鸳鸯蝴蝶派'的概念去解释他"。我想刘云若之高明，就在于能活用社会言情小说程式，他可以依照程式写很"鸳鸯蝴蝶"的通俗小说，也能利用程式写出超越"鸳鸯蝴蝶"味的小说人物，最终用经典的人物形象超越了程式，也就脱"俗"入"雅"了。当时有评论者认为"刘云若可称得起中国南北唯一小说大宗师"，这显然没有把他当作鸳鸯蝴蝶派，而直接说是"小说大宗师"。刘云若是否称得起是"小说大宗师"，暂且不论，但这称号是在《旧巷斜阳》发表之后，而且是针对这部小说而提出的，这至少可以说明在当时读者眼中，能写出《旧巷斜阳》就称得起是"小说大宗师"。

那《旧巷斜阳》何以能体现出"小说大宗师"的功力呢？

《关心妇女生活者应大批营救璞玉》发表于 1940 年 3 月 16 日的《新天津画报》。此后，《新天津画报》又陆续发表了一批评论《旧巷斜阳》的文章，读者的讨论一直持续至年末。8 月 22 日，作家夏冰在《读〈旧巷斜阳〉有感》中坦言《旧巷斜阳》是现在最受欢迎的小说。8 月 23 日，报人魏病侠在《读〈旧巷斜阳〉之后》中认为刘云若小说之所以能特受欢迎，除了"设想用笔"等处外，还有两点："一、其所描写者，均为现代人物，以及现代社会上各方面之事态；二、其所叙述各社会上之情事，每多其亲身经历，或随时留心调查之所得。有此两种原因，自能使读者均感其亲切有味，与寻常小说家言，大相径庭矣。""设想"，主要指情节，璞玉落水的情节自然是精心营造的，但璞玉被救之后的情节却并不出彩，柳塘和王小二一起出家的结局也很老套，因此魏病侠没有多谈"设想"。至于"用笔"，白羽和周骥良的观点最有代表性。白羽认为刘云若"写情沁人心脾，状物各具面目"。周骥良认为："刘云若笔下的那些被侮

7

辱与被损害的女性，个个血肉丰满、呼之欲出。单是一部《旧巷斜阳》，揭露那些被欺压的女性挣扎在毁灭的深渊中，就足以和影响颇大的日本电影《望乡》相提并论。读作品读的是作家的文字功夫，有如看戏看的是演员演技，看球赛看的是球员球技。刘云若的文字流畅如行云流水，读起来既自然又舒服，不掺半点洋味，有中国传统文字之美。"他们二位的评论相隔近六十年，这说明刘云若的"用笔"不仅被时人称颂，也为后人所赞赏。以《旧巷斜阳》为例，我以为刘云若描写胡同环境和璞玉心理的"用笔"确实具有"小说大宗师"的功力。

魏病侠认为刘云若受欢迎的地方是所描写者为"现代人物"，所叙故事"每多其亲身经历"，这其实是强调作品的写实性。鸳鸯蝴蝶派小说的兴起很大程度上靠的就是写实，《玉梨魂》《北里婴儿》能引起读者关注，也是因为所写是"现代人物"，故事"每多其亲身经历"，而后来之逐渐式微，关键不在章回体的束缚，而在作家背离了写实的原则，人物无现实依据，故事少真情投入，一味以情节和色欲迎合读者。说刘云若是鸳鸯蝴蝶派，也不是没有道理，但要说明他继承的是早期鸳鸯蝴蝶派的衣钵。而称他为"小说大宗师"，超越鸳鸯蝴蝶派，则是因为刘云若的写实虽继承了《北里婴儿》《倡门红泪》的传统，却不局限于展示"北里"、"倡门"中的不幸，而是在更为广阔的社会生活中描摹不幸人生的种种人情世态，不仅让读者吃惊，有时也能令读者发笑。平凡人生因此而变得立体可感，成为蕴蓄时代情绪的历史画面，小说因此有了史诗的意味。人情世态的核心是人性，能让平凡人生立体可感，关键在于能否写活平凡人生的人性。夏冰在《情海归帆·序》中写道："盖云若之笔，善能曲尽事情，尤详于市井鄙俚之事，如禹鼎燃犀，无微不至。"所谓"曲尽事情"、"无微不至"，其实就是表彰刘云若能让平凡人生立体

8

可感。张聊止称刘云若为中国的莫泊桑，也是在表彰刘云若能让平凡人生立体可感。姚灵犀认为刘云若"应与兰陵笑笑生、曹雪芹相颉颃"，还是表彰刘云若能让平凡人生立体可感。这些评论者都没能明确地从刻画人性的角度来肯定刘云若，而真正认识到刘云若人性书写价值的还是当代的一些研究者。

毛敏在《津门社会言情小说家刘云若论》中写道：

> 刘云若遵循艺术美丑皆露的原则，对人性的复杂性做了深刻的挖掘，他十分注意人物恶极偶善的可信性，以及本性难移的必然性，力图展现人物性格的多面性和复杂性。他对人性阴暗面的揭露又是不遗余力的，《旧巷斜阳》中大杂院里刘三家妓女出身、后来做了官姨太太的外甥女雅琴来探亲时，各家各户像迎接贵宾那样恭候她的到来，那种奴颜婢膝的神态将其劣根性展现无遗。刘云若批判穷人只美慕富人，对同类穷人没有同情，譬如车夫，"一个人穷到拉车，也就够苦了……做车夫的应该可以同病相怜了，然而不然，个中强凌弱，众暴寡，以及拉包车的欺侮拉散车的，拉新车的鄙视拉旧车的，能巴结上巡警的，就狐假虎威，欺压同行，能拉上阔座的，就趾高气扬，鄙夷同伙，诸如此类，直成风气。我们看着以为一个人穷到拉车，也就够苦了，竟还有这等现象，实在可鄙可怜！然而这正是整个社会的缩影啊"。这种对国民劣根性的批判是对二十年代鲁迅小说改造国民性主题的继续，并且把鲁迅小说的题材从农民扩展到市民，不过刘云若不同于鲁迅以启蒙精神战士的姿态来审视他笔下的对象，他没有过启蒙者的经历，他是以与对象同一的眼光来体察他笔下的对象，在批判他

们的精神病态的同时，又充满了默默的温情，从而表现出不同于鲁迅小说的深沉冷竣的另一种温婉幽默的风格。他将触角伸向繁华大都市中为人所遗忘、平日蜷缩在肮脏灰暗角落中的贫苦市民，挖掘褴褛衣衫下熠熠生辉的人性。《旧巷斜阳》中底层妇女谢璞玉因生活的逼迫而沦入娼门，出卖肉体和灵魂，过着悲惨不堪的生活。同样生活悲苦，却因一笔小小的意外之财而得以第一次嫖妓的人力车夫丁二羊对她产生了深切的同情。刘云若用洗练生动的文笔勾画出了丁二羊那衣不蔽体、食不果腹的艰苦生活境况，衬托出他第一次嫖妓的机会得之不易。谢璞玉因难以忍受他的污浊不堪而对他婉言相拒，丁花了"巨资"而未完成心愿不但没有恼怒反而对谢流露出极大的同情。他说道：

"可怜，可怜！我原先只道世上最可怜的，数我们车夫了，为奔两顿饭，不管冬天夏天，都得舍命地跑。热天跑得火气攻心，一个跟头栽倒，就算小命玩儿完；冷天呢，没座儿的时候，在街上能冻成银鱼，有了座儿，拉起一跑，又暖和过了头，通身大汗直流，到地方一歇立刻衣服都成了冰片，冰得难受，还须上僻静地，把冰片挫下来，你想这是什么罪过儿？可是若有两天进项不错，就可以歇天工，玩玩乐乐谁也不能管，你们……"

生活的悲苦令人发指，令人忍不住要控诉社会的不公，可下层娼妓的生活比车夫更苦，自身生活都难以确保的丁二羊费尽心思要把璞玉从火坑里拯救出来，虽然璞玉因此掉入更深的火坑。刘云若在这里深刻地写出了劳动者对妓女的同情，表现了底层人民内心的美好品质以及他们之间的惺惺相惜，揭示出人性的美好的一面。既批判又认同于

小市民，这包含着他对小民百姓卑微和平庸生活的深深理
解和同情，也是对人生的正视，正视人生的凡俗性质。

我认为刘云若能用小说"挖掘褴褛衣衫下熠熠生辉的人性"，就
足以说明他已具有"小说大宗师"的功力，而他"挖掘褴褛衣衫下
熠熠生辉的人性"时所呈现出的"温婉幽默的风格"，就是"小说
大宗师"的气派。

钱理群等在《中国现代文学三十年》中对刘云若《红杏出墙
记》的通俗性和现代性都做了分析，认为它对人性的表现，"也是超
乎以往任何一部通俗小说（包括张恨水）的"。这还是在通俗小说
范围评论刘云若，但这部论著至少注意到刘云若很早就开始写人性
了。可是刘云若写人性的变化，这部论著没能指出。《红杏出墙记》
写人性基本是在"揖让情场"上做文章，立意还不深刻，人性刻画
还从属于情节，而不是写作的中心，因此也只是"超乎以往任何一
部通俗小说"，还不足以与新文学阵营的小说一较高下。可《旧巷斜
阳》一出，它前半部写璞玉，已是情节从属于人物，人性刻画已是
写作中心，褴褛衣衫下的人性被刻画得熠熠生辉，其价值早已经超
过了以消遣为主旨的通俗小说，而具备了严肃小说的艺术特征，足
可与新文学名作一较高下了。刘云若能在沦陷时期写出《旧巷斜
阳》，自然得力于他长期关注人性问题，但家园沦陷的现实刺激无疑
加深了他对人性的思考。而面对现实的无可奈何，让他的"用笔"
于温婉幽默中更加平静质朴，这便贴近了莫泊桑的风格。因此，家
园沦陷的现实无疑是促使刘云若从通俗小说家转化为"小说大宗师"
的历史契机。

尽管沦陷时期刘云若的小说整体上还属于通俗小说，卖文为生
的生活不允许他只做"小说大宗师"，但他在写作《旧巷斜阳》时

所积累的艺术感受并不曾因此而泯灭。抗战胜利后，刘云若写出了又一部能代表其"小说大宗师"水准的小说《粉墨筝琶》。孙玉芳认为刘云若塑造了一系列女性群像，"其中以女招待璞玉（《旧巷斜阳》）和伶人陆凤云这一形象（《粉墨筝琶》）最为复杂生动。抗争与妥协，自尊与虚荣，生命的悲哀与人性的弱点，全都彰显无遗"。陆凤云的形象塑造之所以复杂生动，除了伶人这一角色赋予的特定内涵外，也得益于璞玉这一角色提供的营养。作为伶人，陆凤云自有多情妩媚的一面，但作为普通人，她又有软弱犹豫、随波逐流的一面。刘云若写陆凤云作为普通人的一面时，就借鉴了璞玉身上软弱犹豫、随波逐流的特征。但作为在江湖上闯荡的伶人，陆凤云在多情妩媚和软弱犹豫之外，还有刚烈正直的一面。《粉墨筝琶》中出城一节，就显示了陆凤云作为乱世佳人刚烈正直一面。孟子曰："人性之善也，犹水之就下也。人无有不善，水无有不下。今夫水，搏而跃之，可使过颡；激而行之，可使在山。是岂水之性哉？其势则然也。"然而势终不能变其性，才见人性之光辉。陆凤云处乱世而不失刚烈正直之性，正是刘云若在沦陷时期就用心刻画"熠熠生辉的人性"的延续与升华。璞玉是顺势而不失其良知，凤云是逆势而卓显其刚烈，均能势变而不失其性，可谓乱世两佳人。佳人不朽，云若亦不朽。

刘云若在《粉墨筝琶·作者赘语》中写道："作小说的应该领导青年，指示人生的正鹄，我很想努力为之，但恐在这方面成就不能很大，我或者能给人们竖一只木牌，写着'前有虎阱，行人止步'，但我也不愿作陈腐的劝惩，至多有些深刻的鉴戒。……至于我爱写下等社会，就因为下等社会的人，人性较多，未被虚伪湮没。天津《民国日报》主笔张枊石先生说我善于写不解情的人的情，这是我承认的，因为不解情的人的情，才是真情，不够人物的人，才是真人。"幸而刘云若没有积极的"领导青年"的意识，也"不愿作陈腐的劝惩"，才使得他既不同于新文学作家，也不同于通俗小说家，对雅俗均能保持清醒的距离，内心却别有期许："比肩曹（雪芹）施（耐庵），而与狄（查尔斯·狄更斯）华（华盛顿·欧文）共争短长。"

天津作家招司和石英都曾用"淋漓尽致"来称赞刘云若刻画人物的功夫，不知他们在称赞之时，是否意识到与他们"擦肩而过"的是一位混迹于市井的"小说大宗师"？如今，读者面对刘云若的这些小说作品，是否会觉得"小说大宗师"迎面而来呢？

一切交给读者，交给历史，我想刘云若有这样的自信。

2016 年 10 月 19 日晚于南秀村

目　　录

第一回

白发灯前泪两代恩怨
红颜梦里情三生儿女

话说在一个薄暖轻寒的暮春三月，北方的节候虽比江南稍晚，但是天津英租界达文斯路上，各富室庭园中的桃花，都已开了。

黄昏时候，天边娟娟的蛾眉样月儿，掠过了一家楼窗外的桃花枝头，射入窗内，照映着两个滚圆光亮的老人头颅，在月影灯光中相对摇动。这两个老人都在六十岁上下年纪，正坐在起居室里，作饭后的闲谈；但说话声音都带着怒气，直如吵架一样。

一个老人面瘦身长，双目闪闪有光，似乎什么都能看透一样；加以眉毛浓重，鼻端高峭，都显出他是个性格坚毅的人。只是下面配了一张圆形的嘴儿，唇上又有很整齐的苍黑胡子，调节了眉目的浓重，并且显示出他在中年以前还是个俊秀人物。他身穿蓝色葛袍，洁净整齐，毫无褶皱；双袖倒挽起，露出里面的衬褂，其白如雪。头上秃得只剩了百十根头发，还梳着分头；只可恨灯光简直不以那几根稀疏的头发为意，头儿每一摇动，灯光便在他头皮上闪烁起来。

这时他正立在绿绒沙发之前，连连拍着桌子，头儿也频频前后晃动，似乎突然给电灯增加了几支烛的亮光。他高声叫道："那不成！那不成！谁也不能拦我！你更不能拦我，你是我最要好的老朋友，难道就忍心瞧着我的孩子受那臭唱戏的女人之害么？这件事你只能帮忙，不能阻挠！寿岩，你记着，这件事情要是坏在你身上，咱们十几年的老交情就算完了！"

这时那另一位被唤作寿岩的肥胖老人，正半躺半坐地倚在宽大的睡椅上，那睡椅的面积平放两个人都有余，但这老人身体夹在中间，尚觉转侧不能自如。他的头秃得更为干净，连一根短发都没有了；胡须也剃得干干净净。脸上因为肌肉过于发达，衬托得五官无不奇小，鼻头几乎淹没在隆起的两颊之中；尤其是两只眼睛，在发怒时尚可寻觅，到发笑时便临时退隐了。那头儿似乎是用什么正圆的模型铸成的，而且全部是流线式，凡是高出突起足以阻碍风力的部位，几乎全掩藏在肥肉里面。但他鼻上还架着眼镜，身上还穿着西装，就更显得臃肿可笑了。他听了那瘦老人的话，忽然作声道："你是胡闹！我一定反对到底！"

他说着便要挣扎坐起，无奈身体太笨，像臭虫跌翻了身，手脚向天蠕蠕地蠢动着，半响才直起腰坐稳。又嘘嘘喘了一会儿，他才发出像盖在酱瓮里似的哑闷声道："渭渔，我劝你可是好意。你的孩子当然应该管束，可是你只管束蓉湄好了，怎可以毁害人家那唱戏的女孩子呀？渭渔，咱们兄弟都这样大的年纪了，我可不能看着你做有伤阴德的事不管。你细想想吧。"说完就把手抚摸着颈后三个肉岗，渐渐从眉下肉缝中露出细长的眼睛，瞧着渭渔。

渭渔见他乌珠出现，知道老朋友将要发怒，忙低声委婉地说道："寿岩，你的道理很对。只是蓉湄似乎着了那女戏子的迷，劝告无效。他也二十岁了，我只这一个儿子，又可怜从小儿没娘，难道我就忍心于拿出严父的样子……"

寿岩不等他说完，就把手里的雪茄一丢，大怒道："哦，你不忍心管自己的儿子，又何忍心去毁人家的女儿？这是什么居心？咱们相好十几年，今天才算认识了你！"说完喘吁吁地立起，伸出手道，

"握握手再见吧!"

渭渔面色突变,叫道:"大哥,我所以这样做,也有难言之隐啊……"

寿岩鼻中本来就总是在哼着气,此刻更大哼一声道:"什么难言之隐,简直损人利己!说痛快话,你若不改变这个计划,就不要再认我这个朋友!"

渭渔还未答话,忽然一个仆人进来,垂手禀告道:"少爷回来了。"

渭渔道:"在哪里?"

仆人回道:"在楼下书房里。"

渭渔说:"叫他来!"

仆人应声方要出去,寿岩叫住道:"下去让人准备好我的汽车,我这就走。"

渭渔摆手道:"你去吧,郭大爷不走。"仆人这才出去了。

渭渔扶寿岩坐下,说道:"大哥,稍迟我有下情回禀,你且不必疾恶如仇。现在你先安坐一会儿,等我再问问蓉湄,倘或他回心听我的劝告,岂不万事皆休了?"

正说着,便听到外面履声橐橐,渐听渐近,渭渔向寿岩使了个眼色。这时一个英姿飒爽的西装青年,飘然走入。他先向寿岩鞠了个躬,叫了声老伯,又向渭渔叫了声爹爹,然后立在一旁。

寿岩似乎因十分喜爱这个少年,把方才的气都消了,直眼儿瞧着他嘻开嘴笑。只是他笑时便得闭眼,张眼又不利于展笑,二者有些不可得兼。于是他眼闭一闭,嘴张一张,眼张一张,嘴闭一闭,那样儿非常艰难。

渭渔且不说话,先点燃了一支雪茄,吸了一口,才说道:"蓉湄,你的岁数已不小了,我也到了这把年纪,希望都寄托在你一人身上。咱们父子相依为命，你除了我还有谁？我除了你又还有谁？你也想想吧，自从去年你大学毕业，已半年了，却一直被那唱戏的林影梅迷着，什么事也不想做。我这做父亲的并不是老顽固，向来并不强迫于你，而只是劝告，至今劝也劝过十多次了，你还是执迷不悟。现在我再问问你，你到底想要怎样？"

蓉湄面白如纸，似乎神经震动非常，半晌没有作声。

渭渔道："你可说话啊！随你说出什么，我也不责备你。"

蓉湄望望寿岩，又看看父亲，才低头颤声答道："爹爹，你原谅我，我实在不能抛弃影梅。"

渭渔冷笑道："我真不明白，一个唱戏的，何致迷你到这种程度！"

蓉湄道："她高尚得很！虽然唱戏，却绝不像普通伶人。"

渭渔道："哦，居然这样好？你可常同她相处？"

蓉湄道："不，我只常常看她的戏。"

渭渔笑道："只看戏就看出她的高尚来了？莫非因为常看她在台上扮贞妇烈女么？"

蓉湄突然掩面道："爹爹，别这样说。我也不知为什么，从第一次看见她，就觉得没有她，我就不能生活……"

渭渔道："这么说，你是非娶她不可了？"

蓉湄没有作声，但在态度上似乎默应了一个"是"字。

渭渔又道："倘若我不许你娶她，你也要强拗着达到目的了？"

蓉湄凄然道："爹爹，我绝不忍心那样做。你若不允许，我宁可伤心一辈子，永远独身下去，也不敢违背你的意思。不过你可怜……"

渭渔抢着道："又是要我可怜你们，成全你们么？咳，你是迷住心窍了！我的阅历总比你深，娶戏子妓女因而丧命败产的我见得多了。因此我知道，如果我可怜你，便是害你。即使允许你娶那林影梅，你也不会有好结果，不仅要害得你身败名裂，而且此事也万难长久。你仔细想想我的话吧！"

蓉湄仍然默无一语，沉寂了半晌。渭渔脸上表现出绝望的神色，淡淡地说道："好，你去吧。"蓉湄还不肯走，渭渔又道，"你不必愣在这里，我还要和你老伯谈件正事。"蓉湄这才慢慢退了出去。

渭渔望着他的后影，忽然浓眉紧锁，自言自语地说道："这可没法子了，孩子，你逼我做亏心事，我不得不……"说着又一顿足，便立起走向台边上，拿起电话耳机拨号码。

郭寿岩问道："你做什么呢?"

渭渔皱眉切齿地说道："蓉湄的话，你都听见了。他这样意志坚决，我除了釜底抽薪，还有什么法子? 现在我只能按我那预定的三条计划行动了。"

说着电话已叫通了，便高声道："喂，你是宝和栈么? 赶快到十八号房唤胡黑子说话……你不必问我是谁，快叫他来! ……"

才说到这里，手中的耳机已被寿岩夺将过去；渭渔面赤目张，望着寿岩道："你……你……"

郭寿岩也沉了脸儿，把耳机啪地放到话匣叉上，紧握肥拳，捶着桌边，厉声说道："我不能瞧着你做坏事! 那林影梅自在戏院唱戏，并没到你沈府上来勾引你儿子，是你儿子去自投罗网! 到现在你为保全儿子，竟要去害人家无辜的女儿，简直是伤天害理! 渭渔老弟，我是念着老友情谊，不忍让你造孽。你若非做不可，我今天就跟你拼了这条老命!"

郭寿岩说着，头颅涨得似紫茄一样，随手在案头抓起一本书，向胸前狂扇不已。渭渔这时的脸色由赤转青，僵立如石像，瞪眼望着墙壁上的画镜，沉默无声。

过了半晌，郭寿岩又缓和了态度，婉转劝道："老弟，你是读书人，应该知道'彼亦人子也'的道理，不要太袒护自己的儿子了，林影梅是江湖上的薄命人，已经够可怜的了，哪还经得住你这样有计划的摧残？咱们都已年近花甲，固然希望子孙成人，可是另一方面也要求个盖棺时能良心安稳。你要……"说着说着，忽见渭渔那如痴的双目中，涌出两滴痛泪，不由大惊叫道，"渭渔，你怎么了？这……"

渭渔摇头长叹一声，忽然向房门走去。郭寿岩以为他要出去，忙叫道："老弟，你回来！我的话让你伤心了？得罪你了？回来。"

渭渔走到门边，却不出去，只把门关紧，又上了插销，才走回到寿岩面前，握住他的手凄然说道："大哥，你责备得是。大约你心里在想，今天才知沈渭渔是个坏人。不过我今日要做坏事，乃是二十年前种下的因果，叫我不得不然。"

郭寿岩搔着秃头说道："我只劝你不要为保全自己儿子，反去阴谋伤害旁人，你何必扯得这么远？"

渭渔脸上挂着眼泪，苦笑道："你口口声声怪我袒护自己的儿子，可知道……蓉湄……并不是我的儿子，……而且也不姓沈么？"

郭寿岩听了，好似听见外面响了炸弹，突然向后倒退，跌坐在沙发上，压得沙发喀嚓一声，从中折断，幸亏距楼板甚近，并未跌倒。他直似坐到地上，双腿前伸，头颅仍放在靠背上，就像并未察觉似的，仰面叫道："咦，你胡说！蓉湄从三岁我就瞧他长起来，怎么会不是你的儿子？"

渭渔摇头叹道："我把二十年来的秘密对你说了吧。恐怕你听完定要立刻和我绝交，那我也顾不得了。你且起来。"郭寿岩仍仰在折毁的沙发上，摆着手道："我这样倒舒服，你快说。"

渭渔拉了张小椅，坐到他对面，咳了两声，才悲声说道："这是

6

我二十年来的隐私，也可说是恨事，今天第一次向人泄露。从前十余年咱们开始订交起，你曾屡次劝我再续鸾胶，我都谢绝了，你那时怪我固执，常常询问原因，我也不肯奉告。大约到现在你还纳闷吧。今天可以完全地解释一下了。至于我说完以后，你能不能因哀怜而原谅我，那全在大哥吧。"

郭寿岩闭上眼说道："你说好了，咱们老兄老弟，哪有这些闲话可讲。"

渭渔手足无措似的从案上摸起一块水晶镇纸，双手抚摸着，又开口道："提起当年的事，我是太不成器了。二十年前，我在北京财政部做个小科员，部里有位同乡的科长李旭初，和我交情甚厚，我常常到他家去盘桓。旭初的夫人名叫常绮雯，是京师女学最早的毕业生，美貌多才，性情又十分贤淑。那时她已生了一个儿子，乳名蓉儿，他就是现在你所知道的我的儿子蓉湄。"

郭寿岩听到这里，突然睁开眼缝，望着渭渔，似乎张口要叫，但又怕搅了渭渔的话头，只哦了一声，又闭上了眼。

渭渔接着说道："现在我说起这件事，实在自觉羞耻，但又不能不说。那时我和绮雯一见面便如遇到了五百年前的冤家，都萌生了不能自制的爱情。不过起初还都以礼自范，没有做出出格的行为。

"哪知造化弄人，定要把我们推入罪恶的深渊。不久部中换了总长，我这科员位置较小，尚能继续当下去，科长却照例要随上峰进退，于是旭初便落了职。他宦海浮沉，毫无积蓄，加以家口累人，不能不急图出路。只因为有个亲戚在四川陈都督手下做道尹，他要去投奔，且预先用电报接洽好了，即将起程。但苦于道途太远，不能携眷，只可让绮雯母子仍留在北京，并且托我移住他家，以便照顾。我明知此事危险，不敢应承，无奈旭初恳求甚切，我也只好就应允了。

"等他走后，我便搬入他家，和绮雯母子住在一起，真不知是哪一世的孽缘，我在将近不惑之年时，竟与绮雯相恋了。她嘘寒送暖，蜜意柔情，弄得我不能自持，就做出了不可告人的事，居然权代了旭初的位置，左抱佳人，右拥稚子，享了经年的家庭之乐。不料在旭初走后一年，绮雯竟怀了孕，我和绮雯这才明白犯了大罪，日夜忧愁，不知这腹中一块肉，将来作何交代。

　　"偏偏无巧不巧，到绮雯胎满九月，行将分娩的当儿，突然接到旭初由四川寄来的快信，说是在蜀甚为得意，不日即将回京接眷，令绮雯早些预备。这么一来，我和绮雯更为惊惶了，只怕旭初回来，看见她大腹便便，定要造成悲惨的后果。于是我们用钱买通了一个媒婆，要她设法打胎。可那媒婆却有意需索，定要绮雯住到她家中，才好实施手术。我那时正值部中公忙，不许请假。只得让绮雯独自到媒婆家去。那媒婆给绮雯吃药，又做了许多手术。可胎儿坠了下来，竟是活的，原来月份一足，坠胎也等于生产。并且还是个女孩。

　　"绮雯见孩儿活着，反而为难，当时那媒婆自告奋勇，情愿代为收养。绮雯自然感谢，在媒婆家将养几日，回到家中，对我说那女孩不仅相貌和我相似，而且左手的小指和左足的小趾部都缺半截，也和我完全一样。我因她释去重负，稍放宽心，当时也没介意。

　　"过两日又接到旭初快信，言说川中起了战事，案牍纷纭，不克抽身北来，接眷之约，须延至数月以后。我和绮雯才又放下一层心事。

　　"绮雯产后月满，便商量和我同到媒婆那去看女儿。不料到了那里，女孩已经无踪，媒婆翻脸不肯承认。我俩欲待和她理论，无奈这是背人的隐事，怎敢声张？只可甘吃哑巴亏。回到家里，绮雯因产后着了气恼，加之又想起那女孩，定是媒婆贪利转卖于人，万不会落到好去处，于是愤郁焦虑，便染上了重病。缠绵床褥，一连数月，直已病入膏肓。而我却因为看护她而旷职日久，把职位也弄丢了，镇日只在病榻前以泪洗面。

"不料奇祸又自天而降。我们突然得了旭初同僚的电报，报告旭初因出川赴湖北办公，舟行巫峡时触滩沉没了，尸骨无存。绮雯听了这个噩耗，病得更加沉重，不数日便香消玉殒了……"

渭渔说着，频挥老泪。瞧寿岩时，他正把手掩住上半截脸儿，连常时的哮喘都停止了。

渭渔用手巾净了鼻涕，又接着说道："她死时便郑重把这无父无母的蓉儿托付给我。我从她死后，几乎完全失去了生趣。理完她的后事，我便想相随地下。但想起她的重托，觉得为这蓉儿也应忍苦活着。这才带着他到了天津，夤缘入了这银行界。

"不料上天竟护佑我这恶人，居然成就了这番事业。如今人人都知道我是富翁，又有个可爱的儿子，应是十分幸福的，哪知我整日为旧事而苦恼着，竟比死还难过呢？我把全副的精力和希望，都放在蓉儿身上，便是我的财产事业，也全是为蓉儿预备的。我过去负了死友，害了绮雯，又毁坏了一个女孩的命运。现在已是往者不可追了，我只希望把蓉儿教养成人，也算替旭初绮雯稍尽些心力，略补过去的罪恶吧。

"至于那个私生的女孩，我这父亲也实已无法挽救，只可把这遗憾放在蓉儿身上了。所以蓉儿在无形中，还承受了我一份追念那苦命女儿的感情。我对他要赎两层罪恶，怀两份爱情……"

说着，他几乎哭出声来："大哥，你叫我怎能严厉管束他啊？而且他若从此堕落，我不仅不能活，简直不敢死了。所以才想由那女戏子一方面下手。咳，这就是我袒护儿子的道理啊。"说完已是热泪泉涌，几乎要失声痛哭，但他只是屏着气呃了一声，就用袖子把脸掩住，翻身伏在台上。

郭寿岩突然出了一口长气，慢慢地坐起，眼睛还似发笑时那样闭着，但是眼角竟有了水迹。他呆呆地出了一会儿神，才用手支着地板，攀着椅足，挣扎立起，瞧瞧渭渔，摇了摇头，便从雪茄匣里取出一支吸着，在房中来回踱了半晌，慢慢地停在渭渔背后，面上现出怜恤的神色，拍着渭渔肩头叫道："老友，你是可怜的，我并不责备你的旧事。现在你的心术行为，我倒十分同情了。渭渔你坐好了，听我说。"

渭渔慢慢转过身来，颤声说道："大哥，你真能原谅我么？"

郭寿岩抚着他的臂膊，点头说道："不错，我原谅你。莫看我现在老而且丑，在少年时也曾经过许多情海波澜，很知道'情之所钟不能自已'这八个字，是千古不变的道理。古今多少圣贤豪杰，没几个能逃过这种关头。你和常绮雯的事，固然非礼，但也只能归咎于这八个字。何况是非都成过去，现在就不必谈了。只就我亲眼见的来说，你十几年来不近女色，以及对待蓉湄的情形，以前我还疑惑你有性情怪僻、吝啬钱财及溺爱儿子这几种毛病，今天才明白这都是补过的行为。拒绝续娶，是不忘旧人；教育蓉湄，是补报亡友，吝啬金钱，是替蓉湄计算未来。"说着又高声道，"老弟，我岂止不鄙薄你，而且更钦佩你了！"

渭渔听了反而羞愧难当，掩面说道："我没脸承受你的钦佩。大哥，你现在知道了我的旧事，请再判断我拯救蓉湄的计划，是应该还是不应该呢？"

郭寿岩沉吟着，只是弹着雪茄端上的残灰，少时忽拉着渭渔道："咱们仔细商量。我在原则上赞同你这番苦心，不过方法上似乎还可以斟酌。"渭渔随他拉扯，同他到一张沙发上坐了下来。

寿岩摸着秃头道："我总认为那林影梅无辜，你这办法过于毒辣。"

渭渔道：“我的办法是面面都顾到了的，你方才还没听明白，就大怒地反对起来。”

寿岩道：“那么你再说说吧！”

渭渔道：“这办法我都已预备妥帖，只等我发令实行了。第一步，用五百元买通林影梅的跟包胡黑子，叫他在林影梅所饮的水里，下些药物，使她嗓哑，不能上台。胡黑子已寻着真正的白马汗，饮下去立刻失音，现在只听我电话就下手。第二步林影梅平时有了疾病，总是请在河东住的马连璧大夫。这次影梅若突患嗓哑，必先延他诊治，我已用五千元买通了老马，叫他在药剂中暗放一种能使人聋瞽的毒品。这毒品是老马独自发明的，如今尚守着秘密。这两个步骤成功，林影梅就变成了完全的残疾，蓉儿绝不会再迷恋她了。”

郭寿岩听完，似乎又忍不住愤怒，叫道：“你把蓉湄保全了，人家女孩子这一世也就完结了。我……我还是不能……”

渭渔拦住他道：“方才你就是听到这里便叫起来的。你且沉住气，听我向下说。我并非真要把林影梅断送掉，老马的毒药是有解救的，使她聋瞽只是一时的事，白马汗却没有解法。不过胡黑子担保，除了因嗓哑不唱戏以外，绝对能够照常说话，只是声音低些，实际于她并无很大害处。”

郭寿岩摇头道：“不然，比如你的计划成功，蓉湄得救以后，当然你会设法使影梅耳目回复聪明。但你觉得这样就不造孽了么？别忘了她是以唱戏为生的，嗓子哑就不能歌唱，也岂不是断绝她的生路么？”

渭渔道：“我还有第三步呢。你可见过咱俩合办的大孚洋行里，新近由练习生升到帮大写的杨维刚么？”

郭寿岩点头说道：“见过，那真是个好青年，诚实聪敏，又生得好仪表，实在可爱。听说他父母早亡，以前曾贫苦到了极点。”

11

渭渔道："不错，他是我一手提拔起来的，四年前，有一天我的汽车夫病了，换了个少年来替工，就是这杨维刚。我见他仪表不俗，就和他谈了几句，哪知谈吐也迥非寻常，倒使我大吃一惊，就仔细盘问他的身世，才知道是个无父无母的苦孩子，曾在人家当过仆役，本年才求人荐入汽车行学徒。我因他朴质可怜，就发了善心，派人和汽车行交涉。取销学徒字据，又供他入商业学院读书。去年毕业后，便安置到咱们洋行里了。我留心考察过这年轻人的心术、才力及品行，觉得他件件都可以信任，才在上月又提升他一步，这便是我和他的关系。"

郭寿岩道："关于杨维刚，我认为是将来足以付托事业的人选，绝对无可疵议。不过你无故提起他做什么？"

渭渔道："我是向来不看戏的。你却偶然喜欢捧捧干儿干女，常到戏院去，当然见过林影梅，是不是？"

寿岩道："是的，我看过她两回戏，那孩子的确潇洒出尘，无怪乎使蓉湄迷恋。你始终没有看见过么？"

渭渔道："你几时见我看过戏来？十来年里除去今年同乡团拜，看过一回杨小楼的《五人义》，至于坤角则向来没领教过。"

寿岩忽忍俊不禁地笑道："咱们银行界不捧坤角的，大约也只你一个。好在蓉湄代表了你。"

渭渔摆手道："你别打岔。我且问你，杨维刚和林影梅二人若配作夫妇，是不是一件好事？"

寿岩恍然大悟道："哦，我明白你的意思了。"

渭渔道："你是明白人。我是想先把影梅弄成了残废，当然就失去了摇钱树的资格，她家便会不加重视。我再破费几千，买出她来，嫁给杨维刚。然后，请马连璧治好她的毛病。杨维刚将来定会升腾，影梅也算得了归宿，这样不是面面俱圆了么？"

寿岩凝思着道："这样我听了心里还舒服些，但是此中仍有可议之处。你既把影梅看作祸水，不肯让儿子娶她，为何又推给维刚呢？难道维刚就是前世注定倒霉的？"

渭渔吃吃地说道："她也未必便是祸水，或者能和维刚和谐……"

寿岩道："你这就太不讲恕道了。为蓉湄着想，你认为影梅是注过册的害人精；而就维刚着想，你又希望影梅或者是个淑女，你自觉说得下去么？"

渭渔长叹道："大哥不必逼迫我了，我自知道理不对，也是出于无奈。说实话，我只是把蓉湄看得太重，不愿他着一丝污点，蹈半分危险。把他和杨维刚比较，自然就显得我偏心了。倘将来维刚娶了影梅，遭遇不幸，我宁可拼老命来救他。但是现在即使有人担保影梅比列女传上人物还加倍贤淑，我也不肯让蓉湄冒险和她亲近，这就是我毫无道理的道理。大哥怜念我的苦衷，不要阻拦了。"

寿岩把肥拳搓着自己掌心，正色说道："蓉湄若是你亲生的儿子，你要这样做法，我一定先捶你个半死，再给林影梅送信，叫她告你个阴谋伤害罪，明天还要登报宣扬你的罪状。但是这里面既有这许多曲折，你的办法又还不十分伤德，那我也没法子多管了，随你办吧。可是要说到做到，不要把人家破坏完了，不管建设。我就是你的监察专员！"

渭渔苦笑道："大哥，你往后看吧，兄弟并非要做坏事，实是迫不得已。咱们半世交情，你总该知道我。"

寿岩点头道："不必废话，你快着手进行吧。"

渭渔迟疑了一下，便出去打电话，重新通知那在宝和栈住的胡黑子，叫今晚即行下手。打完电话，他又向寿岩道："再过一两点钟，第一步就成功了。胡黑子还约我到大华戏院，去看林影梅当场失音。"

寿岩顿足道:"你害死人还定要看着绝气么?何必这么残忍!再说那哑药也可改个时候,等唱完戏回到家里,再给她吃也不晚哪?何苦要害得她当场丢丑呢?"

渭渔爽然自失,忙再打电话到宝和栈寻胡黑子,哪知他已出门走了。寿岩叹道:"这也是那女孩子的一番劫数,不可挽回。但望天公见怜,不要太苦了她吧。"说着叹息立起,向渭渔道,"我要走了,明天再见。老弟你切记着,凡事要行吾心之安。"

渭渔直着眼,并不挽留,只呆呆地望着他走过去,又听他在楼梯边喊仆人搀扶下楼;稍迟门外汽车呜呜作响,渐行渐远,声音也归于沉寂。渭渔这才如梦初醒,突然发狂似的,捋着自己的稀疏头发,连连跳脚,一直闯出这起居室的门,进了卧室,从身边摸出钥匙,开了大保险箱,从箱里抽屉中取出一个美貌妇人嫣然展笑的半身照片,擎着注视,忽又扑地跪倒在地,望着那张照片叫道:"绮雯,绮雯,我已把力量用尽了,并且做了大恶事,你帮助我把蓉湄从迷途救出来吧。天哪!我可怎么是好啊?绮雯,绮雯,我的方寸都乱了……"说着说着,就痛哭起来。

正是:慎勿造因,佛说如是,情多成孽,人力难回。

后事如何,下回分解。

第二回

有味笙歌游丝缠柳絮
无情风雨玉笛落梅花

话说渭渔在家中卧室痛哭之际，也就是蓉湄到剧院包厢高坐之时。他从家中出来，便直奔大华戏院，坐在常定的包厢里，一面回想父亲的训诫，暗愁希望实现的渺茫，一面焦急地盼望时刻快到，好让林影梅出台，以慰隔日相思之苦，并且观看她今天初次露演的这一出新戏《香扇坠》。

无奈台上正唱着的是老生戏《捉放曹》，扮陈宫的主角，却是影梅的姐姐林影桃。这林影桃和影梅虽是姊妹，但生得面貌迥异，不仅不似一家之女，简直不像一国之人。影桃身材横宽，颇有外国人的风范，五官也不太匀称，眼是小三角形，鼻子没有来龙去脉，只在人中之上突起一个肉丘，鼻孔向外翻着，但是底下却配了一个血盆大口，模样实在丑得怕人。幸亏生了一副矮妇声高的驴样的喉咙，能唱须生。论她的技艺，想搭小戏园唱开场戏，也未必有人领教，只便宜她是影梅的姐姐，戏园请角既必须姐姐兼邀，便连带使她得到很好的位置。而且影梅唱得正好，声望和人缘儿，也能庇护这位姐姐，使看戏的人爱屋及乌，不加反对，所以她居然在第一流的大华戏院演唱倒数第二的戏码。

这时《捉放曹》正演到杀完吕伯奢的全家，影桃扯着嗓子假哭死人。蓉湄瞧着这不像样的陈宫，已经忍俊不禁，偏巧那扮曹操的花脸，又是个魁伟身材之人，相形之下，直似马戏场中长人和矮人的滑稽表演，满园客人，都在望着台上好笑。蓉湄因尊重影梅，觉得若鄙薄她的姐姐，便是对影梅的侮辱，但瞧着又真也忍不住要笑，只可低下头去看戏单，心里盼望着"曹操"、"陈宫"赶快下台。

正在这时，忽听旁边包厢中有人说道："真笑话，这种园子，这等票价，这个时候，还弄个狗熊在台上要，好没道理，要不为听林影梅的新戏，我立刻就走。"

另一个人道："这就叫小秃跟着月亮走——借光。她若不是好妹妹拉扯着，便是不要票价，外带管一顿消夜饭，谁也不会来听啊！"

先说的那个人又道："林影桃有一段笑话，你听说过么?"

后一个人道："没有。你是喜欢跟戏界来往的，知道的事多，说给我听听。"

那人道："这笑话真够笑半天的。大约是在去年吧，林影梅有病不能唱戏，直歇了半年，林影桃不肯闲着，就托人荐到中福小戏园去唱。她素常和影梅在一个台上，总是满座，有时捧影梅的主儿，也关着面子给她喊个好儿，再加外面一提她们姊妹，但说是林家二影，她因此就自觉比妹妹艺业还高，魔力还大。哪知到了中福戏园，一唱大轴，几乎叫座儿给哄下去，三天炮打完事。中福的经理鲍七是个有心路的人，想着日后邀影梅给自己赚钱，就在影桃身上下种儿竭力联络，居然没辞退她，只往前挪了戏码。影桃倒疑惑鲍七跟她有意，就用心思勾引。

"鲍七本是流氓，自然遇见便宜柴禾就捡，管她好烧不好烧！两人在旅馆睡了一夜。影桃以为自己被经理爱了，正可乘机会捞稍涨价，就对后台管事的要求把包银增加一倍。鲍七也真毒辣，不但没答应她，反而借这题目把她辞退了。影桃失身败事，吃了双料哑巴亏，还没法声张。就从那一次起，一直没人邀请，蹲在家里。到今年影梅病好登台，她才随着出世。这件事知道的人很少呢。"

蓉湄听了，觉得异常不快。

接着一个又问道："这样的丑鬼，居然有人赏识，还算罢了。那林影梅也像她这样滥污么？"

蓉湄听到这句话，不由心中一跳，将耳朵竖起来，只听那人笑道："对林影梅你可不要乱说，人家那才是出污泥而不染呢！这几年在天津，谁听到过她有坏名誉？"

后一个笑道："得得，你也中了女性梅毒了吧？何必替她辩护得这么干净？现在的女角儿，还不是一个味？谁不求人捧场？谁不邀人打牌？谁不用人制行头？这几件办完了，谁不得留人睡觉？偏你把林影梅又说得这么好咧，谁信呢？"

那一个似乎义愤填膺地道："你不信，我现在就给你一个凭据。你瞧对面第三厢里坐的那长瘦子，就是坐在两个女人中间的那个。"说到这里，台上忽然锣鼓大震，把语声压了下去，那人也就停住不说了。

蓉湄瞧台上正空着场，他以为《捉放曹》已唱完了，方自精神一爽，哪知绣帘再起，又出来"陈宫"、"曹操"，原来还带《宿店》呢！他心中惦着听隔厢说话，倒不甚着急，就把眼睛注视对面第三厢，只见那厢中坐着三个人，中间是个四十多岁的男子，身体特别细长，坐在那里，比普通人立着还高。还有些驼背，想必是鸦片烟瘾太深。两肩也极高耸，面色枯黄，尖嘴猴腮，嘴唇却黑得可怕，脸儿瘦成一条，却剃得十分干净，只显出两只大眼闪着无神的光。所差是睁着眼儿，若是合上，便是饿毙死尸一具。他口里却衔着一支大号雪茄，瞧着只觉雪茄特别粗大，脸儿特别瘦小。在他左边坐着一个三十多岁的妇人，描眉打鬓，梳着竖八字的头髻，面上脂粉甚厚，徐娘风韵，尚自妖妖娆娆的可人。右边坐着的一个极摩登的少女，短发烫作波纹式，上浅下深。颊上抹着黄胭脂，描着弯眉，画着眼圈，红唇涂成心形，口角下还点着黑痣，容貌也很光艳，另有一种含着洋味的荡气，是十足的电影明星派。下身衣服瞧不真切，都被上面的西红色短披肩遮掩住了，装饰衣服和左边妇人足差了二十年。瞧这三人很像父母和女儿，但看那少女对男子说话的冶荡情形，却又不像。

蓉湄一面瞧着，一面把耳朵注到旁边，只听那人在锣鼓略静时又接着说道："你瞧见了？这瘦人是在袁政府时代做过总长的王敬孙，如今他的儿子也是厅长，家产足有百八十万。他是最迷林影梅的一个，一直磨了两年，始终也没达到目的。像这样有财有势的阔老，旁的女角抢还抢不到手呢。"

另一个道："你别说了，我就不信。王敬孙既爱上她，拼着花几个钱买了她，岂不爽利，何必磨呢？"

那人又道："听说影梅的娘很混账，女儿又未必是亲生，若有人买，或者也能成功。不过影梅唱得正红，比如卖了能得三万，唱戏每月能得二千包银。唱上五年，岂不是十多万？她娘打了这种算盘，自然暂时不肯松手。王敬孙政客出身，多么精明，当然明白这个道理。于是他就另作打算了。你看王敬孙身旁坐的两个女子，那全是替他图谋林影梅的帮手。左边的是他的大姨太太，右边的是他的六姨太太。他利用这两位帮手，先去和林宅交接，大姨太太是旧式的人，又年纪稍大，专用去联络影梅的娘；六姨太太是摩登派，正当年轻，专用去和影梅姊妹凑合。他想从交情方面，慢慢来往，引影梅常到他家去，再设法笼络上手。哪知一年多了，影梅对这两位姨太太虽然很好，但是她永不到人家去串门，也不拜客。王敬孙枉费了许多心机，到如今也不过是得影梅叫了几声王先生罢了。你说林影梅可真该佩服么？我并非迷她，实是人家人格真高么！"

后一个道："果真如此，确是难得，不过你怎么知道得这么清楚呢？"

那人低声道："林影梅的跟包胡黑子，跟我沾点儿亲，这是他亲口对我说的。王敬孙还贿赂过他，只因为林影梅性情执拗，胡黑子也没法儿。"后一个听了才哦哦称是。

蓉湄方才听得那人竭力夸赞影梅，就像吃了顺气丸一样，说不出的痛快。暗想自己果然眼力不虚，影梅如此高尚，我真没错爱了，父亲咬定说影梅不好，只恨这时不能请他来听这人的话。接着又听到影梅的跟包曾受王敬孙的贿赂，阴谋卖人，不由暗替影梅担心，又觉得这说话的人，衣服很为华丽，又高居包厢听戏，该是有身份的人，怎么又和跟包的是亲戚？便偷眼向他注视，这才瞧出这人目露凶光，满脸带着风尘之气，衣服虽阔，却穿得不合派头儿，再回味他的口音，似乎是京腔，却带难听的侉味。蓉湄阅历尚浅，瞧不出是何等样人，仅觉形迹可疑罢了。以后那人谈到别事，蓉湄也不再听，把精神重新注到台上。

这时"陈宫"已走，"曹操"已醒，潦潦草草敷衍下场。倏然台上电灯减了一半，锣鼓好似要把观众听《捉放曹》所生的恶劣情绪扫荡净尽，好刷新精神领略林影梅的清歌妙舞，敲得一阵震天的响。蓉湄觉得这暴杂声音，已不像方才那样刺耳，反而亲切有味。

须臾锣鼓煞住，《香扇坠》开场。这出戏原是按着《桃花扇传》编制的，里面胡乱杂糅，不过穿插稍改，开首先上阮大铖侦戏，叙明侯公子与阮党结仇原由，却减去《哄丁》一节，以下就接着《访翠眠香》，以后把《教歌》和《却奁》放在一场，为着火炽热闹。第一场先上陈贞慧、吴次尾向阮家借钱。《桃花扇》原本中本没有侯朝宗，此出却格外添入，并且让他最激昂感慨地痛斥阮奸。第二场

19

阮宅家丁回报大铖，杨龙友献计让大铖出资助侯公子梳拢李香君，借此与复社结好。这两场本是序幕，并不能引起兴趣。

第三场便该着侯李定情。先上了李贞丽，接着上杨龙友。倏时台上电灯突然亮了几十盏，明亮如昼。绣帘揭处，只见一个古装美人，在华灯似雪，彩声如雷中，带着一团珠光宝气，袅袅娜娜走出台来。影梅扮着李香君登场了！蓉湄不见影梅时，万分盼望，这时好容易盼得出场，倒又像怕见她似的，心中扑扑乱跳，脸上羞得发烧，不知怎地竟低下了头。及至影梅轻移莲步，到了台口，唱着娇滴滴的声音，念了两句"花鸟闲春昼，笙箫下画楼"，蓉湄这才抬脸儿向台上瞧去。

只见影梅一身簇新的行头，是浅藕荷色的衫子，上绣水绿夹银的百蝶，腰系丝绦，像《葬花》戏里林黛玉的打扮，更显得瘦腰肢不盈一搦。头上挽着流苏高髻，却梳得不正，向左后方偏着，想是揣摩着抛家髻的古式，瞧着别有风流意态。衬着椭圆形的脸儿，那一双媚眼，横着射出清光；通管鼻梁儿与猩红的小口，成一直线地透着俏丽。这样紧乍乍的打扮，比往日更美了十倍。

影梅念完那两句诗，转身向内，和杨龙友见礼，长袖轻飘，柔腰慢转，那后影儿又荡漾着无限丰神。只听对面包厢里掌声震耳，始终不绝，蓉湄便知是那位王敬孙正在捧场，也顾不得瞧他。

这时影梅见礼已毕，坐在李贞丽下首，恰和蓉湄这面相对。她那一双秋水似的眼儿，只望着台边栏杆。蓉湄暗想，自己每天都在这个包厢里，影梅常把秋波相睐，虽看不出是否有情，只她那目光中似曾相识的样子，也足够享受了！但不知今日可还能得到消受这眼波的福分么？

蓉湄沉思时，台上杨龙友正对李贞丽说做媒已成，侯公子就来成亲。李贞丽向杨龙友道劳，杨龙友却打趣着向香君贺喜，香君在这时候，当然要有含羞低首的表情，她因为正低着头儿，自然要在龙友贺喜之先，预将头儿抬起，等龙友取笑之后，重又低下去，这做派才能像样。当龙友念"侯公子文章魁首，香君烟花部头，今日作成你们这一对才子佳人，该当怎样谢我也"这几句时，影梅抬起头儿望着杨龙友，眼光却从杨龙友的纱帽翅儿上穿出，直射入包厢之中，和蓉湄的眼光恰好相触，蓉湄似觉一道闪电转了过来，猛然心慌意乱，倒把眼光避开，但刹那间又觉错了，忙把目光转回，仍去瞧她。这时影梅还在望着蓉湄。

杨龙友的几句自白已念完了，影梅的眼光倏地由蓉湄脸上收回，去看自己脚下，同时娇躯一扭，袖儿一拂，脸上红潮浅晕，真把少女娇羞之态表现得出神入化了；而且意态的美妙也到了极点。但还没容观众尽情领略，她又偏身向内坐了。大家都觉得表情太好，一个大彩轰天价地喝将起来。

蓉湄这里被影梅一瞥，蓦觉魂销欲尽，真忘了台上正在做戏，只疑影梅芳心乍动，是为自己而羞，听见众人高声喝彩，他竟不敢再向台上看了，只低头回味方才的情境，自思以前总觉着仰慕影梅，止于单恋，任凭害煞相思，也未必得她领会。今日才知苍天不负苦心人，她竟也对我有意了。虽然只在转瞬间的顾盼，但她那目光已恳切地把心情传递了过来。这是精神上的感应，我已十足地感到了，她是表示也爱着我呢！

蓉湄想着，渐渐精神麻木，耳中听不见乐器音声，目中也瞧不见台上台下的人，忘了自己身在何处，只瞧见影梅一人在那里转动。心中迷迷离离地，自思影梅太可爱了！而且她居然也爱我！倘然父亲肯成全我们，凭老人家的财势，定能成功。那不止是我一世幸福，也能救影梅脱离苦海。现在她虽然身价正高，受到社会的欢迎。但每天歌舞不休，唱坏珠喉，累煞芳心，像她这样的伶仃弱质，恐怕是乐不敌苦。只看她上台强欢假笑，却常颦着眉儿，就可知是整日在悲痛中过活，何况便是她安于现在的境遇，将来年华老大，又向哪里找归宿？虽然爱她的人很多，日后不愁落魄，不过那些富贵的俗人，未必真能爱她到底。我更何忍眼瞧着她落到别人手里？如今我陷入情网中，只有她能救我；她处在苦海里，唯有我能救她。这件事成全了是多么美满，拆散了又多么悲惨啊！我父亲怎就不想想这种道理，却那样固执呢？蓉湄越想越焦躁，几乎连台上的影梅也望而不见了。

这时戏已演过了喜筵上的合唱，洞房里的诉情，下一场便是《却奁》。因为编排时要使影梅露几句昆曲，便在前面加上《传歌》一折，这本是不合情理的穿插。而蓉湄此际已稍遏愁烦，用"有志竟成"四个字强自宽慰，微觉精神安定，便又凝神看戏。

台上侯公子和香君携手出场，侯公子道白几句，李贞丽随上，报说苏昆生师父来访，香君意欲不见，侯公子要领教香君清歌，就请贞丽将苏昆生延入，于是一个老生扮苏昆生上场，相见既毕，苏昆生便和香君移向台口坐下。场面吹起笛子，照着《桃花扇》原文唱起《牡丹》来了。

影梅先举手障袖，在跟包那里饮了一口水，但启朱唇，露皓齿，徐吐莺声，随着笛音，悠悠扬扬地唱着道："原来是姹紫嫣红开遍，似这般都付与断井颓垣。良辰美景奈何天，赏心乐事谁家院……"

苏昆生摆手道："错了错了！'美'字一板，'奈'字一板，不可连下去，另来另来。"

影梅念白道："多谢师父指点。"说这句话的声音，忽然有些哽涩，影梅煞起眉头，低头咳嗽两声。笛声又吹了起来，影梅接着唱着，"良辰美景奈何天，赏心乐事谁家院……"这重唱的两句，竟更枯干得难听了。影梅颜色突变，妙目失神，似乎诧异喉咙怎地出了毛病，仓皇地望望场面上吹笛的乐师，那乐师便把笛声停了。影梅纤手去摸喉咙，又连连咳嗽。这时，她那跟包人好像很伶俐似的，跑过来又递了一口水，影梅饮完。

因为冷场的时间已很长了，不能再等，那乐师笛声复起，影梅只得苦着脸儿，又接着唱道："朝飞暮卷，云霞翠轩……"哪知她这时喉咙更涩，从"朝"字起就唱得似破毛竹劈裂声音一样，勉强再向下唱，更失了音，台下早又轰然起了诧愕之声。影梅急得通身发战，拼命地唱到"翠轩"两字，却连字眼儿也听不出了，只有似哑人发急时的呀呀之音。影梅满面通红，樱口张得极大，却只发出怪声。一时间台下看客竟起了哄，有的唧喳，有的大笑，有的立起张望，还有不道德的居然喊起倒彩来。

蓉湄正在替影梅着急，手足无措，忽见影梅双手一举，扑地向后一仰，正撞到椅背上，那椅子承挡不住，连人带椅就倒了下去。台上扑通一声，台下立刻秩序大乱。蓉湄见心爱的人突遭奇变，好似一把刀直刺心窝，急得在包厢中顿足乱跳，好在纷乱中也没人注意。

这时就听楼下有人高叫："众位爷台，多包涵。林影梅得了暴病，不能唱了，改日再补，众位散散，回府安歇吧。"接着又是一阵吵嚷，有人喊着要退票。

蓉湄猛然想起影梅病状非轻，自己怎能坐视不顾？无论如何也得进后台去看看她，便转身向楼下跑去。其实这楼上便有通后台的小门，蓉湄因先前在学校时，从未进过戏园，每寻消遣，也只是做些高尚的摩登娱乐。自从两月前在公园遇见影梅，一见钟情，访知她在这大华戏院唱戏。他为追求影梅，才和戏院发生关系，而且每日来包厢，听完便走。因此他对戏院的一切情形，全不清楚，还以为要进后台，必由戏台上经过，就直下楼穿过院中心，到了台前，用手攀着栏杆，跃上台去，三脚两步进了后台。只见里面乱哄哄的，还有许多未下装的伶人。

蓉湄不暇细看，只是四下寻觅，却不见影梅。他无意中和一个人撞个满怀，抬头看时，原来是方才剧中扮苏昆生的人。蓉湄来不及思索，竟拉住他问道："林影梅在哪里？她怎样了？"那人见蓉湄张皇的情形，就把手向后一指，蓉湄顺着他的手看时，发现原来是个小门，忙跑着进到门内，哪知门内竟是门外，原来已到了戏院后的小弄中。

这弄中灯光阴阴黯黯，弄门正立着许多人，语声纷杂。蓉湄一见，忙赶了过去，穿过人丛，只见弄外街上平列着三辆洋车，最前面的一辆坐着个短矮的女子，瞧着好似林影桃。中间一辆上面坐着位上了年纪的半老妇人，身材和影桃差不多，因为正低着头，看不清面目，怀里却抱着影梅。

这时影梅头上的假发已经摘去，露出蓬乱的短发，把上半截脸儿都遮住了，隐约总是闭着眼儿，正在一口一口地喘着气。身上戏装已经卸下，却没穿上旗袍，露着浅肉红色短夹袄。车旁正立着那个递水的跟包，把一件旗袍盖在她身上。那半老妇人想是影梅的母亲，紧紧地抱着她焦急万状似的，连喊快走。那跟包一面挥手叫车夫速行，一面跟着去上后边那一辆车。

蓉湄瞧见影梅那样委顿，心痛如割，竟忘了自己与人家互不相识，推开前面的闲人，跳到第二辆车旁边，一把攀住那妇人的肩头，大声问道："怎么样？影梅怎么样？不要紧么？"

那妇人吓了一跳，瞧着蓉湄问道："你是谁？我不认得你！"

蓉湄突然红了脸，吃吃地说道："我我……"底下再说不出来。干咽了几口唾沫，才急出来聪明，叫道，"老太太，你告诉我她怎样了。"

那妇人还未答话，后面的跟班的早已听见，以为他是个迷醉影梅的色情狂，就赶过去将他推开，喝道："去，去！谁认得你？"蓉湄被推得倒退两步。正在这时，车上的影梅忽然睁开了眼儿，瞧见跟包对蓉湄吵嚷，她的嘴唇微微颤动，似要说话。但只把头儿抬了一下，始终未能作声。跟包这时已挥着车夫跑出很远，他还狠狠地瞪了蓉湄一眼，才也上车随着前两辆走了。

蓉湄望着车影，正在木立如呆，猛听旁边闲人哄然大笑，才觉窘得要死，翻身又跑进弄中，到了戏院的后台门口，忽然醒悟这里已无可留恋，自己又跑回来做什么？当他正怔怔地望着门内时，恰从里面走出一个头上剃着月亮门的武行，挺着胸脯，从身旁经过。蓉湄灵机一动，伸手拉住了他。

那武行猛吃一惊，回头望望蓉湄，见是个穿西装的少年，就捺住气问道："你干什么？"

蓉湄道："借问你一下，那林影梅家在哪儿住？"

武行眨眨眼道："你问她有什么事？"

蓉湄也不说话，就从袋中取出几张钞票递过去。那武行瞧着他，暗想这定是个小荒唐鬼儿，乐得收下这笔外财，便接过了钱笑道："告诉你吧，她家住松街美仁里七号。"

蓉湄听了，忙在心里默记这七个字。那武行见他不语，就又笑道："她家在美仁里七号楼房，她住楼上，她娘和她姐姐住楼下。门外头没巡警，院里面可有看家狗。你自己忖量着去吧，还有问的没有？"

蓉湄不等他说完已转身走了，随后听得武行大笑之声。到了街上，遇见洋车，喊住只说了松街美仁里，便坐了上去，那车夫便跑起来。

蓉湄坐定沉心思想，觉得影梅突遭病患，自己便是赴汤蹈火，也要前去探望，稍迟到了她家，谁拦挡也不成。见着她时先安慰一番，再替她请大夫调治。影梅原对自己有意，再经此次接触，或者以后便能常相亲近了。想着想着，他勇气倍增，大有勇往直前之概。但又一转念，猛想到影梅暴病失音，她心中不知如何痛苦，自己此去，以生人资格未必能够见面，便是见了，也未必能说深切的话。即使一切如愿，替她治好了，病也愈仍得唱戏，不仅无以安慰她，而且离自己的希望依然很远。

想到这里，他忽然搔着头发，喃喃自语道："我总得想个彻底的办法。影梅太可怜了，今天的情形更叫人可哭。她回去因此烦恼成了大病，或者便有危险，我怎能坐视不救？可是要救她只一条路，父亲又不允许，事到如此唯有硬着头皮回去，再哀求老人家。倘若他能允许，一定会拿出钱来给影梅家里，让影梅得到自由，使我遂了心愿。只要父亲一点头答应，我就立刻奔到她家，报告消息，她只要一喜欢，什么危险都消灭了，这才是根本办法。现在也不必空跑一趟，快回家去吧，见了父亲，不必说话，只跪在地上痛哭。几时他答应了，我再起来。这次消极的奋斗，再不成功，我就不再生于人世，只可寻个消极的归宿了。"蓉湄这样一想，立刻把心横住，喊车夫转头回家，且不看影梅去了。

正是：焚琴煮鹤，悲剧起欢场；对影闻声，柔肠生勇气。

后事如何，下回分解。

第三回

孽海回澜证同心病床留别吻
萧墙起祸生恶念暗室动阴谋

话说次日早晨九点多钟，蓉湄的父亲渭渔正在楼上客厅中来回走着，仆人屡来请用早餐，却被他骂出去三四次，就再没人敢进这客厅来了。他自从夜中和儿子见面以后，一直没离开这里，也一直未曾眠息，地板上的脚步声音，彻夜不绝。这时晴日满窗，照得房中雪亮。他失眠的倦眼，受不住阳光的激射，也不呼唤仆人，自己动手将窗拉上，立刻房中阴暗了许多。他在沙发上坐了一下，倏又立起，仍自来回乱踱，口中只念着"急则生变"四字。一会儿摇摇头，又叹了口气，对着壁上没有边沿的新式圆镜，瞧见脸上颜色灰白难看，眼圈周围有些浮肿，额际皱纹似乎比往日更深更多，尤其是顶上秃得放光的部分，也黯然减色。

他怔了半晌，忽举起双手，仰天叫道："绮雯，绮雯，你在天上知道我现在遇到极大的困难么？你自己走了，让我独自担负这重大责任，也该帮帮我啊！或者是我没有教育蓉湄的能力吧，一个极好的孩子，竟被唱戏的迷得发狂了。以前还好，昨夜他从外面回来，竟改了寻常的态度，跪在地下哀求我许他娶那林影梅。这孩子素日聪明规矩，绝不像荒唐的人，想不到竟做出了这种越轨的事，叫我有什么法子？天啊，我许他就是害他堕落，不许又怕激出意外。现

27

在的年轻人传染上了外国风气，动不动便因情自杀，倘真逼到那种地步……"

说着他将手掩了脸儿呆了一会儿，忽又倒背着手儿，两眼望着墙，一步步地向前挪去，挪到墙角就立住了，对着一张油画发怔。脑中若明若昧，眼里闪着花花绿绿的画幅，却不自觉是在看画。稍迟目光略一凝聚，无意识地倒观赏起那幅画来了，只瞧见画里有杂色的云彩，有冲天的高楼，有冒烟的烟筒，有汽车、电车，还有人物。但他却像还是第一次看见这幅画似的，不知画的什么，便把目光下移，瞧到左角上，是一行英文字。再瞧右角，缀着四个很小的汉字："纽约之晨"，另外还有两个小字是"振声"。一见这些，立时又在他脑中浮现出一个中年人的形象。

他忆起这振声姓吴，是郭寿岩的盟侄，前年从西洋留学回来，绘了这幅油画赠给自己的。这一霎那的念头，好似闪电一样，在他脑中一瞥而过。这时渭渔竟像有所触动似的，猛一抬头，把眼也张大了，很快地走到沙发上坐下，连连眨眼，忽又低下头沉思。及至再把头抬起，原来皱着的眉忽然展开了，面上更是微露笑容。把桌上的凉茶呷了一口，又燃了一支雪茄吸着，喷出两口白烟之后，他便立起走出，到了寝室，打开保险铁柜，取出一个二寸见方的小锦盒，随即将柜锁好，步履安详地走回客厅。在甬路上他遇着一个仆人，便吩咐把红茶牛奶送来。

及至仆人把银盘端入客厅，见主人已神色如常，就倒出红茶，对好牛奶，放进可量的糖。才要出去，渭渔叫道："等一下。"仆人便立住不动。

渭渔将红茶饮了半杯，张开嘴哈地吐了口气，似在表示酣畅舒适，随即问道："少爷起床了么？"

仆人道："少爷早起来了。"

渭渔知道蓉湄定和自己一样地通夜未眠，便道："你叫他来。"仆人应声出去了。

须臾，蓉湄走入，脸上也带着失眠的颜色，恭恭敬敬地叫了声爹爹，就侍立在侧。渭渔和颜悦色地问道："你吃过早点了么？"

蓉湄道："吃过了。"

渭渔指着对面的沙发道："你坐下，我和你说话。"

蓉湄趔趔趄趄地坐了，神气颇为局促不安。

渭渔叹道："咳，蓉儿，你不必这样战战兢兢的。咱们父子原有极好的感情，只为近来你迷恋林影梅，我责备过几次，你就像怕了我，弄得我这做爹爹的倒尊而不亲了，细想起来，我又何必呢？"说着又招手道："蓉儿你坐近些，听我说。你的希望，今天在我这一面算达到了。从昨夜你对我切实恳求看，我仔细想来，唱戏的也未必没有好人，你的眼光也未必错了。以前我是太固执了，现在正式允许你的请求，你尽管向林影梅说去吧！只要她肯和你结婚，我一定承认她这个儿媳。"

蓉湄听了，喜欢得差点儿跳起来，恨不得抱着父亲大笑一阵。但又觉得老人的改变过于奇突，他几乎有些不相信自己的耳朵，就又问道："爹爹，您真允许我了？"

渭渔道："孩子，你不信我的话么？"

蓉湄听这口气，才知确是定了，立刻不自主地露出小儿时代的憨气，跳到渭渔面前，跪在地上，抱住他的膝头，只叫了声爹爹，忽然落下泪来。胸中许多感谢的话，却说不出口，但那"爹爹"两字的声音，却蕴藏着无可再高的情感，已把他的意思完全表达出来了。

渭渔也自眼圈一红，拉起他坐到身旁，抚着他的背儿说道："你放心吧！我这里已毫无问题了。不过林影梅……她准肯嫁你么？我知道你向来不说谎话，你曾说只看过她演的戏，没有丝毫联系，我当然深信不疑。只是照你所说，连友谊尚谈不到，怎知她能嫁给你呢？"

蓉湄吃吃地道："关于这个……我想总有……把握。"

渭渔道："怎么这么说呢？"

蓉湄不好意思把自己察知影梅隐隐有情的话说出，只红着脸道："您别问了吧！我想她是肯的。"

渭渔一笑，便道："你准备怎么办呢？这就向她求婚去么？"

蓉湄点头道："昨天我在戏院见她唱戏忽然哑了嗓子，立刻急得昏过去了。那情形真惨，给我的触动极大，因此想要彻底将她拯救出来，才回家恳求您的。如今您已答应了，我自然得快去报告这好消息。您想一想，她是以唱戏谋生的人，忽然嗓子坏了，怎能不焦急？倘若忧虑过度，还恐发生意外的危险。我去让她知道从此有了归宿，不必再以唱戏谋生，她心里一宽，自然早日痊愈。您想这事不是快一刻好一刻么？"

渭渔道："那么，你是要立刻去的了？"

蓉湄此时见父亲好似大慈大悲的菩萨，早忘了惧怕，只因为这句话不好答，就望着渭渔像个孩子似的笑着。

渭渔从桌上拿起那小锦盒，用手指弹着道："你去见影梅，不是要和她订婚么？"

蓉湄点头道："是的，爹爹既已允许我，我就要这样做了。"

渭渔微笑着说道："你既前去和她订婚，怎么能空着手去呢？"说着便把锦盒揭开来，递给蓉湄道，"你把这个带去，替她套在指上，才像个求婚的样子。"

蓉湄瞧那盒内原来放着个钻石白金戒指，钻粒既大，式样又玲珑，看样子足值二三千金。他真想不到父亲是如此慈爱，不仅俯从了自己的志愿，而且将订婚的物件也代为预备了。心里一边在感谢，一边是大喜过望。

渭渔还未待他说话，已拍着他的肩头说："你快去吧！我在家听你的回信儿。"

蓉湄瞧着父亲，见他面上也是一团喜色，就立起道："那么我就去了。"说着向外面走了两步。忽听渭渔高声叫道："站住，我还有话说。"

蓉湄回头看时，只见父亲面上已变得正颜厉色，不由吓得心中乱跳，还以为父亲又变卦了，忙回身垂手侍立。渭渔现出严父的面容，郑重叮咛道："蓉儿，今天你一切都如愿了，我这做父亲的总可以说是对得起你了；可是你也二十多岁了，书也念得不少，自己应该想想，可曾替家庭负过什么责任？给父亲增了什么光荣？难道你生在世上，就只求娶一个可意的女人就算完全了事了么？"

蓉湄听了这几句话，万想不到老人在温语相加之后，突然以正道相责，好像从头上浇了一桶冷水，面色由红转白又由白转青，哪还答得出话？

渭渔又道："你不必害怕，也不必疑惑我反复，反正林影梅我是一定许你娶了。只是你要知道我的意思，我这次允许你娶那门户不相当的女子，是因为你沉迷太深，若让你失望，恐怕颓了你的志趣。倘然在我允许以后，你更加倍迷恋，或者娶了她便贪恋房帏，不求上进，那时我的错误就太大了。所以咱们现在先要讲好，你若能依我的话呢，自然全无问题；若不能依，我就离开这里，把家业让给你，随便享乐，省得叫别人指点脊背，说我养子不教，只教儿子玩唱戏的。"

蓉湄战战兢兢地说道："爹爹，您说，一切我都能依。"

渭渔道："我要说的话，你也知道了。从你去年大学毕业以来，不是预定到英国去留学么？那时因为你郭伯父要替你办官费的，所以一直耽搁到今天。现在既出了这事，我的主意，也不必等办官费了，我还有力量供给你在外国四五年的费用，你现在就给我去。"

蓉湄听着好似脑门响了个暴雷，不知父亲方允许自己娶妻，忽又立时迫令出洋，这样矛盾，是什么意思，只是直着眼发怔。

渭渔缓缓气又接着说道："这就分头进行，我立时去托人领出国护照，你自去向林影梅求婚，顺便告诉她要等四年，到你出洋回来才能结婚。她若对你真有爱情，四十年也能等候。你走后，对于她的生活，我自然派人照料，绝不用你担心。"说着瞧瞧蓉湄又道，"你也许认为我这办法太残酷，希望结了婚再走，那可不成！要知道结婚之后更不易离别，再说我这样办还另有意思。虽然现在不讲等级制度，可是我在社会上混了这些年，认得人太多，也稍微有些身份。如今替儿子娶个戏子，外人看林影梅未必跟你一样尊敬，还不知会怎么耻笑呢！照现在的办法，林影梅果能茹苦含辛等你四年，就把她的出身等等全遮盖了，这样既压住了外人的口舌，也替我转转老面子。我就是这个主意，你能依不能？"

蓉湄听父亲说得义正词严，头头是道，真没言语反驳。但若依了这个办法，自己好容易奋斗成功，倏然又离别在即，实觉难以割舍，而且对影梅也未免过于不情。

渭渔见他踌躇，便立起大声说道："我这是完全为你打算！须知你出洋总要去的，早结婚也是四年离别，晚结婚也是四年离别。早去一天，能早一天回来，和她团圆。所求的不过要你们替我争一点儿面子，这还不能么？"说着又顿足道，"这些日子我已经够受的了，实没法再跟你怄气了，我已言尽如此。孩子，你忖量着办吧。你能依呢，你出洋，不能依呢，我出家。"说完便大踏步走了出去。

蓉湄独留在房里，只觉得天旋地转，跌坐在沙发上，怔了许久。

他把父亲的希望和影梅的私情斟酌思索，天理人欲，交战于胸中。他意中好似对影梅有十分的把握，认为影梅的允诺和等待，都没有问题，根本不加顾虑，只想父亲意旨已定，势难挽回，自己在理在势，都该顺从。只是抛闪影梅，害她四年孤处，未免过于残酷。为难多时，最后忽然想起父亲最后那句"你出洋，我出家"的话，不觉毛发悚然，知道若再违拗，便是万恶的逆子、无救的罪人。叹了一声，又看看手里的钻戒，这才连盒装入衣袋，抬头略一沉思，就再不犹疑，跑出去从房外衣架取了件外套穿上，戴上帽子，便下楼到车房里开出一辆汽车，自己驾着，飞奔向松街而去。

转瞬之间，已达到目的地。眼前正是美仁里，凑巧七号楼房就在大街面上。蓉湄一眼瞥见，内心忽然跳将起来，知道素所爱慕的人已近在咫尺，自己叩门进去，便可和她见面，一诉衷肠，了却夙愿。但是自己与她家人素不相识，叩门时该说什么呢？倘若说话有错，来个闭门不纳，那可怎么好？即便能进去和影梅相见，这相思之意又如何倾吐呀？蓉湄想着就不敢停车，仍向前开去，一面走一面在心里打着底稿儿，直兜了一个大圈子，又回到美仁里，他的腹稿还未完成，只得再行越门而过。可恨汽车走得太快，第三次到七号门前时，蓉湄尚觉所拟的辞令，仍不妥善。但又不好再尽自兜圈，便停住汽车，上了门阶，看看电铃，踌躇不敢抬手。

正在这时，忽听背后有人咳嗽，回头见对面一家铺户门外，立着一个老头儿，正在晒太阳，手里擎着个旱烟袋抽着烟，眼睛却凝望着这边。蓉湄见有人瞧着自己，再不叩门，就像形迹可疑了，心中一慌，手便不自觉地按到电铃上，听门内剌剌作声，心更跳了。

立刻门内有人走出，将门打开。蓉湄看这开门的人，认得是影梅的跟包。他正要把预备好的第一句话说出来，那跟包似已瞧出蓉湄是昨夜拦车的人，就扬着烟灰色的脸问道："你找谁？"这句话尚未说完，忽一眼瞧见蓉湄身后的汽车，立刻改了神气，变了语声说道，"您贵姓？找哪位？"

蓉湄初听语声蛮横，心里又发了怯，只呆望着他的脸儿，见他的嘴儿歪到右边约有一寸。及至语声和蔼了，嘴儿又回到原位，蓉湄才心中略定，先空咳了一声，才开口道："我是来访林影梅小姐的，我姓沈，劳驾给回一声。"

那跟包的眼光上下把蓉湄端详着道："你找我们老板有什么事？"

蓉湄道："我是来看望她的，还有一点儿事要谈……谈……"

跟包的黄眼珠在蓉湄脸上打转，渐渐又把嘴撇到右边，皮笑肉不笑地说道："您跟我们老板原来认识么？"

蓉湄道："不认识……也认识，请你回一声，她准可以见我。"

跟包摇头道："我们老板向来不见客，今天你来得更不凑巧，她正病着呢！"

蓉湄道："我就为她的病而来。谢谢你，给回一声吧。"

跟包想了想道："您等一等，我去告诉老太太。"说着便向里去了。

须臾只见一个四方头颅、脸生横肉的老婆随着跟包出来了，跟包指着她道："这是我们老太太。您有事跟她谈吧。"

蓉湄看这老婆约有四五十岁，身体短粗，挺着个大肚子，好似怀着几个月孕似的，头发已有些秃了，却用黑颜色把四鬓角涂得有如刀裁，见棱见角，后面梳着小盘头，直接颈下。脸上虽没甚厚的脂粉，却涂着红唇，眉也描得宽长浓黑，看着很像个老妖怪。最妙的是下面的青绸裤子沿着白边，两只半大脚儿，后肥前尖，成不等边三角形，竟穿了双蓝缎绣花鞋。

蓉湄一见，知道是影梅的娘，立刻心中似吃了苍蝇一样，有些作呕起来，暗想像影梅那样高洁美丽的人，怎会有这样的娘，这样的娘又怎会生出那样的好女儿来呢？但表面仍赔笑着鞠了一躬。

那林老婆也把蓉湄端详了一下，才望着门外的汽车，发出老鸹式的笑声说："您姓沈哪？是来寻我们三姑娘么？"

蓉湄不知影梅在她家姊妹中是否排行在三，便又重行申说道："我是来拜访影梅小姐的……"

林老婆不等她说完，就抢着说道："我们三姑娘病着，不能见人。您有事就跟我说吧。"

蓉湄道："我……我有很重要的事，定得跟影梅面谈，请您……"

林老婆插嘴道："我是影梅的娘，对我说和对她说一样。"

蓉湄这时可为了难了，怔了半晌才说道："影梅小姐……实在不能见么？"

林老婆道："她不是病着么！"

蓉湄迟疑着说道："要不我就对您说吧。老太太，在这外面说话可不方便。"

林老婆见他神情局促，不由笑了笑道："那么，咱们就到里面说去，您请进。"便引蓉湄走入门内，进了左面一间很简陋的小客厅，让他坐在椅上，林老婆则自向沙发上坐了。她先向蓉湄请教了名号，又问他家住哪里，蓉湄都一一答了。

这时，蓉湄发现门帘外似有人偷窥，还唧唧喳喳地小声说话。他由那帘隙看见了半个黄色的脸，隐约好似林影桃，暗想自己对林老婆一人说那求婚的话，已够难为情的了，如今外面又有人偷听，岂不更难开口了？他正想着，林老婆却已问道："沈先生，有什么事就请说吧。"

蓉湄突地面红耳赤，只是应道："是，是。"过了半天，才接着说道，"我，我……"

35

林老婆瞧见他这个样子，立时明白了他的来意。因为，影梅唱戏数年，倾倒了无数五陵年少，有的固然自去按头相思，但也有许多勇士，冒昧地通函求婚，或叩门求见，这种事林老婆已经历得多了，今日她当然也把蓉湄当作那等荒唐鬼儿，色迷心窍，仗着自己年轻，前来撞运气、讨便宜的。何况又认识他是昨夜拦车问病的人，早已预备听他说些什么可笑的话，然后痛骂一顿，把他赶将出去，于是就逼问道："沈先生，您有话可说呀！"

蓉湄知道这已到了紧要关头，今生幸福就在此一举了，忙自稳住了心神，咬住了牙关，竭力鼓起勇气。但他刚要开口，忽又瞧见帘外的人影，气便又馁了，就立起移了个方向，将后背对着房门，坐在一个小凳之上，眼也不敢瞧林老婆，只是瞪着对面的墙；手也没个安放处，忽然插入衣袋，竟把那锦盒拿了出来，就双手摆弄着。林老婆只是望着他笑，也不开口。

蓉湄忽又立起，面色变得雪白，声音颤颤地说道："老太太，我最爱影梅，天天去听她的戏，早已立志非娶她不可。我知道我没有她不能生活，可是我父亲不允许，我苦极了，几乎要自杀。父亲到底怜惜我，昨天居然答应了我，可是有交换条件，叫我先和影梅订了婚，就出洋留学，过四年回来才能结婚，都商议妥了。父亲给我这个戒指，让我来向影梅求婚……"

林老婆听他说话无头无尾、无情无理的，完全是他一方面的事，只说向林影梅求婚，却不提有什么渊源，口口声声提说父亲，谁又认得他父亲是何许人也？简直是个有神经病的书呆子！她一面听一面用手捂着嘴笑。帘外也是笑声吃吃。

可是蓉湄却不知道自己的话可笑，倒越说越有勇气，竟转过身来对林老婆说道："我今天来，也自知十分冒昧，我爱她实在到了极点，至于她对我怎样，我虽然早已感觉……可是素日没有接谈过，

36

怎能准保她的心和我的一样？现在您若能许我跟她见面，自然再好没有；倘若不能，就求您把这戒指送到影梅面前，将我的意思转达一下。她也许还不知我姓什么，您只说每天在大华戏院三厢独自听戏的人，她就晓得了。"说着将锦盒向林老婆手里递上，又道，"影梅若肯允许，就请她将戒指收下，那时我们既有夫妻名分，当然可以见面。我只要进去和她见面说几句话，就安心去出洋留学。她若不肯呢，您就把戒指拿回，也不必对我说什么，我收起就走，绝不絮烦。老太太您就……"

林老婆本来听到中间，便忍不住要笑，暗想这想吃天鹅肉的癞蛤蟆，竟奇想天开，弄个戒指定亲来了，又听到出洋，更觉蓉湄是个戏迷，忽然哧的一声笑出来道："哟哟，尊驾跟我们非亲非友，您就拿着定礼来了，也难得……"她一面说着一面揭开那锦盒，忽见里面射出一道晶莹的光芒，才瞧出是白金戒指镶着极大的钻石。她万想不到如此珍贵，立刻倒吸了一口凉气，好似那钻石戒指从盒中跃起，塞住了她的喉咙，把原来想挖苦蓉湄的那些话都说不出了。只能望望戒指，又看看蓉湄。怔了半晌，才从盒内拈出戒指，仔细端详，暗想这戒指足值三千块钱，居然有呆子送上门来，这可是意外的财喜。但一想起还有个困难的问题，又觉得这宝物不易收受，正在对着戒指注目凝思，没注意答复蓉湄的时候，忽听帘外咳嗽一声，有人叫道："娘，你出来。"

林老婆听出是大女儿影桃的声音，便把眼珠一转，向蓉湄笑道："您这番意思我全明白了。不是我口冷，您这事可办得有点儿冒失。世上哪有素不相识就这样上门求亲的呢？别看我们三姑娘唱这份儿戏，可不比在江湖上吃生意的，您别错认了人。"

蓉湄被她排揎了一顿，臊得面红过耳，方要分辩，林老婆已把话拉回来了，道："不过我瞧尊驾很志诚的，不像没根没底的人；再说又是为了终身大事，没有讨便宜的坏心。请待我先和家里人商量商量。您坐着。"说完就拿着戒指走了出去。

林影桃正候在门外，见林老婆出来，就一把拉住，拽到后边小屋，挤眉弄眼地笑道："娘，我全听见了，这个迷老三的呆子，居然送来这样值钱的东西。有仪不纳，反怪无情，你不收下还犹疑什么？"

林老婆道："收下容易，可是他要娶老三呀！"

影桃将戒指抢过，套在自己手上道："你就和他说，许下亲事了。他不是要出洋留学去么？等四年回来，咱们瞪眼不认，他有什么法子？"

林老婆摇头道："不成，他还要和老三见面呢。你以为老三像你似的，肯帮咱们骗这戒指呀！"

影桃急得把矮身躯直向上跳，左手抱着右手道："这样好的东西，反正不能叫它回去。实在没法子的话，你现在就赖那呆子一下，硬说没收这戒指，撵他出去。"

林老婆冷不防揪住影桃的手，将戒指捋下来道："拿过来，你要抢啊！别搅我！等我想想吧。"说着便沉吟道，"这事也许有因，莫非这姓沈的在大华听戏，老三和他有意了？只是看老三素常的情形，可又没有跟谁递过眉儿传过眼儿呀！但是这也难保，姓沈的人才很动眼的，或者老三……"说到这里忽然又说道，"我有主意了！"

影桃忙问是什么主意，林老婆道："你方才说赖下这戒指，那是胡说。如今咱们只能从老三身上碰运气。我就依这姓沈的话，上楼去对老三说，若是老三真跟他有意，应下亲事，跟他见一面儿，这戒指就算落到咱家里了，以后还愁不能从老三手里骗出来么？若是老三不肯，咱们就只当没有这事，认晦气把戒指给人家送回。"

影桃道："要这样的话，你快上楼，跟老三说去。"

林老婆想了又想，才匆匆上楼。影桃虽是事不干己，却万分关心，只在楼梯下来回打转，一心只盼影梅万一允婚，把戒指收下，又寻思日后怎样才能怂恿老娘给自己骗过来。直等了十几分钟，便见林老婆变颜变色、直着两眼，仿佛十二分纳闷似的慢慢走下楼来。影桃迎着林老婆问道："怎样？怎样？"

林老婆一张开双手，竟是空的，那戒指连盒都不见了！

影桃忙问道："成了么？"

林老婆不语，自顾自走入小室之中，影桃跟着走入。林老婆坐在椅子上，仰望着屋顶只眨眼儿，任影桃频频相问，只是不答。半晌才自叫道："怪呀，太怪了！这是怎么回事呢？"说着又瞧瞧影桃问道，"你说，新鲜不新鲜？老三今天竟把个人变了，往日谁若说有人捧她，有人迷她，那害羞生气，你是知道的。方才我上去，本料着九成九不成。哪知进到房里对老三一说，她说不出话来，听完了只瞪着我，我怕她听不清楚，又把姓沈的长相、衣着、听戏常坐第三厢，前来求婚，要求允他见一面的话，重说了一遍。你猜怎样？老三竟从被中伸出手来把戒指拿过去，套在她自己的手上，又向面外招招手儿，那意思是叫我领姓沈的进去。我就问她，是否愿意嫁他了，老三闭上眼只点头儿。我真想不到她会这样，怔了半天，才走出来。你想老三是这种厚脸皮的人么？这里面肯定有缘故！"

影桃听了好似戒指已到了自己手里，喜欢得一张干姜样的黄脸越发黄了，推着林老婆道："娘，你别管这些，快领姓沈的上楼见老三去吧，这戒指就准归咱们了。"

林老婆道："你只是财迷，哪知道这里面大有文章？我是听姓沈的说出洋四年，在这长时间里可以容我拨治，要不然，我才不惹这祸患呢。"

说着走出小室，且行且思，慢慢进了客厅。忽然她变作满面春风的样子，向蓉湄道："哟，我现在该怎样称呼呢？你就算我家新姑爷了。沈先生，我这儿给你道喜了！真是各人有各人的缘分，千里姻缘一线牵啊！"

蓉湄听了，喜得头脑发昏，几乎跌倒。这时再看林老婆，立刻觉得她慈眉善目、和蔼可亲，绝不像老妖怪了。他满心感激，却不知怎样道谢，口里期期地说不出话了，只是连连鞠躬。

林老婆笑着，拉了他向外便走道："我的姑老爷，快上楼吧。回头咱再见礼。"

蓉湄被她拉着走上楼梯，心里知道希望已达到了，影梅也立刻可见了。但不知怎的，在欣喜中他忽觉凄惶，忽觉害怕，一颗心直要跳出喉咙，眼中无端涌满了热泪，脚下更软绵无力。只由着林老婆一步步拽到楼上去。鼻中突闻得一阵药香，蓉湄才猛然想起影梅正在病中，也不知她喉疾如何了？因为这一想，才使他脑中全部清醒。瞧见面前垂着浅碧色软帘，不由暗惊影梅莫非就住在这间房中？已经近在咫尺，立刻便可见面，她现在是什么样子？自己见她又说何言语？他正在想着，这时林老婆已在叫道："三姑娘，沈先生来了。"

倏然软帘掀起，蓉湄眼中立觉缭乱生花，面虽对着房中，却瞧不清楚什么，只看得有一架小铜床，床上挂着月白色的帐帏，半垂半卷，在卷着的那一半里，露出微微隆起的浅绛色被子，被底覆着一个清瘦的女郎，正仰面而卧，头儿放在软枕之上，静悄悄地似乎睡着了，从侧面已瞧出正是影梅。

蓉湄一阵迷惘，直要奔过去跪到她的床前，但身体方向前一倾，猛觉手臂被林老婆握着，忽又怔在门外，不能举步。还是林老婆拉了他进去，叫道："三姑娘，你看，谁来了？"

只见床上的影梅微微侧过脸儿，浅张秀目，望了蓉湄一眼，头部微微颤动，似在颔首，却又把眼儿闭上。

林老婆道："三姑娘，你坐起来吧。"影梅身既不动，目也不张。蓉湄不知何故，只疑她病得沉重，暗自惊心。

林老婆见影梅这样，只得先让蓉湄坐在椅上，又叫道："三姑娘，人家来了，你可坐起来呀。"影梅忽又张眼，却不看蓉湄，只望着林老婆，林老婆从她眼光中得了悟会，便对蓉湄道，"你跟三姑娘说说话儿，我去去就来。"说完便走出去了。其实她并未离开门外，只从门缝向内窃窥。

这时蓉湄用眼光将林老婆送出去后，忙将手抚住胸口，再看影梅，见影梅也正凝望着自己，两人都不言不动，遥遥地互相痴望，直过了一两分钟，忽见影梅眼中清泪如涌，滚滚流到腮边，落到枕上。蓉湄见她流泪，并不诧异她何以无端哭泣，反而自觉心中惨痛，鼻尖发酸，眼圈发热，泪也随着流下来了。

影梅的左手掩在衾中，只举起右手，指上戴着那晶莹的钻戒，用手背抹去腮边的泪，随又向蓉湄招手。蓉湄腿已软了，挣扎立起，走到床边，这才第一次近看影梅的本来面目。只见她比上妆时更加美秀，一张清水脸儿，比玉还洁，只是微微发黄。颊边的肌肉嫩得露着浅淡的红丝，眉儿天然是新月样儿，眉毛疏秀，根下隐隐含青，睫毛又黑又长，掩映着那秋水般的明眸，说不出的好看。最美得可怪的是那樱桃小口，既小而圆，虽然泪眼颦眉，但在口辅间却似绽唇欲笑。她仰面看着蓉湄，忽然妙目一转，将手指了指嘴儿，又摇了摇头。

蓉湄知道她是表示喉咙哑了，说不出话，便点了点头道："梅，你不要着急，这是小病，很容易好的，你要为我珍重自己。"

影梅忽又闭上眼，眼眶里的泪全流了出来，再张望着蓉湄，用手拍拍床边，让他坐下。蓉湄连忙坐了。影梅又拉拉他的衣袖指指房门，蓉湄明白她是要自己遮住她的脸儿，莫使门外有人看见，就向旁移了几寸。影梅才举起手指蓉湄的嘴，蓉湄忙低下头小语道："梅，你知道我是怎样爱你么？大概你母亲把我的意思说了吧！今天我才知道你也这样爱我，不枉我一片苦心。只是我父亲叫我在订婚以后出洋留学，得四年才能回来，你能等我四年么？"

影梅直望着他，举起手来，将手上的戒指抵在胸口，又指着蓉湄的胸口，拧着眉儿，咬着牙儿，把头点了两点，还似怕蓉湄看不明白，又伸手拉他的衣袖。蓉湄低头，影梅竟攀着他的颈儿，将樱唇就到耳边，唇儿张开，虽然不能作声，但那从心中发出的声音也能将声带震动，蓉湄已听得她的无声的话道："你该去，否则对不住你父亲，我，你放心，活着有人等你，死了有魂等你。"

蓉湄听得刺心，大痛道："我知道了。天呀，你竟这样爱我！我沈蓉湄今世只爱你一个，有你我活，没你我也死，咱们只盼四年后吧。"

影梅轻轻把他推开，又伸出右手，起初握成拳头，继而伸出四指，举向蓉湄眼前，随着又伸齐五指，把手翻了几次，接着又瞧瞧戒指，指指自己的心，指指蓉湄的心，蓉湄明白她是说不用说四年，便是几十年，她也能等着。既订婚约，务要两心如一，永不相负。他想着，方要再开口说话，只觉满腹心事，不知先从哪里说起。

这时，影梅又拉他的肩儿，蓉湄低头将耳就近她的口，只听她说道："这里你可不能常来，有危险。我娘不是亲的，坏人太多，你只告诉我你的家……"说到这里，忽听背后脚步声响，林老婆叫道："别多跟三姑娘说话。她病着，伤神哪。"

蓉湄悚然一惊，在这千钧一发之际，只从喉咙里迸出几个字道："英租界达文斯路十号。"说完猛觉影梅唇儿移动，在自己颊边吻了一下，蓉湄魂销心跳，真不知是什么滋味，忙直起腰来。回头见林老婆正立在门口，笑着说道："让三姑娘歇歇，你外边坐吧。"

蓉湄自觉要紧的话一句未说，哪里舍得就走，回头再看影梅，哪知影梅倒似心事尽了，面上露出坚毅之态，弄个眼色，摆手叫他快去，随后又闭上了眼儿。

蓉湄知道有林老婆在旁，不便说话，留恋无益，只得勉强狠着心肠转身向外，走到门口又回头叫道："梅，我走了，你要多多保重！我在动身的时候，或者还来看你一趟。"

影梅突从床上欠起上身，睁开妙目，头和手同时频频摇动，接着又伸出四个手指，再将手儿一挥，目光一敛，便很快地侧转身朝里躺了。蓉湄知道她的意思是留待四年后相见，暂时不要再来。他正在足下趑趄，不忍便行时，那林老婆已挽着他一直下楼，仍回到小客厅里。拿出老虔婆的手段，口口声声叫着姑老爷，闹着预备水果，款留午饭，亲热得无以复加。蓉湄却心乱如麻，像痴子般地呆坐。半晌，才恳切地说道："老太太，现在我和影梅已经订婚了。我出洋留学，固然是父亲的意思，可是为影梅打算，我也该努力上进，将来能成就一番事业，才不辱没了她。只是此去至少四年，这样长的时间，我只有求你费心照应，等我回来，一定要报答你的好处。"

林老婆听了，心中猛又生了主意，就笑道："你这是多说了，我亲生自养的女儿，还能委屈着她么？你放心。"说着又小声道，"影梅人小心大，我几年身体单薄，都是思虑……我不说你也明白。如今终身大事有了着落，心里一块石头落了地，以后定要好起来。等四年你回来时，她准能欢欢跳跳地去接你呢！"

蓉湄听着，心方一宽，林老婆忽又变成满面愁容，叹道："今天是咱们大喜的日子，可是我又喜又忧。影梅的病你是看见了，我们一家全仗着她吃饭，她又是仗着嘴赚钱。如今嗓子一哑，唱不成戏，又不知能不能好，想起来真愁人哩！"

蓉湄想了想道："这倒是很重要的问题，总要想法子。等我回去跟父亲说一说，再给你送些钱来，也好给影梅治病。"

林老婆道："那敢情好，咱们这种亲戚，我倘若只顾客气，将来让影梅吃苦，倒对不住你了。"

蓉湄立起道："我回去和父亲商量，请他在我走后照应你这里，我想他没有不答应的。现在我要回家，改日再来瞧你。"

林老婆竭力挽留，蓉湄执意不肯，又恳切地托付一番，便告辞出门。林老婆直送他到门外，瞧着蓉湄上车，见车上没有车夫，就问道："你怎么不带车夫呢？"

蓉湄道："我自己开着好玩，常常不带车夫。你请回吧。"说着才将机轮移动，忽见从对面如飞跑过一辆人力车，在林家门口停住，从车上跳下一人，走上石阶。

蓉湄一见，认识他是昨夜在戏院旁厢演说林家姊妹的人。那人也向蓉湄一转眼光，面上露出诧异之色，蓉湄却因昨夜曾听他说和影梅跟包是亲戚，便不注意，只向林老婆招呼一声，便开车走了。

哪知这人和林家却另有关系，并不像他自己所说的那样简单。他姓高名叫连魁，在先原是军界人物。四五年前，林影梅尚未出台，只影桃一人搭江湖小班，开码头，上各处演戏。林老婆带着影桃到了山东济南时，高连魁正在山东军中当个连长，胡黑子却在江湖班跑龙套，两人相遇，认了乡亲。高连魁便不断到戏班下处访胡黑子，因而和林老婆时常见面。也是前世孽缘，恰值彼时林老婆的姘夫死了，就由胡黑子拉牵，高连魁和林老婆成为临时夫妇，而胡黑子则由此便依附着林家。林老婆很得高连魁的势力保护与钱财资助。以后这江湖班离开济南，林老婆不能任女儿自去，只得和高连魁暂别，约定后会。

不料几月以后，起了战事，高连魁随军到南方打仗，山东军队溃败，失却地盘，高连魁竟落魄在汉口，无法谋生，做了匪徒。林老婆带着女儿，又只走北方的码头，两下便音信不通，转瞬数载。

其后林老婆又将影梅训练成功，登台大红，声名传扬南北。高连魁闻知老情人发迹，才又投奔了来，在北京重新相会。这时林老婆正需要男人，便以旧友名义，把他收养在家，暗中仍继续着旧时情好。

影桃天性下贱，早知道这些秘密，很能与林老婆打成一片，虽不以父礼待高连魁，却也处得十分亲热，但影梅却看不过林老婆的行为，表面虽不反对，却总是不加理睬。

高连魁并不是十分坏的人，倒内不自安起来，到林家母女来天津唱戏，高连魁虽也随着，但不肯在一处住了，只由林老婆资助，自去赁屋独居，来往不断。至于他到林家是明着来，林老婆访他是暗着去，如此已非一日。

高连魁昨夜瞧见影梅情况，当时便来探问过一次，帮着忙了半夜，今日再来，已是第二次了。

他见林老婆送一个坐汽车的少年出外，细看又认得是昨夜旁厢所见之人，不禁深为诧异。看汽车走远，便走到门内。林老婆正向里走着，他忙赶上去问道："这年轻人是谁？我在戏院里见过，来做什么？"

林老婆笑道："这是个笑话儿，到里面再说吧！"二人都知影梅病在楼上，无所顾忌，就拉着手儿一同进了小室。只见室中床上，已摆好大烟盘子，林影桃和胡黑子正面对面烧烟呢。

影桃素无廉耻，又在卑污的环境中处惯了，早和高连魁有些小玩笑。见他进来，便嘻皮笑脸地叫道："哟，我的小爹，你来了，看见戏迷了么？"

高连魁也啪地在她腿上打了一掌，笑道："小浪货，这么长的烟枪，还堵不住你的嘴么？什么叫戏迷？”

这时林老婆已忍不住，便连说带笑地将蓉湄的事讲了一遍。高连魁听完，大为诧异道："这可奇怪，老三素常那样正气，居然也跟小白脸有了心思。你别只当好笑，那姓沈的也未必真是气迷，凭空上门求亲，世上哪有这样莽撞的人？何况我瞧姓沈的又是漂亮小伙儿，想必影梅跟他早定下了约会，要不然怎么一见戒指就肯留下？这里面大有深沉，你可要小心。"

林老婆道："我早明白了。好在姓沈的立时出洋，到四年后还不定影梅姓什么呢。我不但白落三千块钱的戒指，碰巧了那呆小子还许给送笔钱来。"

连魁笑道："这倒是一笔财喜，算你走运。不过老三的嗓子怎样？大夫说容易治么？"

林老婆道："马连璧大夫早晨才来，诊了脉，说是受了邪风，吃几服药可以望好。我先还疑惑是不是受了同行的暗算呢，敢情不是。"

这时在床上躺着的跟包胡黑子正缩成一团。这人身体瘦小，面目枯干，活像戏台上的翻江鼠蒋平。听着他们说话，似乎不大自如，只举着烟枪紧抽。高连魁叫道："老胡，瞧你这下作样儿，留神一口呛死。"

胡黑子搭讪道："一夜没睡，忙着请大夫打药，这才有工夫抽口烟，却还犯小人。"

高连魁道："我是你的小人么？"

林影桃接口道："他是说我呢，我不是抢先抽了两口么？"说着打了胡黑子一个嘴巴，胡黑子只向她做丑脸儿。大家又说了几句关于影梅的话。林老婆便出去上厨房看煎药去了。

连魁也想抽一口烟，但床上两人都不肯让位，高连魁便躺在影桃的身后。影桃身体向下一缩，枕在他的臂上，两个头儿上下相叠，都接近了烟灯。胡黑子烧了一口，让高连魁吸了。

影桃心中只想着那只戒指，又向连魁道："小爹，你瞧见姓沈的给老三的那只戒指，好大的钻石。娘说值三千，我看四千也买不来。"说着便用手形容那戒指的式样给他看。

高连魁道："这样说来，姓沈的财势准够瞧的，但不知他是谁家少爷？"

胡黑子忽然冲口说道："我知道，他是有名的财主沈渭渔的儿子。银行老板、洋行买办，开着好些大买卖，出手就论千论百，真好阔的家伙呢……"胡黑子说出口似乎便已后悔，初时声音尚高，渐渐低了下去。

高连魁问道："你怎么知道？"

胡黑子装着吹烟枪嘘嘘地试了半天，才道："我怎么不知道，这姓沈的一直在大华包了两个月的厢，我瞧着扎眼，向人打听，敢情知道他的多咧。据说他父亲已五六十岁，拥着几十万家产，只这一个儿子，怎会不由着他的性儿花呀？"

连魁眼光一亮道："他父亲趁几十万家产，只这一个儿子？"

胡黑子道："一点儿不错，不信你去打听。"

高连魁听了，忽然像想起了什么，闭上眼儿，再不说话。胡黑子再瞧他时，他已紧蹙双眉，眉心陷成一条深缝。

林影桃听高连魁正说得高兴，忽然停口不语，也仰首来瞧他的模样，不由和胡黑子以目光相视，都点了点头。沉寂了半晌。胡黑子低声道："老高，你想什么？"

高连魁仍闭着眼，却用手摸着影桃的脸儿道："我想叫你出去，好和我们老大睡一觉儿。"

影桃呸了一声道："你是找打呀。"

胡黑子向她摆摆手，又道："老高，你别瞒我，我明白你是动了心了，想拾起老营生，发笔大财，对不对？"

高连魁愕然一惊，睁开眼瞧着他和她，似乎醒悟这两人深知自己的底细，无庸隐讳，就笑道："心倒是动了，只是不凑手，也没法办。"

胡黑子道："怎么说呢？这样小公子哥儿，还怕扎手？"

高连魁道："你不明白，我以前干的这种事多了，手底下有人，说干就干。自从来到天津，就算洗了手，朋友都散了，剩我一个人儿，又跟那姓沈的对过盘儿，绝不能自己下手……"

影桃听出他两人的话，拍手道："这姓沈的可是块肥肉，小爹，你干吧。我记得上回你说在汉口绑什么公司经理的票，办得多么漂亮！现在何不照样来一下，弄笔大财，肥肥咱们大伙儿呢！"

高连魁按住她的嘴道："住了你这张嘴，事情还没影儿，就乱嚷起来。你们女人都是坏事精。"

影桃缩着脖儿，低声道："是，是，怨我，我再不提这个，你干完了，分我几个就得。"

高连魁摇头道："我不干，一定不干。为着你，我就不干。"影桃还刺刺不休地怂恿，高连魁再不理她，只闭着眼寻思，打着自己的主意。

正在这时，忽听外面有脚步声音，很沉重地从楼上下来，随即见林老婆气急败坏地走进房内，一屁股坐在床上，震得盘上的烟灯都倾倒了。她搓着手，把两只粽子式的脚在地下乱跺着，说道："完了，完了，毁了我了，真要了我的命！"说着又连打自己的嘴巴。

三人大惊，同时坐起。影桃搭着林老婆的肩头问道："什么事？这样着急。"

林老婆反手给了她一个嘴巴，骂道："都是你这害人精，爱上了那倒霉的戒指，如今可守着那戒指去吧，大家都没饭吃了。"说完便大瞪两眼，咬牙切齿地似要寻人拼命，吓得三人都不知所措。

还是高连魁慢慢把她稳住，仔细询问，林老婆才说出来道："方才我把药煎好了，送上楼去，老三竟然摇头不吃。这剂药花了十多块钱，外加了马大夫给的什么祖传八宝朗音散，还不知值多少钱。再说又盼她快好了唱戏，怎能由她不吃？我就逼勒着、哄着，万想不到老三把我叫到跟前，用嗓子对着我耳朵，说了许多话。她说现在已是姓沈的人了，再不能唱戏给丈夫丢脸，治好了嗓子也是没用，所以不吃这药。我一听就怔了，只可劝她说，就是嫁人也不能哑着喉咙，难道你就做一世的哑子么？戏唱不唱不要紧，病还是要治的，药更是要吃的。你们猜老三说什么？她居然跟我挑明了，说倘然治好了嗓子，一定不让她不唱戏，唱戏就难免丢人惹事。她为要替姓沈的守身立志，情愿哑着嗓子过这四年，等姓沈的回来再治。我又哄她说不能耽误，日子久了就再难治好。她一声冷笑，说便是将来治不好，姓沈的嫌她是哑子，不肯娶了，她也认命。要是现在一定逼她吃药，她就连饭都不吃了，情愿生生饿死。我再怎样劝也不成，就出来了。老三的脾气，你们谁不知道？平常便为点小事，也是宁死不回头。这几年哪一回拗得过她？如今她说不再唱戏，就算不唱定了，咱们还有什么指望？这只怨我，若不叫姓沈的见她，哪有这件事？实在是我该死，走死运了。"说完竟呜呜地哭了起来。

高连魁、胡黑子和影桃三个人面面相觑，愁颜相向，都晓得影梅说一句是一句，她的意旨万难挽回，好像把性命看得很轻，死都不怕，更莫说打骂哄骗，凡是一切制服养女的办法，没一样能对她有用。所以大家全是束手无策。

林老婆哭了半晌，方才停住，高连魁道："你可以和她说，她不唱戏，我们大家受苦没关系，只是她还得留着身子等那姓沈的呢。

49

难道不替自己打算竟陪着我们饿死不成?"

林老婆拭着眼泪道:"这话我也劝过了,她说得更有劲,问这几年给娘赚了许多钱,娘还不能养她四年么?若是不肯养她,她情愿出去讨饭。"

高连魁说道:"呀,这孩子太执性了!我走南闯北,见过无数女孩子,没有像她这样的,简直是没办法!"

这时林老婆已止住哭声,一时间八只眼睛互相观望,谁也没有主意可说。影桃坐在一边,小眼儿只向连魁瞅着,眼珠乱转,半晌忽然叫道:"娘,你愁的不是老三不唱戏没法赚钱么?现在干老儿有个发财的法子,你和他商量商量。"

林老婆忙问什么法子。高连魁因林老婆万分着急,正思有以慰她。又听影桃业已说出,势不能再行隐瞒,这才将方才起意绑蓉湄的票的话说了出来。

正是:落花初有主,风雨随来;好事自多磨,波澜倏起。

后事如何,下回分解。

第四回

石破天惊鸳鸯同落劫
风凄月冷燕子独辞巢

　　话说蓉湄到林家求婚以后第四日，正在黄昏时候，林家楼下的小室中又挤满了人。床上躺着的是林影桃和王敬孙的大姨太太，地下坐着的却是王敬孙的六姨太太和林老婆，四个人正唧唧哝哝地小声说话。

　　这二位姨太太，大的原是风尘出身，自嫁王敬孙，就保持着姨太太的称号；那六姨太太却还是高小学校毕业的女学生，因为家道贫寒，又心醉虚荣，便把大好年华牺牲给了王敬孙，去换那高楼、汽车、锦衣、美饰的享受。但是她很以姨太太三字为耻，无论在家在外，都要人唤她的原名曼君。

　　这时林老婆正愁眉苦脸地望着烟灯出神，大姨太太叫道："林老奶奶，你别打不开算盘，这是意想不到的便宜。现在你们影梅哑了嗓子，她不肯吃药也不肯唱戏，以后就算是赔钱货了，你养着她一世吧。如今我们老爷肯花那么大的价儿，买你的赔钱货，你还不高兴么？"

　　林老婆咳了一声道："我是走了背运，遇见这逆事，没法子罢了。凭我们三姑娘，可真是棵摇钱树，论千的洋钱往家里赚。平白地我就舍得卖她？不过你家王老爷既喜爱她，我又准知道她嫁过去不致受苦，才肯跟你们商量。王老爷也该像个样儿，要想只万八千

51

就把老三弄过去，那不是跟没说一样？你别当老三没指望了，她这是病着，等过几天好了，我再劝她，准能乖乖儿地吃药治病，上台唱戏，我们一家还都仗着她呢。"

这时那位六姨太太曼君接口道："我大姐姐说的都是实话，林老奶奶别跟我们说虚的。谁不知影梅的脾气？她既说不唱戏，你想从她身上得个小钱儿都难了。现在有我们老爷出一万块钱，你还不肯答应，只怕过了这个村儿，就难寻这个店儿了。"

大姨太太又接口道："可不是么，我们是看在素常相好，不肯跟你们动心眼儿。现在一万块钱你嫌少，若是再等半年，影梅还是不唱戏，你们坐吃山空，影桃的大烟也没钱买了，到那时给两千你也会肯吧？林老奶奶，您再想想吧。"

林老婆口里虽仍跟她俩争执驳辩，但心中也暗觉她们的话有理。本来影梅不肯唱戏，就已变成个平常女子了，能卖这个数目，价码已不为低了。把她留在家中，早晚也是沈家的人，到沈蓉湄回来时，她站起身一走，自己恐怕什么都落不着，乐得趁早将她推给王敬孙。再说影梅那样执性，便另外有肯出大价的人，她也未必肯嫁，枉自麻烦。自己已把她的细情告诉了王家，据王敬孙说，只要将影梅娶过去，他自有方法制伏，自己可以推出门不管换，落这一万块松心钱也算罢了。好在沈蓉湄在求婚的次日，又派人送来两千块钱，再留下影梅的戒指，加上旧日的积蓄，也够后半辈吃的了。自己回北京把影桃寻个主儿也嫁出去，和高连魁一块过清静日子，岂不是个乐儿？她想着已有允意，方要再磨磨价儿，但因念及高连魁，不由心中一跳，忙向影桃做个手式道："哟，老大，他从昨儿出去，怎到这时还没信儿？"

影桃把困灯的眼睁开道："我正惦记着呢。也许他还没寻着人吧！"

大姨太太问是什么事，林老婆道："我们家的闲事。咱们且说正经，一万太少，您总得跟王老爷说说，再多添几个。"

大姨太太听了，只望着曼君，用眼光向她讨主意，哪知曼君却低着头不睬。原来这二位姨太太中间还有内幕，因为王敬孙没有正妻，几个小妾中，以大、六两个最为得宠。但大姨太太止于署理正室职权，主持中馈，而不及床第之私；六姨太太却只擅专房之宠，做丈夫的玩物。其余各妾，都已色衰爱弛，打入冷宫。

曼君恃宠而骄，颇有与大姨太太争权的迹象。大姨太太既让了宠，怎肯再行让权？因而生了仇恨。恰值王敬孙迷上影梅，她便故作贤德，自告奋勇出头代丈夫拉拢，想要把影梅娶入家中，以夺曼君的宠。曼君明知就里，为要讨好丈夫，便也请得帮办名义，随大姨太太同向林家接近，暗地里却安了破坏之心。及至看出影梅的性情，料着决难成功，就更是尽力地与大姨太太合作，以求免露破绽。如今见影梅遭遇意外，王敬孙却要趁行市买便宜货，而林老婆又已快要答应了，她这才着了慌，虽一时想不出法子反对，但已不愿帮助说话了。

大姨太太得不到曼君的回复，只得说道："我家老爷说，这是最高的价儿，不能再添。你若一定嫌少，只可得我背地里赔垫出三头二百，算一点儿小意思，要再多可没法了。"

林老婆道："说痛快的，让王老爷再给我五千，这算至矣尽矣。凭王老爷的财势，五千还不及说话费唾沫值多呢。要是再克扣我老婆子，那我就拼着养老三一世了。"

大姨太太哼了一声，正要说话，忽听外面街上高声喊道："看晚报！看晚报！四马路上大绑票。两个铜板。晚报！看看这个大绑票……"喊得有腔有调，有辙有韵，分明是一种特别精明的乞丐式报贩，常能把新闻唱出花样来，以引起人们的购买欲。

林老婆听了，突然颜色一变。叫道："老大，你唤胡黑子买张报来看看，哪里绑票？"

影桃翻身下床，直跑出去，须臾拿进一张报来。林老婆问道："是哪里呀？"

影桃瞪着报，咕囔了半天嘴，林老婆抢过来道："你斗大字不认识一升，装什么蒜！"说着将报递给曼君道，"六太太给念念吧。"

大姨太太道："绑票有什么看头？哪个月不出两档子？咱们还说咱们的。"

林老婆摆手道："等等再说，怪闷气的，先听六太太念念。"

曼君眼光在报上转了几转道："是两个强盗，在四马路绑了个坐汽车的人去。"

林老婆听着和影桃的眼光一触，影桃忙说道："曼君姐你从头里往细念念吧，让我们听听。"

曼君只得念道：

本市今日四马路发生绑票案

［特讯］今日午前十一时余，四马路一百零九号大厦，富商郭寿岩宅，突然发生绑票案。系有盗匪二人，在郭宅门外将一名叫沈蓉湄者绑去，开车逃脱。经本报派员访知细情，详志如下：郭寿岩是本市著名巨商，现充利业银行总裁，又自办企业甚多。今日午前，有其至友沈渭渔之子沈蓉湄，自驾汽车访郭。沈渭渔与郭寿岩为银行界中名人，且合办大孚洋行及茂章绸缎店，交谊甚厚。沈子蓉湄因将出洋留学，故赴郭宅辞行。他将汽车停于门外，入内谈话良久，至十一时后辞出，由郭送至门外。沈蓉湄上车方将开驶，突由便道上闯过盗匪二人，手持盒枪，直上车中。一人坐于沈旁，一人坐于沈后，并由沈旁之匪，将车开动，向南飞驰而去。在匪初上车时，郭寿岩尚立门外，见状大

呼，一匪举枪向之一发，幸未射中，子弹嵌入墙中。迨当地该管警长闻讯驰至，匪已远飏无踪。

又至本报下午四时上版时，被匪掳去之汽车尚未发现。该管当局正向本案关系人等详细问话，传已得有线索，不日可以破获云。

又讯：沈渭渔现充长至银行董事长，且地产甚巨，富名久著，蓉湄又为独子，想已久为匪所觊觎，是以发生此次预有计划的绑票案。据郭寿岩说，二匪皆着长衫马褂，有类商人，惟帽戴甚低，仓促未能看清面目。郭因沈蓉湄在己家被绑，极为焦灼，已悬赏两万元，交该管急速破案云。

林老婆听着，不知道上面所载"已有线索，不日即可破案"的话，是报纸上的官样文章，心里倒忐忑起来：一面欣喜高连魁业已得手，一面又恐怕他露出破绽，遭遇危险，就瞧着影桃发怔。

影桃却笑道："这票绑得不小呀，银行董事长的儿子，还不值几十万？"

曼君道："瞧你这财迷，要是男子，大概你也干这行了。"

影桃道："我要绑票，第一个就绑你。"

曼君道："我一个大钱也不值。"

影桃道："绑你不为要钱，只陪着睡觉就够了。"

曼君过来要打影桃，影桃和她支格，两人笑成一片。

林老婆一心只惦着高连魁，暗想他带着那样一个人，能走得开么？报上说连汽车都没寻着，他必然平安，这时也许能照着原来的打算，上船沿着河下去了。但盼他早到那里，一两天也许便能回来。想着想着，便有些心神不定。

大姨太太又向她说恐怕不能增价，林老婆道："你回去商量商量，不行就算没提这回事。"

大姨太太见她词意坚决，只可答应回去和王敬孙商量，便要与曼君一同回家。曼君却知道这交易已然成功，王敬孙本授意可给到一万五，大姨太太所以如此做作，只是做样儿给林老婆看，便不愿跟着来回跑路。而且曼君心中也自有事，就问道："你不是还回来么？就自己去吧！我身上不舒服，要在这里歇歇儿。"说着又对大姨太太递了个眼色，大姨太太以为她要留在这里，伴着林家母女，免得她们有所计议，再生反复，便毫不疑心地自己去了。

林老婆听曼君说不舒服，就拉她躺在床上。林影桃给她烧烟，又打趣道："你们姐妹俩真是大贤大德，丈夫弄新人，不但不吃醋，倒帮着拼命地撮合。将来王敬孙要是恋新弃旧，把你们丢开，可怎么好呢？"

曼君冷笑道："人家有钱，想弄几个都随便，我们还是买来的呢。想不开枉讨没趣儿。"

影桃笑道："我知道你放心。别人还可说，影梅万夺不了你的宠。她一来拗性儿，二来待人总冷冰冰的，哪比得上你，一笑媚眼乱飞，一扭筋骨离位，能勾男人的魂儿。影梅去了也只三天新鲜，往后还是你的天下。"

曼君呸了一声道："你这小骚货，又要挨捶呢。"

林影桃道："得得，咱们说好话。我向你打听一下，刚才你们大姨太太说，不怕影梅怎样执拗，王敬孙也有法子制伏。不知是什么法子？"

林老婆接口道："真格的，我也得学学。要说这个老三，可没少跟我怄气。从那些年没上台时起，一天打几十回，也没拗过她的性儿来。有时快打死了，也听不到她出声央告。到她唱戏红了，再没一件事是不依她的。只一个不怕打不怕死，我就没咒念了。如今你们老爷娶过去，若没有出奇的高招儿，想她顺从可不易啊。"

56

曼君摇头道："我也只听他那么一说，谁知有什么法子呢？"

说着影桃已烧好烟递过来，曼君本不愿抽，只好吸了半口，就丢下枪坐起道："影梅醒着么？"

林老婆道："别提了，从那天说了声不唱戏起，就赖到床上不动，也不言语。给送进饭去就吃，给茶就喝；若是不送，她也不唤人要。"

曼君道："过两天她就成为我们王家的七姨太太了，我上去瞧瞧，就势劝她起床活动活动。"说着就出屋上了楼，把脚步放轻，悄悄走到影梅卧室门外，见房中已亮了灯，就掀开一道帘缝向内窥视。

这时影梅正探出上半身斜倚床栏，半躺半坐，凝注目光，似在瞧着什么出神。再细看时，原来她正右手握拳，举在面前看呢。而且她面上似有白光闪灼，不知被何物所照，稍迟忽见她微启朱唇，半露瓠犀，微微发笑，眉目竟开展起来，随即将手缩到口边，吻了一下。

曼君并没看见她手上的戒指，只诧异林老婆说她那样痛苦愁闷，实际她却在喜悦，这种笑脸儿，便在平时也难得看见，真不知什么缘故。想着她便开口叫道："三妹妹睡醒了么？"

影梅听见人声，忙将手缩入衾内。曼君步入房中，含笑问道："三妹妹，你好些了么？"

影梅忽然轻启朱唇，说了两个字。曼君虽听不清楚，但已觉隐隐有声，并且由唇吻的动作，凭习惯知道她所说是"请坐"二字，暗想影梅的嗓子居然颇有转机，较前两日略能发声，或者不久便可渐渐好了。于是她就坐在床头道："三妹妹，你比前天好多了。别尽自倒着，还是起床活动活动吧！日子长了要睡出病来的。"

影梅点了点头。曼君望着她，只觉虽在病中，久未梳洗，但一种天生秀气，仍不稍掩。她忽然想起王敬孙时常夸赞影梅，说她是真美人，越是乱头粗服，越显容光；浓妆淡抹，各有不同的丰神。

不比平常女子，有的只宜富丽打扮，若穿上蓝布衫儿，就变成年轻女仆；有的天生是小家碧玉，只宜寒俭装束，若改作大家梳饰，总免不掉婢学夫人的丑态。今日细看病后的影梅，方知王敬孙说得不错，不由联想到自己身上。曼君只有三分人材，仗着七分修饰，一刻不能离开脂粉。她对着影梅颇觉自惭形秽，想到影梅若真个到了王家，敬孙已渴慕多年，怎能浅尝辄止？一定会大为宠爱。自己虽然在容颜以外的房帏事儿上颇有把握，但也未必抵抗得男人厌故喜新的心肠。一旦受了冷落，那滋味何等难尝！为自己计，只有设法破坏之一途。这也无须费多大周折，影梅的性情自己久已领略，她若晓得敬孙要娶她，定然抵死拒绝，怕只怕她事前毫无所知。敬孙定好的主意，是先让林老婆给她吃安眠药，等昏睡时弄了过去。一到敬孙手里，他向来是足智多谋的，多么重大的事都办过，多么厉害的人都害过，何况影梅一个女子，还会逃得开么？自己告诉影梅，叫她防备敬孙和林老婆，他们便没法得逞。

影梅见曼君注视着自己，倒被她瞧得有些不好意思，就从衾中伸出左手，拍了她腿根一下，又向她攀眉示意，似问为何不言语。曼君忽然立起，向她摆摆手儿，又走到房门口，向外看了看，见楼上清寂无人，就走回坐在原处。影梅见她举止诡异，面上露出诧异之色。

曼君凑过去抱着她的头儿，附耳低声说道："妹妹，我这是来给你送个信儿了。论起姐妹的交情，谁也没咱俩好，所以我不忍心像她们那样瞒着你。你听着，我从头说起。在咱们初认识的时候，原本是很亲热的。你以后为什么对我冷淡，我也明白。实告诉你，我们本不是安着好心来的，是我家老爷叫来图谋你啊！这一层大约你早已看出来，才处处远着我们。可是我常到你家以后，瞧出你的人品，真佩服得了不得，时时对我家老爷说你怎样清高，劝他断了那不好的念头。我这片苦心，大约你也未必肯信。可是如今又生出事

58

端来了。你坏了嗓子，不肯吃药，又声明不再唱戏，把你妈愁得没法儿。偏巧这事让我家老爷知道了，就派我们大姐来和你妈商量，用一万五千块钱买你，你娘已答应了。她们明知你不能依从，就商量好主意，让你妈用安眠药给你下在茶里，等睡昏时便装入汽车，抬到我们家去。现在我们大姐已和你妈定规说妥，今明天便下手了。我因爱惜你，不忍你受她们的暗算；再说我自己从嫁了王敬孙，算尝到当姨太太的苦处，这一世算是完了。妹妹，你一朵鲜花未开，要落到我这样下场头，可太惨了！所以我偷着上来告诉你，妹妹你自己酌量吧。你若是愿意跟我们做伴去呢，就算我没说；若是不愿，可趁早打主意……"

曼君话未说完，影梅已惊得玉颜如土，双目直瞪，突然开口发出声音道："曼姐，你这话是真的?"

曼君听她竟能开口说话，虽然还是沙哑非常，但可以不费力地辨出字音，不禁大惊说道："你怎……能说话了?"

影梅道："我从昨夜已然好些，就是没敢露出来，对我娘还是装哑，省得她麻烦我。姐姐，你快说，到底怎样?"

曼君道："我不是说完了么? 就是这样。敬孙已在家里替你收拾出房间，事情到了火燎眉毛的当儿，你自己快打主意。"

影梅怔了半晌，泪落如绳，又咬着牙发狠。曼君道："你着急没用。"

影梅叹道："好! 好! 我当初受苦受罪，如今抛头露面，给她赚的钱还少么? 才说一句不唱了，立刻就把我出手。好娘! 这才是好娘! 我这回总对得住她，不等她卖，我先死了，老太太少落一万五吧。"

曼君听了，抓着她的肩头道："妹妹，你不要胡说! 这么一来，我是好意给你送信，倒变成给你送命了。我劝你只多防备一些，她们也就无计奈何?"

影梅沉思着道:"姐姐的好意,我很感激,现在空口说没用。我这一世忘不了你。"

曼君道:"不必说这个,你只莫要死要活的,那可对不住我。"

影梅点头道:"你放心,我才不死呢。"

曼君方要再说,忽听楼梯一阵响,是影桃来喊曼君下楼吃饭,曼君应了一声,匆匆立起向影梅摆手道:"你可多保重留神啊,我走了。"影梅忽然坐起,跪在床边,向曼君遥做叩头之状。曼君只怕影桃进来看见,忙迎着走出去了。

这里影梅重又倒下,拉被子将头蒙上,仔细思量。曼君报信,必然是实,娘本来就不是亲的,素日相待尚佳,只是为敷衍我唱戏赚钱。回想三年前,我还未唱红时,朝暮骂得那个狠毒,和唱红后心肝宝贝似的怜爱,只看那时的改变情形,现在我既然不能赚钱,无怪乎要卖出去了。自从允了蓉湄婚姻,约定等待四年,又对娘说明不再唱戏,便早已料到娘不能老实养活我,早晚必生变化,却想不到祸端来得如此之快!我可该怎么是好呢?"

她正在想着,忽听身旁有人叫道:"三姑娘,醒醒,该吃饭了。起来,先喝点水儿,娘给你做了滚烂的鸡肉粥呢。"

影梅听是娘的声音,就将被子拉下,露出头儿。

林老婆抚着她的肩儿道:"好孩子,起来吧。"

影梅摇了摇头,林老婆将身一俯,耳朵近到她嘴边道:"宝贝儿,不吃可不成,不饿也得对付着吃一点儿。"

影梅仍对着她的耳朵,发出无声的话道:"这时我实在不能吃,等等儿吧。你还没吃饭么?"

林老婆道:"我要看着你先吃,你不吃我怎吃得下去?我把粥给你留着,过一会儿再来。"

影梅点头,林老婆又抚慰她许久,方才下楼去了。

影梅便自坐起,继续筹算起来。她想起那日只和蓉湄见了一面,便叫他不必再来，为的是怕他留恋着不肯起身，受父亲的责备，才那样狠心和他疏远。他这次万里远行，直似为我而去，已不知心里怎样难过，偏巧我又遇了这意外事端。他临别时要我为他珍重，我无论如何艰难困苦，也该保着这干净身子等他。若被敬孙买了过去，我便是拼着这条命死了，将来必使蓉湄失望。看蓉湄爱我的情形，若回来时没有了我，恐怕要苦恼一世，那我做鬼也对不住他，在先我原想爽快订了婚，好让他爽快出洋，不给他丝毫牵挂。现在遇了这事，我要酌量轻重，不能固执着原来的主意了，只可前去寻他商量，但求他给我找个安身之处，日有两餐，不致饿死，我方好清静地住着过这四年。好在相别不过数日，他定然还未起身。我也知道他的住址，就依这个主意找机会逃出去吧。

影梅计划既定，看看桌上的钟，还不到八点，暗想楼下耳目众多。现在绝不是逃的时候，只好等夜深人静再说。便又寻思出去见到蓉湄，应该叫他不要声张，更不要被他父亲知道。蓉湄若没有地方安置，我就向他讨个三四百元小款，自己躲到僻静处赁间小房，刻苦度日。四年工夫并不算长，只要咬住牙熬着，转眼蓉湄就可以回来，后半世伴着这多情的好丈夫，无论受什么样的苦也是值得的，影梅这样想着，倒不觉眼前的危机可怕，以为自己瞬息间便可逃出这鄙秽的家庭，见到蓉湄，一切都可解决。便凝望着时钟，静待深夜的到来。

过了一会儿，林老婆又进房来催影梅吃饭，影梅因听了曼君的话，预有戒心。但又禁不住林老婆的怂恿，但表示不愿意吃粥，要林老婆将房中存着的面包与糖酱取过来，切了几张薄薄面包片，抹上些果酱，吃了两片。林老婆倒过茶来，坐在床头哄着她说话，影梅装作不能出声，只有听着。少时林老婆又下去了，影梅才悄悄下床，将茶倒了，自取暖壶的白开水饮了几口，便又躺下。

熬到十二点钟以后，林老婆进来一次，替她把被子盖好，又送进夜里应用的物件，影梅却装作睡着了。林老婆并没坐下，只在房中转了几转，便带上房门自己去了。影梅知道她向来除了自己上台的时候，陪着熬夜，平常都是一过午夜便睡，不会再来。至于影桃，却与自己向来不和，又恋着烟灯，更不会在夜中上楼的。因此，她便下床来，悄悄地把暖壶里的水倒入盆内，洗净脸儿；又打开箱子，取出几件很素朴的衣服，把身上穿了数日未易的衣服全都脱换了。随后，又拉开小几抽屉，见里面仅存有四元钞票和几个铜子——这是每月林老婆给的十元点心钱用剩下的，便装入一个小手皮夹中。再四下看看，已没有需要之物，便坐在椅上，望着钟一秒一秒地走，并且留神听着楼下的动静。

这时的影梅，只觉得过一分钟比过一日还长久。好容易一点打过，她认为是走的时候了。才要开门，猛觉心中乱跳起来，忙抚着胸口凝了凝神，慢慢将门拉开，走了出去。

房外是黑暗暗的，只由楼下照射过来一片微光。影梅暗想，楼下怎还没熄灯呢？也许她们睡得慌疏，忘记关电门了。便悄悄走到楼梯口，步下两级。再向下看时，只见不仅堂屋灯光犹明，连梯旁影桃小室中也还亮着，影梅便不敢下去了。

她立定听了听，影桃房中竟然十分热闹，有许多人在大说大笑。侧耳细辨，原来除了影桃、胡黑子外，还有给自己拉胡琴的焦大狗、大华戏院后台管事的崔发器及大华戏院前三出的武生赛小楼，几个人正在满嘴乱说，撒村道怪，尤其是影桃闹得更有劲。影梅久知影桃最喜招引这般杂乱人等，不分品格、不管男女地胡调。林老婆瞧着倒是乐儿，绝不管束。今日既来了这许多人，其中又多半是大烟鬼，料想起码要腻到天亮，自己下楼若被他们看见，岂不把事情泄露了？如此一来，以后再没法走了。影梅只可懊丧地回到房中，急得倒在床上流泪。过了半晌又坐起来，张目四顾，看看这里又望望那里，只没有个措手处。忽自叹道："人要倒运，随处都有磨难。偏

62

巧今儿老大这没廉耻的就招了许多人来，只可等天亮这群东西滚蛋，影桃睡了，再溜出去。可是，只怕那时娘又起来了。"

影梅无奈之下，想起焦急无益，不如且养养精神，便躺在床上，伸手将床栏上搭着的电门一按，立刻满房黑暗。影梅将眼闭上，须臾又行睁开，只觉眼前仍有光亮，举头看时，原来是从窗口射进来的月光，形成一个大四方形，又被窗棂界成几个小方格儿，从床头直铺到地上。影梅的眼光由床上移到窗口，呆望了许久。

忽听时钟响了两下，她好似想起什么，倏然立起，走到后窗口将窗打开。这窗口外面并无铁栏，她探身向外，看看对面的平房，又低头望望下面的窄弄；然后转身回来，打开箱子，翻了一会儿，取出几条白色绸子，仔细地结到一处，量了量足有两丈多长。

她重开了电灯，向四面张望了一下，就将绸子的一端紧系在近窗口的暖气管上。把电灯关了，从桌上取出小手皮夹，再走到窗前，将皮夹和绸子都掷出窗外，探头向下一看，见窗下一条白影，直拖到地面，知道绸子不短，便自将旗袍撩起，下半截掖在腰间。她原是从小由师傅打戏，学成旦角全材的，偶然还唱刀马武剧，所以身体虽然单弱，腰脚还颇有幼工。当时由椅上爬到窗沿，双手抓紧绸子，背转身儿，轻轻扭动柳腰，伸出脚儿，全身探出窗外，慢慢溜将下去。她先把肘部跨住一面窗沿，脚尖登住墙上洋灰面的凹处，歇了一歇，才用手握住绸子，倒替着向下徐落。幸而楼只一层，并不甚高，不大工夫就已经脚落实地。

影梅连在床上睡了多日，久未运动，体软气虚，这时已累得不住娇喘。但是在这里她不敢久留，便急忙从地下拾起皮夹，又将旗袍放下，褶皱拉平帖了，才走出小弄，到了前街。此时，她更怕遇见熟人，只好低首疾行。穿过两条熟道，渐近热闹区域，方才遇见人力车。

影梅暗想，在这半夜里，自己能去寻蓉湄么？恐怕他已睡了。

但转念又想到这时恰是个好机会，既免于被他父亲撞见，又可以定准他在家，不致空访不遇。想到此，她便唤住一辆车子，说了声达文斯路，便坐了上去，吩咐快走。可喜这车夫竟是快腿，拉起来如飞而驰。

影梅坐在车上，迎着深夜寒风，披着当头明月，回想着方才的经过，憧憬着少时即可和蓉湄相见，心里一阵凄惶，一阵惊悚，一阵欣喜。最后想到一步步地和蓉湄近了，见着时定要将自己蕴积的痛苦迸作眼泪，向他大哭一顿，哭完就叫他赶快想法安置，自己有了存身之处，就不许他再见面，免得又分他出洋留学的心。

想着想着，车已到了达文斯路，车夫回头问在哪儿停住，影梅只记得十号门牌，便下车挨门细看，幸而没费很大功夫，便寻着了。见是一座极大洋式铁门，门旁一带花墙之内，像有很大的花园，围绕着宏伟的三层楼房，楼上窗中尚有几个亮着灯。影梅看了，知道自己未婚夫家原来如此豪富，而他竟能垂爱于我这样一个唱戏的人，真是难得的知己，不觉更生了感激。

她本已打好了主意，不踌躇地先打发了车钱，便去按门上的铃。不料铃声一响，门内竟好似埋伏着不少人，同声问道："谁呀？"

影梅吃了一惊，暗诧他家便是豪富派头，也不会派许多人把守门口，谁家司阍的不是睡在门房？怎么应得这样快呢？想着便回道："我……是寻你家沈蓉湄少爷的，劳驾请出一位来说话。"

门内人听出是个女子的声音，把大铁门中间嵌着的径尺小方孔开了，接着门外电灯亮起来，有人从小孔中露出个脸儿，向外瞧着，问道："你找我们少爷么？"

影梅道："是的，请你出来，我有话跟你说。"

那仆人道："这门不能开。你贵姓？有话说好了。"

影梅暗想富人家门户感情这样严紧，真是夜夜防贼，对我这女子还不放心。无奈只得说道："劳驾，给回你们少爷一声，就说有个姓林的请他说话，有要紧事，可是不要叫你们老爷知道了。"那人哦了一声，小孔又关上了。只听里面唧喳一阵，小孔又开了半扇，却是只闻声不见人地说了句"你候候儿"，说完扑地关上，随即把电灯也灭了。

影梅遭此冷落，心里有些难过，但转念又想他们怎会知道我是将来的少奶奶呢？若知道，还不定他们怎样远接高迎呢！这样一想，才觉心平气和。不过立在门外，受夜风吹拂，玉质单薄，颇难禁受。

过了半晌，还不见有人回话。原来沈宅自蓉湄遭绑失踪，渭渔焦急欲死，自不待言，家里的仆人也随着戒严起来。全班出动，门户特别严紧，这本是心理作用。想不到半夜三更，竟来了这形迹可疑的影梅，影梅又寻的是失踪的蓉湄，仆人们怎不诧异？有人认为她是匪人党羽，有男匪在近隐藏，先让女的骗开街门，再行抢掠，也有人认为是绑匪派来接洽赎款的人，就预备抓住她讯问。里面慌慌乱乱，几个仆人嘈杂，到底做不了主，仍得去回禀渭渔。

渭渔自从午时听得蓉湄被绑，就出去奔走。先见郭寿岩问了细情，郭寿岩因蓉湄在自己家门绑走的，对渭渔惭愤交加，要拼出老命，负责救回蓉湄。渭渔倒是竭力安慰他，言说绑票匪不过希望金钱。自己多年积蓄，只是为着蓉湄，便倾家也无所惜，既有钱在，蓉湄的安全便没有问题。郭寿岩却争持着要承担蓉湄的赎款。但现在毫无头绪，赎票还是后事，要紧的是访探线索。

两位老人四处奔走，又得应付当地官府的传问和各家新闻社的探寻，直忙到夜里。不料在晚上十点多钟时，忽然有人给郭寿岩送去一封信，仆人并未注意送信人的形貌，收了信就递上去。寿岩看时，原来竟是绑匪的索赎信，内言："久闻沈府富厚，故将蓉湄请去，现在极安全的地方，优加款待。限五日内酬款十万元，尽要本地流通的五十元以下钞票，请沈府派人于明日晚间八时后，到本地城南八里台以西小树林中先行接洽。两方各以点着大号雪茄烟的红火为号，如明日无人前去，至第五日仍在该处交款亦可。若逾期无信，便当撕票，莫怪无情。知阁下与沈府交情深厚，故敢奉托转达。"郭寿岩看完，忙打电话寻渭渔一同商量。哪知渭渔正在各处奔走，遍觅无踪。

郭寿岩知道当时地面警局因绑票风气炽烈，被绑人家每每遵从匪意，付款纳赎，恐怕绑匪吃惯甜头，更加恣肆横行，以后不堪设想，便发下命令，以后再有遭绑人家，不许与匪私自接洽，务必报官负责剿办，使绑匪无所希冀，才是治本之道；又定私自赎票者有罪。所以接到此信，他不敢声张，只是静待渭渔计议。

渭渔到夜中两点钟方才回家，闻郭寿岩来过电话，忙回电话问他有什么消息，寿岩却只反问他奔走出头绪来没有，把接信一层隐瞒不提。

原来寿岩在等候渭渔之时，想到匪人既已说出价目索赎，蓉湄自无危险。自己既要代担赎款，何不把这信暂时隐瞒起来，到明晚亲自去与匪人见面，当时交了款子，恳切地说明本意，央求立刻将蓉湄交自己领回。那时不仅尽了朋友义气，还可使渭渔意外一喜。若这时便叫渭渔知道，他必争执着不令自己出头。寿岩安了这个主意，就假辞回答电话。

渭渔因跑了一天，丝毫没有端绪，心中万分懊丧，又加思忆担心，只在楼上不停步地乱踱，急躁得不能安坐。

偏巧在这个当儿影梅来了，仆人上楼回禀渭渔，说外面有个姓林的女子，来访少爷。渭渔没想到是影梅，便问什么样儿，仆人说了个大致，又道："她还叫我们瞒着老爷呢！"渭渔这才明白定是影梅，不由大怒，跳起来骂道："我早知道这种东西要不得。才容他们订了婚，她就赖上他了！这一定是从那天起，蓉湄天天晚上和她在一处，今天蓉湄没去，她就找上门来。好不要脸的东西！你还找他，他都不知死活了！"说着又向仆人道，"让她滚蛋，就说少爷遭绑匪

66

绑票了，死活不知。我们都快家败人亡了，求她积德，别来啰唣了。"

仆人应声才要退出，渭渔忽一转念，恐怕这样一说，影梅要不断地叩门询问、惹麻烦，忙唤回仆人，重新吩咐道："别那样说，只提少爷今天早晨上船出洋去了，过四年才回来。"仆人下楼，到了门首，又开了小孔，见影梅仍在原地方笔直地站着。

这仆人十分机灵，因方才许她等一等，这时再说业已出洋，未免矛盾，就绕弯儿说道："你是找我们少爷呢，还是找我们表少爷？"

影梅不耐烦地说道："什么表少爷？我找沈蓉湄。"

仆人道："早先没听清楚，白叫你等了半天。我们少爷今儿一早就赴塘沽，坐船到英国去了，过四年才回得来。你找他有什么事？怎不知他走了呢？"

影梅万想不到仆人的话是假，听到一半，便已头昏目眩，摇摇欲倒。她本来就怕蓉湄走了，但料想不致如此快去，如今听说蓉湄业已成行，不由怔在那里，眶中眼泪，直向下落。暗想怎么这样巧，他竟在今天走了！自己在那患难中奔他来，竟扑了个空，可该怎样是好？仆人向外瞧着，见她还不肯走，深觉诧异。

影梅寻思半晌，才想出个无可奈何的主意，又向仆人说道："蓉湄既已走了，请你通禀老太爷一声，就说影梅求见。"

仆人虽没听过影梅的戏，但已久知她的名字和蓉湄迷恋她的事，听了大吃一惊道："您就是……影梅？"

影梅道："劳驾你快去说声儿。"

仆人缩回身去，又上楼向渭渔禀道："我出去照你的话说了。那女子自称是林影梅，要见你说话。"

渭渔正倒在沙发上，闻言又发怒道："害人的东西，见我做什么？蓉湄没有她，还不致遭祸。才结识她几天，便出了这事，还不是这小娘儿们妨的？哼哼，见我，见我不是扯淡！你去说我不认识

67

她，半夜三更上门，什么规矩？让她趁早快滚！"

仆人唯诺而下，又开小孔向影梅道："我们老爷说不认识你，半夜里也不见客，请吧！"说完立刻关了小孔。

影梅听了只觉脑中轰的一声，身体向前倾倒，幸而被墙挡住，未致跌到地下。她昏迷迷地想，今天是什么缘故？所遇都是意外逆事，莫非自己要死了？要不然便在做梦，世上哪有接二连三全是意想不到的凶信的事？蓉湄说是他父亲亲自赐与戒指，令他向自己求婚的，现在戒指还在自己手上，怎么会说不认得？也许是仆人没禀报清楚吧。自己目前只有沈家这条路，既寻不着蓉湄，便得见他父亲说明原委，求他给个安身之处。料想他父亲不能不认未婚的儿媳，定是仆人传话有误。自己若不再问一次，难道就这么糊里糊涂地走么？即使走，又上哪里去呢？

影梅万分无奈，只好忍着眼泪向肚里咽，又去按那电铃。里面的仆人问是谁，影梅道："还是我。"

那仆人又由小孔露出脸儿问道："你还不走，等什么？"

影梅哀声道："劳驾你再回一声吧，也许你们老爷没听明白，我叫林影梅，是蓉湄的未婚妻，是你家老爷的儿媳，现在有要紧话，要和老太爷说，你多辛苦一趟，再去禀报一声吧。"

仆人道："方才我已连撞两个钉子了，再说我只白挨骂，他也不会见你，你趁早走吧。"

影梅合手拜着道："你只当行行好吧！我若没急事，也不敢这样麻烦。"

仆人听影梅说得可怜，便道："真是没法儿，我再替你撞一回去。"说完又照影梅的话向渭渔禀了一遍。

渭渔更加恼怒，拍桌大骂道："你是她的儿子么？怎么这么不嫌烦？她是谁的儿媳？妈的，我儿子在哪里？儿媳，要命的儿媳！害死我儿子的儿媳！你骂她出去，她再不走，就交巡捕。"

仆人果然挨了顿冤骂，闭着气走出来，向影梅道："得了，你快请吧，别害我受罪。"

影梅直瞪着眼道："是不认识我么？"仆人哼了一声，用力将小孔门砰的一声推上，表示永不再开。

影梅气得只有打战，料想再赖在这里也无益了。她迷迷糊糊，不分东西，顺着街道向前挪着，这时的她，真有了寻死的心，想雇辆洋车随便拉到哪个河边，跳下去了却残生。但路上并无车辆。

她一面走一面发抖，身上心中，一样的寒冷。又怕岗上警士看出她形迹可疑，加以盘问，只可在行近岗位时，勉强支持着快走，走过去便又恢复颓唐之态。这样转过了一条街，她便实在走不动了，却非气力已尽，实在是心里像有千斤石块压着，使她直不起腰，迈不动脚。她见巷口有一个垃圾箱，盖着木盖，就走过去坐在上面，徐徐喘息着，一边暗想自己既已从家中出来，投奔蓉湄不着，又绝不能再回家去，除去死真没路儿了。蓉湄的父亲这样相待，是何缘故？蓉湄万不会说谎，他父亲叫他向自己求婚，如今却又反脸不认，这里面……影梅想着想着忽然大悟，暗道是了。听蓉湄那日的话，他父亲原本极反对他迷恋自己，以后经他苦苦央求，方才允诺，却令他订婚之后，即时出洋，这必是他父亲的一种缓兵之计，拼着费一个戒指，骗他安心出洋，并不是真心叫蓉湄娶我，等四年后老头还许变卦呢。

影梅想破这一层，方自痛心，忽又咬牙道："他们瞧不起我，不过因为我是唱戏的，不正经。我冲着他父亲的这种态度，倒不能死了，定要做出个样儿，给他们看看。无论如何艰难困苦，我也要保住这干净身子，等蓉湄回来。那时他若变了心，我把这满腹的冤气，都申说出来，再死到他们面前，也算争过这口气来。现在乌漆马虎地死了，他远隔重洋，怎能晓得？回来还许以为我暗地里嫁了别人呢！"

影梅这样一想，立刻就产生了奋斗的勇气，决定要勉力图谋生活，保住这薄命之身，留待他年做证。但再一细想，她又觉得困难源源而来，自己现在露天之中，最要紧的是要确定向何处去栖身。虽然这城市中欢迎自己的人多，只要肯屈身辱节，到处可以得着舒适的家，但这样还不如打头儿便从了王敬孙，又何必多受奔波之苦呢？还有几家同过台的女友，投了去并无危险，但又恐怕她们不能保守秘密，定被家中闻风寻着。再说，便有安身之处，此后生活又将如何呢？自己只会唱戏，若再出台，就等于向人报告自己的踪迹，莫说本地，便到了南方的上海，也照样要被家中捉回来；唯有上外省的偏僻地方，改名搭个小班演唱，或者还能隐迹销声。但是，自己又哪里来的路费？袋中总共只有几元钱。手上虽有价值数千的戒指，但已比自己的性命还重，便是到了自己非死不可的那一天，也要先把戒指吃进肚里，让它陪我葬到地下，无论如何也不能变卖；一旦失了它，自己便不是蓉湄的人了。外边既不能去，而本地虽然也有女子的生路，当个女招待也能活着，但无奈自己唱戏正红，人人认识，若当了女招待，不出三天，定有报纸登出自己的姓名，这便仍然隐藏不住。这样左也不能，右也不可，直把影梅焦急得要死。

过了不知多少时候，天边已然清虚虚地渐露曙光，残风更峭，冷得影梅不住发噤。仰面看天，只见明朗朗的疏星，就剩下了三五点，顿觉天宇也和自己心中一样空茫；低头看地，眼中尽是房舍，料想人们都正睡得舒服。迎面一座高楼，兀立在灰暗混茫之中，这种富贵人家，或者每一个人要占几十间房屋，而自己此时竟没个栖身之所！

她又回想起自己本来也是有家的，几小时前还睡在锦衾绣榻之中，为何要出来受苦？还不是为了蓉湄么？既是为了他，就不必悲伤怨恨，还是快去挣扎生活吧。现在无须多想，走到哪里是哪里，活到几时是几时吧。

她正这样翻来覆去地想着，忽见街头的东面摇摇地有灯亮儿，渐走渐近，好似人力车上的灯。影梅坐在垃圾箱上，恐怕被人看见，便立起身来，猛觉头晕眼花，心里翻腾作恶，似要呕吐，只可强忍着举步，向西而行。

　　东面来的果然是一辆人力车，空着没有座儿。偏巧影梅的形迹很像由弄中出来，车夫见是女人，以为弄里住户绝早出门，必有要事，就要揽这笔好生意。他忙赶上前跟着并问道："要车么？我拉你去。"

　　影梅正走不动，听车夫一问，回头看看，车夫以为她需要，就在她身旁放下车把。

　　影梅也只想有个地方坐着，茫茫然上了车，车夫拾起车把，问道："上哪里？"影梅竟答不上来，心内一急，猛忆起方才所想的河边，或者清静，可以容自己徘徊。其实她不知河在哪里，以及是哪一条河，便只说了句"拉我到河边"。

　　车夫以为她是过河办事，想抄近路坐渡船过去，便问道："摆渡口么？"影梅无目的地漫应一声，车便走了起来。

　　只经过一条横穿小巷出去，眼前忽然豁然开朗，一片空阔，竟已到了河边，再走几步，车就停住了。影梅掏出一角钱给他，车夫道声费心，欢喜地走了。

　　这时，满天都变成浅鱼肚白色，夜气尽消。影梅向远处一看，崇楼杰阁间的灯火仍在疏疏落落地亮着，但光焰似都被晓寒冻得发黄。一望可见的中原高楼，倚着灰色云天，麻木无情地矗立着。

　　影梅从这高楼辨出方向，知道楼后面有自己的家，家里有自小相依的假母和姐姐，有自己多少箱的戏衣，有自己每日抚摸的物件，这些都是从小和自己相随不离的，如今已隔得远了，不禁凄然一叹。她再看这数丈宽的河水，滔滔尽向东流，河面比两岸低着丈余，泊着几只货船，都静悄无声；只对面岸上有一只不甚大的空船，上面有两个人，盖着深红的棉被，正在睡觉，大约那就是摆渡船了。

影梅正在看着，忽见对面岸上刹那间出现了四五人，乱噪地叫唤着。接着又多了几个，人数逐渐增加，转眼竟聚成一片。却好像都穿着一色的衣服，上身是浅颜色，下身一样是黑。这许多人没一个不作声的，嘈嘈杂杂，听声音却都是女子，听韵调全是骂街。那摆渡船上的两人，被闹醒了，起身倦倦怠怠地收拾好被子。

这时岸上的一群女子，已循着河坡跳到了船上，有的捶打那两个男子，有的嘎嘎地大笑，有的互相戏逗撕罗，乱哄哄地闹成一片。

影梅暗觉诧异，这些女子是做什么的？大清早的出来，偏又多半一色打扮，像是娘子军似的。随即又见那两个船夫已持篙开船，慢慢向这边摆了过来。影梅方在望着，又听背后脚步杂沓，笑语喧哗，回头看时，突地大吃一惊，几乎叫将起来。

正是：永夜漫漫，似尽不尽；长河浩浩，将波未波。

后事如何，下回分解。

第五回

绝路图生做女工辛苦弹筝手
命途多舛歆美色安排引线人

话说影梅正立在岸上，张望河心船中众女，忽听后面步履杂沓，回头一看，只见有七八个女子，和船中的人一样形色，嘻笑跳跟着直奔渡口而来。

影梅方想待她们走近时细看，但这时船已靠岸，那一大群女子纷纷上来，两队混在一处，摩肩碰臂地互相拥挤。立刻听有人骂道："小妹子的，学好啦，往人上走。"

另一个道："你妈的×，不学好，你妈要跟我散了。"

那个就又骂："你妈的×"。

另一个就问道："谁呀？你认错了！我跟你妈没事。"

这边的骂声未已，河坡上又骂了起来道："哟，小损根子，你真抠呀！你跑，你跑，回头见，我要不撕破你的×，往后你别管我叫亲爸爸！"这亲爸爸三字一出口，忽地有十几个人同声答应道："唉！"接着就笑起来。

嘈杂声中船夫那里也不住喊叫道："喂，别这么就走！三天你没给钱了，今天再白坐可不行，快掏钱！"

随即有女的声音道："你这个黑了心的！大清早打钱，谁这么给过？我有钱也不给你，留着塞你妹子的×。"

73

船夫道："你下工赚了钱，也没给过。别胡闹了。"说着打了个无可奈何的咳声，想是那欠债者已脱逃了。

影梅真有些耳不暇接，只可注目瞧这群女子。只见她们差不多都是一样打扮，上身穿着缸靠色的小褂，身儿极瘦小，只齐到腰际；袖口却短而肥，好似十年前女子穿裙时代的上衣。但她们下身只着黑色的长裤，直垂到脚面；裤腿儿足有一尺开外，裤腰却瘦，又特别系了腰带，就把臀与腰间的曲线都显出来了，每走一步，裤子摇曳生姿，瞧着好似臀部不住地左右扭摆。头上又都垂着一条乌油大辫，脚下白袜青鞋，这种派头儿，好像二十年前的浪漫女子和下等娼妓的风流余韵。但其中也有完全两样的，那便是中年以上的妇人和十多岁的幼女，衣服褴褛有如乞丐。影梅简直瞧不出她们是何等样人。须臾，过来的这群人都走远了，渡船又摆过那边去。一连来回数次，差不多渡的全是这样的女人，不过从那边来的多，由这边去的少。

此际天已完全亮了，影梅还是想不出个去处。这河边上有石工放的许多长方形大石，她立得乏了，就坐在石上歇息。

正在这时，渡船又靠到了这边，河岸上来的女子，都像一母所生，性情举止，并无差别，全是那样说笑喧闹。有的瞧见影梅，便你拉我，我扯你，指指点点地窃窃私议，还有的轻嘴薄舌地望着啰唛，叫道："等谁呢？回家赶热被窝去吧。"

影梅本不懂得这等坏话，更没理会是说自己。这时又见从河坡上来两个，却没随着大群人走去，直向影梅这边走来，也坐在大石上。影梅瞧这两人，一个是三十多岁的妇人，梳着盘头，脸上还涂脂抹粉，描眉打鬓，长得颇有几分姿色；身上穿黑绸子短裤袄，手腕还戴着黄光闪灼的金镯子。一个是十八九岁的女子，也和众人一样打扮，但头上剪着长发，颈后卡着一条满镶小水钻的箍儿，容貌倒清清秀秀，只是额角上有铜元大一个红疤，被头发盖住一半，还有一半露着。

这二人也瞧了瞧影梅。那妇人道："等等她，咱们说好了，明天就可以办事。"

那女子道："不早了，我得快去，回头晚了，怕洋行关门。"

那妇人一笑，露出迎门的一排金牙道："你怎么这小心眼？放心吧，老妹子，跟着姐姐走，就是过了钟点也不能把你关在外头。"

那女子道："谁比得起你呢？"

那妇人似乎非常得意，又道："昨天她给了你多少子儿①？"

那女子道："一百六十几个。"

妇人点头道："还差不离，这就是好价儿了。在洋行砸核桃，算粗活儿，没有多大出息。过几天大孚洋行有一批皮子，我见到张大娘时就给你说说，让你上那里去缝皮子，一天就可以弄二百多子儿了。"说着话，又不住向影梅打量。

影梅已听出她们是做女工的，但看这妇人的特别气派，觉得必是一个与众不同的角色。

正瞧着，又听那女子道："二婶儿，你今天怎也过摆渡呢？"

那妇人道："车子昨天叫吴老二坐出去，在外面撞了人，连拉车的曹傻子都被押在局子里了。我到行里得托人办去呢。"

影梅听着，更诧异这妇人竟有自用包车。忽见那妇人眉尖先一挑，向自己笑问道："这位大姑娘，你也是等人吧？我瞧着你不跟船过，就知道了。"

影梅只可点点头儿，也问道："您这些人大清早干什么？"

那妇人望着那女子一笑，似乎笑影梅孤陋寡闻，竟连我们这行

①　一子半铜板。

人都不晓得，便笑道："哟，我听你口音好像北京人似的，难怪不知道了。我们都在这下边儿洋行做活。"

影梅道："做什么活？"

那妇人道："有择鲜花的，有砸核桃的，有缝皮子的，什么都有。"

影梅道："怎么这么多人呢？"

那女子接口道："这还算多？你只瞧见我们过这摆渡的，有几百口儿，这都是在河东住的人，还有住在别处不过这摆渡的呢。河东也有洋行，河西的人过那边做活的也多咧。"

影梅暗想，谁知洋行竟能养活这些女人，莫把这女工看低了，人家也是规规矩矩地将力气换钱的，比我们戏行里那些没廉耻的要强得多呢！她想着想着，忽地心中一动，又问道："上洋行做活能赚多少钱？"

那女子道："咳，没准头儿，一天好了落三四毛钱。要像我们李二婶熬成头儿就成了，可是有几个李二婶呀？"

影梅暗自盘算，心内一打转儿便定了主意，又道："上洋行做活，怎样才能进去呢？"

那李二婶笑道："做苦工罢咧，还用什么手续？有熟人领进去就得。还有穷家娘儿们，自己投进去的呢！反正洋行只要有活，去人就收。"

影梅忽然立起，走到那李二婶跟前，也叫了声二婶道："二婶，求你携带携带我，我也要进洋行做活。"李二婶和那女子都大吃一惊，只用眼打量着影梅。

影梅虽已把戒指上的钻石转到里面，又握着拳，从外面只看见白金圈儿，瞧着不过是银戒指而已，而且又穿着朴素衣服，但她那一种清华之气，仍能显出是个养尊处优的小姐，那二人怎不诧异？

李二婶叫道："哟，我的大姑娘，别玩笑呀。像你这样儿会做苦工？洋行砸核桃的有大小姐派头的么？咱们人生面不熟，干吗拿人开心？"

影梅听了忙说道："您别把我看得这么高，我现在连叫花子还不如。不止没个地方住，眼看就要挨饿了。二婶，你拉扯拉扯我吧。"

李二婶回头望了望那女子，又向影梅道："你莫非是跟人跑出来的，受了诓骗？要不然像你这穿着打扮，怎么会没有家呢？"

影梅叹了口气道："我的事，是一言难尽。你做做好事，带我去吧。"

李二婶道："带你去没个不行，方才我说过，就是自己投到洋行里，人家也收呢。就是你这大小姐的样儿，怕不能跟着吃苦。"

影梅道："人到了哪里说哪里话，你带我去试试。若是做不了活，你辞我，我也不怨。"

李二婶听了向那女子道："她说得怪可怜的，咱们带她去吧。只是她这样儿扎眼，瞧着怪不像的。"

那女子似乎跟影梅颇为有缘，就代出主意道："你带她去，就说是你的亲戚，跟着玩票来了。等散工时，便抓给她些钱。到明儿叫她换身旧衣服再去。"

李二婶道："那也好。"说着向影梅道，"你姓什么？行几呀？"

影梅不想说出真姓，就把蓉湄的姓举出来道："我姓沈，行三。"

李二婶道："沈三姑，你高兴去，咱们就走吧。我也不等人了。"影梅千恩万谢，又问那女子姓名，才知她叫丁小桃，三人就一同走着。影梅又道："我不懂规矩，又不知怎样做活，只求你二位教着点儿。"

丁小桃笑道："这还用教？你到那里一看就明白了。你只跟着我，看我怎样，你就怎样。再说是李二婶带你去的，也没人敢欺负你。"

路上影梅冷眼瞧这二人举止，竟很大气，与在河边那些女工完全不同，暗喜自己遇见救星了，从此可以求她们照应。又怕手上戒指被她们看见，就暗自脱下来，藏入贴身之处。李二婶又盘问影梅家世，影梅便撰了个谎话，说自己自幼父母双亡，只依着伯父母度日。伯父又死，伯母不安好心，借事凌辱。自己负气从北京逃到天津，来投亲戚，不想亲戚已到南方去做事，才流落此地。盘费花尽，昨日便被旅馆撵了出来。李二婶和丁小桃似乎全都脑筋简单，听了竟十分相信。

三人且说且行，转过了几条污秽的街道和整齐的马路。忽见远远有一丛人围在大铁栅栏门外，正哄哄乱嚷，好似蜜蜂闹房，细看才知道是一群女工。李二婶道："到了。这就是咱们做活的华大洋行，还没开门呢。咱们先在这边站站，别过去，她们看见我就要围上了。"说着便在一个铺户的石阶上坐下。

影梅看那大栅栏前，还有许多卖食物的摊子和挑儿，正腾腾地冒着热气，许多女人围着购买。瞧那热气便知是卖馄饨豆腐等类热食的，影梅又渴又饿又冷，真恨不得过去也吃点儿。

这时小桃道："你带着东西么？"影梅问是什么东西。小桃伸手向衣襟里一摸，拿出个灰色旧皮的扁平包儿，打开一看，里面是一张白面饼，还有两条咸菜。

李二婶瞥见笑道："小桃，你们家昨儿吃白面了，又拿来显弄，要带着棒子面饽吃，你就不向外掏了？"

小桃红着脸一笑，向影梅道："你瞧，我们都带干粮。进门就是一天，到天黑才下工呢。晌午饭只能在里面吃，不带东西怎行？你若没带，就在这儿买点儿。"

影梅答应着，就和小桃走过去，到一个食物摊上买了些枣饼，这饼非常之大，里面和着枣儿，足有四尺见圆。小桃的主张是让影梅买了二十子儿，只切下一小条，但接到手里已觉很重，影梅瞧着两餐也吃不完。她想对小桃表示感激，见旁边有个馄饨摊子，清静静的没人购食，便问小桃吃不吃。

小桃一吐舌头道："谁吃得起？二十子儿一碗呢。"

影梅道："我请你，咱们每人吃一碗。"说着就要叫李二婶。

小桃拦住道："叫她，她也不会过来。"影梅问是什么缘故，小桃笑而不答。影梅只得叫做好两碗馄饨，和小桃吃了。小桃吃得美味香甜，影梅奔波一夜，未得食水，也觉其味不异珍馐。

方才吃完，忽然大栅门开了，众女工拼命地向里拥挤。小桃忙叫影梅付了钱，同立在路旁。见李二婶慢慢走过来，才随着她一同走入。

只见里面是一所大院，院内放着许多辆破旧敞车，只是没有牲口。三面都是很大的房了，里面黑暗暗的，房前堆着不少的麻包，像是装着货物，只西面房子开着丈许的门，里面似乎空着。但在门首已立着十几个短衣男子，在他们面前放着麻包，却都开着口儿；再远些又立了五六个长衣服的男子。那些女工都向那西大房拥去。

李二婶对小桃说道："你领着沈三姑，教她也做点儿活，应应景儿。"说完便大喊道，"别挤！别挤！领了核桃挨个儿进去。谁要起哄，我可拂烂了你们的×！"喊着便奔过去，帮着那几个男子维持秩序。

影梅听李二婶声音高亮，叫骂有威，才知是个领袖人物，便拉着小桃在后面随着人家向前挤去。好容易挨到门口，才看见那麻包内满盛着核桃，由男工分给，每个女工都领得一簸箩核桃和一柄锤儿。走入房内，里面空荡荡的，好大个地方，可容纳五六百人，但现已挤得密密层层。

小桃拉着影梅向里走，在靠墙角的地方，相对席地坐了下来。看看房内，不是你挤了我，就是他撞了你，骂不绝声，直到完全坐定，方才安静了些。

影梅鼻中只闻得一种可怕的气味，好似油腻东西放久了日子，那样触鼻，方才在路上闻见小桃身上便有这种气味，这里更加重了千百倍不止。再往四外看，只见女工不像在摆渡口时那样整齐，老弱如乞丐的也不少。

这时已有穿长衣的男子进来，在人隙中穿来穿去，喊道："快动手，别怔着。"语未了，只听叮当噼啪，杂声四起，几乎震聋耳鼓。

影梅只是瞧着小桃，见她将核桃全倒在洋灰地上，用锤儿一个个地砸，砸开了，剥出里面的仁儿，丢向簸箩内。影梅问道："就这样砸么？"

小桃道："就是这样，砸到下工完事。"

影梅以为这倒容易，就也仿效她的做法，将一个核桃放到地下，举锤一声，可那核桃却丝毫无损，倒滚出老远；拿回来，用手扶住再敲，却又打痛了手，核桃依然无恙。

小桃看见，笑起来道："本来不用扶着，你真外行，把左手铺在地下，用两手指夹住核桃下身就行了。"

影梅依言再来，核桃果然不跑，手也不被打了，只是不能敲破，又看小桃已经十几个过手，心中一急，忙使出吃奶的力气，猛力向下一砸，这下只觉得手指发烧，疼得眼泪在眶中乱滚。再瞧核桃，已经碎了，里面的仁儿，一部分和硬壳黏到一处，一部分碎成小块，没法收拾。

小桃瞧见，只得暂停自己工作，教她怎样用力，又把自己簸箩中的核桃仁儿给她看，道："你瞧，我能砸出一半儿整的来，但这才是三路核桃儿仁，别人有的能砸出整仁儿来的，那叫头路①，能赚大工钱呢。你砸成这样，怎往上交？只不过，慢慢地练两天就行了。"

影梅只得兢兢业业地工作，几乎半天才砸破一个，急得心跳口喘，旁边的女工都瞧着她笑。许多女工中，除了形如丐妇的和太幼的女孩外，凡是长裤短袄的青年女工，都不老实工作，一面动手，一面互相笑骂。

有人指着影梅问小桃道："这是谁?"

小桃道："李二婶的亲戚，没事儿玩票来的。"

那一个又道："哟，你干吗教她真砸？瞧不见她这受罪的样儿？就是一个不砸，下工李二婶还不也会给她弄几个钱么。"

小桃听了，就叫影梅不要砸了，只在男监工过来的时候，装装样儿就成。

影梅正苦艰难，就依言歇着，这才有精神注意四面人说话，只听后面有人笑道："小翠宝儿，你别瞒我，昨儿我瞧见你在胡同口儿，跟小张三亲嘴了。你们几时勾上的？趁早说实话，要不然我给你告诉监工的小马，看他怎样跟你打!"

另一个道："呸！你还说我呢，谁不知道你又靠上徐老黑了？咱们那一方都传遍了。若你婆家知道了，这辈子还娶你呀？"

那一个又道："我不在乎，正想跟那穷小子散呢！你就告诉他，我靠徐老黑了吧。"

那一个道："咦，你男人不是在什么公馆拉包车么？挺好的事儿呢。"

另一个道："什么好事！那小子嫖窑子，生了杨梅大疮，被主家辞了。如今拉散车，混不上饭。上回他妈到我家来借钱，给我迎头

---

① 路即等之意。

81

儿骂出去了。"

影梅正然听得入神，忽然前面起了大笑之声，抬头看见人群里有三四个妖形怪状的女子，指点着自己，正在发笑。其中一个道："咱们拿这个新人儿赶辙吧。"

一个道："对，我先说。"接着就似唱非唱地喊道，"华大洋行盖得高，只为赚钱来一遭。"

又一个接道："出门先教先生摸摸腰。"

一个喊道："不对，要跟先生弄上手，还能只摸摸腰么?"说着出唱道，"把先生引到家里去，热被窝摸小脚。哎哟我的亲亲哪，但不知哪位先生摸你腰，哪位先生摸小脚。"

她还未唱完，旁边的一个忽然抱住她的脖，就亲嘴道："你都浪出水儿来了。昨天老毛子没到你家去么?"

那被吻的骂道："老毛子才上你家去呢。回家看看吧，你妈妈身上睡着八个老毛子。

这时在不远处坐着的一个穿得较干净的中年妇人叫道："别闹了! 快做活儿，为什么不安静?"

那几个女子不听，仍笑着向影梅指点道："这么个漂亮人儿，干什么不吃香? 偏到这里来，还不知是哪位先生口里的食哪?"

影梅听出是在说自己，但因人地生疏，不敢还口。小桃倒护着她，向那几个女子道："你们别欺负人，这是李二婶的亲戚。你们闹吧，回头有人说话。"那几个女子听了，似乎被她所慑，都住了口。

一直这样嘈乱，熬到将近正午，丁小桃已经出去交了四五次桃仁，换回整核桃再砸。可影梅还没把原来的弄好一半，瞧着已有许多人出去，小桃道："咱们歇歇儿，也该吃东西了。"说着便把影梅的核桃都替她砸完，伴着一同到门口交了，这才出去走到后院。

许多女工都聚在一处，个个手里拿着食物，多半是黄金色的饼

82

子，正在大嚼，小桃和影梅也各自从腰中取出食物吃着。小桃又拥进人群，抢出一个满盛热水的粗碗，递给影梅。果然是饥渴之余，食甘如蜜。

众女工有的坐在木板上，有的蹲在地下，有的互相拥抱。还有的在和男监工开玩笑。影梅问了小桃，才知道那几个长衫男子都是洋行中监工的职员，差不多每个监工都与女工有些首尾。影梅又问："李二婶呢？"

小桃笑道："她是我们女工头，轻易不到工厂里来，除非下工分钱时才露面儿。"

影梅问她莫非是回去了，等放工再来。小桃道："不，她在这儿呆着，有事得找她呀！"

影梅又问这时她在哪里，小桃答道："你瞧不见，她自有好地方歇着。"说着又低声说道，"她和这行里的总头儿邢二爷是姘头，要不怎做得女工头了？咱们都归她管，这时她准在后面邢二爷房里呢。"

影梅点点头又道："这后面还有很大的地方么？"

小桃道："大着呢，还有一进栈房、一进公事房。如今总行搬到新楼去，公事房已改成男先生的住处了。你随我后面溜溜吧。"说完，便领着影梅穿过一条廊道。

只见里面又是大院，小桃道："洋行才真有钱，一买核桃、棉花就是几万包，好些大房子都装满了。"说着又见左边大房的门开着，就道，"你向里面看看，麻包堆到屋顶儿了。"

影梅便从门缝向里一望，果然里面尽是存货。只是在近门处的空阔处，有一对男女正在麻包上相抱。影梅红了脸儿，忙向后退。里面两人听见脚步声，措手不迭，小桃却看了个满眼。原来里面是监工的陆先生和一个名叫浪半街的女工，正在叙着私情。小桃连忙呸了一声，不敢看了。

影梅道："别向里走了，回去吧。"

小桃还未答言，只见从迎面来了李二婶和一个高身量的四十多岁的男子，携着手正向外走，小桃低语道："你瞧，李二婶和邢二爷来了。"话没说完，转身就向外跑。影梅随着她没走几步，忽听背后李二婶叫道："小桃别走。"影梅只得又随小桃站住。

那李二婶走过来指着影梅对那邢二爷道："这就是今天新来的沈三姑。"那邢二爷瞪着两只贼眼，只向影梅打量。

影梅见他十分胖大魁伟，满面连鬓胡子，剃成铁青颜色；鼻孔深黄，似是抹着鼻烟。大肚子向前凸着，十足是心宽体胖的样儿。李二婶立在他身旁，高不及肩，显得她娇小非常，真像是这男子的玩物儿了。

影梅见这邢二爷不错眼地看自己，连忙低下了头，那邢二爷忽然哈哈大笑，拍着李二婶的肩头道："好好，你别委屈了她吧。咱们回去。"说完他便又和李二婶转回去了。

影梅真不知他们何所为而来，何所见而去，也许这里有这规矩，凡是新来女工，总头邢二爷都要看看么？问小桃时，小桃说新女工天天都有更换，这邢二爷却难得见面。影梅心里虽然纳闷，但也不甚介意，便又同回前面，再休息片时，又继续做工。

这时有两个穷苦妇人不知为什么打起来，滚成一团，有小女工头和监工主持着赶将出去。那两妇人又后悔了，苦赖着不走，到底还是被驱出门外了，远远还闻得哭啼之声。

影梅随着小桃和男女工这才重行入工厂工作，仍然是很单调的砸核桃。影梅直以为世界上所产的核桃，全都到了这里。只见女工们万手齐忙，外面还源源地送了进来。她自己照旧很轻松地摆着样儿，所听见的还是不出淫秽之言、男女之事。但其中也有老妇人对

84

谈着家庭苦况，听起来竟连得一两个铜子儿都是万分艰难。影梅这才知道世界上居然有这等地狱境界，心里也觉惨然。

只是年轻的虽一样是苦工，却不大听见谈到家计米盐，她们仅说些脂粉问题，也是一片穷气。甲女夸说昨天买了两角钱一瓶的什么霜，便嗤笑乙女只能向街头货郎担上买十个大子一磅的雪花膏；乙女羞了，便挖苦着说，自己比不起甲女，有花钱的大爷供给，只为有俊俊的脸儿，别忘了夜里叫人家搂四面，也太辛苦呢。甲女受了讥诮，便也反口相讥，如此互相丑诋，真等于自己张扬隐私，好在大家全不在乎，倒像借此调剂疲劳，增进工作能力。

到了四点钟，便有监工的过来，每人发下一根木牌。影梅也得着一个，问小桃是做什么用的，小桃道："你好生收着，别丢了，凭这牌子才能领工钱呢。"影梅不知这工钱是如何领法，以为快到下工时候了，少时便能看见。哪知众女工仍然埋头做活，好像距离下工尚远。影梅才知道穷人的钱这么难赚，从黎明到这时，还不允许休息。她回想自己唱戏时，每月动辄几千，偶然排出全本的新戏，多卖点儿气力，便要叫苦连天，如今比起女工，真像是天上的神仙了。

影梅直等到天将昏黑，约摸六点钟了，才听监工的人叫了一声，众女工纷纷出去交活，但还留在房中不走。小桃也领着影梅出去，交了这砸出的仁儿，就立在院中。

影梅道："她们都在房里，咱们出来行么？"

小桃低声道："咱们是李二婶的人，得给她帮个忙儿，好多落钱呀。"说着已见男工搬过一张极长的桌子，迎着工厂的大门放下，随后又搭过几个小麻袋，瞧着十分沉重。方才放好，房门的电灯亮了几盏，照得光明如昼。

李二婶从后面姗姗地来了，立在桌子后面。随见女工中走出了七八个较为整齐的妇人和少女，堵着门儿一站。李二婶吩咐声数钱，就挽起了袖子。那七八个女工，想是她亲信的人，小桃也在其内，都围在桌前，另外分两个人拦住房门，不许里面的人出来。

男工将麻袋向桌上一倒，原来里面尽是铜子儿。大家很快地将铜子叠了起来，每叠约有六十枚光景，排成一字长蛇阵；另外在李二婶面前，还放着个大簸箩，里面也是铜子儿。旁边还有张小桌，男工在那边也叠着铜子儿，向长桌上送。不一会儿，长桌上满了，每叠都是一样高。

李二婶将口里含着的纸烟往屁股后一丢，不慌不忙地说了声："放！"里面的女工就像目连僧撞开地狱门似的，拼命都向外挤。拦着门的两个分外雄壮的妇人，连打带骂，先放出一个来，随后见小桃迎着这个出来的女工，将她高举着的手腕抓住，接过手里的牌子，向长桌上丢去。李二婶瞧瞧这个女工，便从桌上抓起一叠铜子，递到那女工手里，小桃便松了手。那女工似要对李二婶说话，却被李二婶的亲信众女推将出去了。随后又由里面放出一个，小桃又抓住她的手腕，接过牌子。李二婶这回却拿起一叠铜子儿，又从大簸箩内抓出一把，比那一叠还多，合在一处，约有一百四五十个子儿，都递给那女工，那女工笑着走了。再出来的是个五十多岁的老婆儿，小桃照样办理，李二婶把铜子儿拿起一叠，放在手中，却抓出少半，抛到大簸箩中，手里所剩已不足四十枚，就递给那老婆儿。老婆儿叹息一声，眼泪汪汪地出去了。

影梅立在李二婶身旁瞧着，才知虽是一样做工，工钱却多少不同，完全由李二婶分配。其中差异很大，有的在两叠铜子之外，还另添许多，足有二百枚光景；有的在矮矮的一叠中，还要抽出多半，只剩一二十枚。不过大半是整给一叠，不增不减。那得钱多的，都向李二婶喜眉笑眼，好像有着关系；得钱少的，不免央告争竞，结果毫无效果，只多被李二婶的爪牙臭骂一顿。最可怜的是，有一个四十多岁的瘦弱的人，头上蒙着块黑色旧布，布衣服补丁叠补丁，从出来就直眼望着李二婶发怔。等李二婶把半叠铜子递过去，那妇人竟扑地跪下叩头，碰得洋灰地面乱响，哀叫道："你老发善心，多给我几个吧。我的小四儿出羊毛疹，求人开了方子，得三毛钱抓药，我两天没吃饭也没凑上。你多积德，给我七十子儿就够了。我的小四儿要死啦，你老救救……"

李二婶尚未发言，桌前的几个人已将那妇人抓了起来，同声喝道："滚滚，你们家的事，少在这儿说。都死了又有谁的蛋相干？"那妇人还哭着不走，怎奈这边连男工也上了手，将她连推带拽地抬了出去。这里李二婶很轻俏地说了一句道："叫她求别人积德去，明儿别再让她进来，你们留神。"众女将轰应一声，接着又放完一多半人。

这时又出来一个满脸大麻子，外带红眼边的妇人，嘴边还沾着黄色的饽饽渣儿。她也得了多半叠铜子儿，却并不走，而要向李二婶说理，叫道："李奶奶，你也得不经不离儿的。俺砸的核桃，比谁都多，又都是头路货，累成王八蛋似的，你就给这几个子儿，也得叫俺们喘得出气儿来。"

李二婶发怒道："嫌少么？上别家洋行缝皮子赚钱多，你那做相儿，进得去么？这里就是这个价，不上算明天别来！"这时众女将又要来行使职权。

那麻脸妇本来满心郁气，再听李二婶叫她缝皮子去，原来洋行中另有一种缝皮子的工作，却只要貌秀手巧、衣服干净的少女，这话明是骂她长得难看。她气恼之下，被推出几步开外后，竟咕哝着骂道："妈的，你好看，你好看才靠上头儿。欺负我们没饭吃的，忘了缺德，将来养孩子就怕没有屁眼儿。"

李二婶听见大怒，叫道："你们听她说什么？还不揍？"众女将得到命令，立刻将那麻脸妇推翻，七手八脚狠命地踢打，李二婶却不动声色，仍自发钱。

那麻脸妇先还叫骂，渐渐变成喊"救命！打死人了！"最后力竭声嘶，哀声讨饶，众女将方才住手。那麻脸妇衣服已全被撕破，鼻青脸肿，一哼一咳一瘸一拐地哭将出去。

这里李二婶已将女工全打发走了，剩下她的亲信不到十人，大约几个打人的功劳浩大，竟每人给了二百多子儿，小桃和影梅也都得到三叠。李二婶把剩下的一股脑儿用大手巾包了；簸箩内的铜子儿底下，还藏有些现洋，看样儿总共怕有二十元上下，都归她所有。她又将包儿提在手里。

众女有人向她询问影梅的，李二婶只说是亲戚，就挥手向众人道："你们走吧。"

影梅听到走字，猛想众人虽穷，散工还有住处，自己却无家可归。正预备和小桃同走，向她商量借宿，不料李二婶将她叫住道："沈三姑，你等等儿。跟我一块走。"影梅只得答应，却拉住小桃。

李二婶道："小桃，你先去好了。"小桃闻言自去。影梅蒙她照应了一日，心里舍不得离开，无奈也没法留她。

李二婶等众人走尽，才问道："沈三姑，你不是说没住处么？出去上哪儿？"

影梅凄然道："我还不知道，正想跟小桃姐商量，上她家借宿。"

李二婶笑道："她们八口人挤在一间小屋，还容得下你呀？我瞧你怪可怜的，跟我走吧。"影梅感激不尽，就随她出了大门。

李二婶居然十分慷慨，唤了两辆洋车，言说拉到大王庄下坡儿，磨了许久，才以每辆一角五的价儿说定。

影梅对这大王庄向来未听说过，但看李二婶雇车的情形，就料着很够远的。果然坐上车过了一铁桥，走着荒凉的地方，崎岖的道路，有时竟类旷野，在昏黑中真有些怕人。经过很大的工夫，才又到了人烟稠密的地方，层层叠叠都是些小房子，秽陋非常，路旁却有铺户。

穿越过许多小弄后，经李二婶指点，方才到了一家灰瓦房的门前住了。李二婶下车，影梅也随着下来，方要用自己所赚的工钱打发车资，却被李二婶拦住，她自出钱付了。便上阶叫开了门，二人进去。

影梅见这小院儿只有四间房子，南北各二，都亮着灯火。李二婶带她进了北房，房中很是狭隘，却收拾得尤为干净。家具是天津古董式，迎面一排黑漆佛柜，上面摆着很大的佛龛，龛前排列着白锡制的香炉和蜡台等等，拭得雪亮；旁边还有个红色牌位，上面写着"王三奶奶之神位"，神位前另有小香炉等物供着。

影梅不知道神仙到了天津，竟能被愚妇们地方化了而称为奶奶，反疑惑这是她家的祖先牌位，暗自诧异怎么李家会供起姓王的来呢？再看左面是一铺炕，炕头放着像棺材似的被架，炕尾放着个长几儿；地下的右边还有一张方桌，两把方椅。这几件家具，把房内挤得满满的，简直没有立人的余隙。

最妙的是炕上有个一岁大小的孩子，用一绳子拴在他腰间，另一端拴在被架之上。这孩子正哭得打滚儿，却掉不到地下。李二婶进屋先爬上炕去，将孩子抱了起来，拉开衣襟就喂乳给孩子吃，一面拍着炕叫影梅坐下。

影梅正瞧着贴满墙上的年画，忽听李二婶骂道："老不死的、小挨刀的，你们都哪里去了？扔下孩子不管！"外面立刻跑进一个十二三岁的小女孩，穿着一身紫花洋布的衣服。她才走到炕前，便被李二婶打了一巴掌，骂道："哪儿闯丧去了，小臭×？你爸爸呢？"

小女孩噘着嘴道："他在做饭呢。"

李二婶道："这老王八蛋，白天准又上茶楼去了，这时候还没煮熟饭。叫他快做，做熟了来抱孩子。"那小女孩偷看了影梅一眼，便跑了出去。

这时怀中的孩子业已止哭，李二婶向影梅道："咱娘儿俩倒投缘，你没地方住，呆在这儿，就像一家子似的，多么热闹。这所房子是我的，南房赁出去了，我只住北房。这一间我们爷四个住，旁边一间空着，就归你住吧。"

影梅不料萍水相逢，李二婶竟如此相待，自觉遇见了好人，忙道："李二婶待我这么好，我怎么报答你呢？"

李二婶笑道："姑娘，用不着说这个，咱娘儿俩投缘么！你只安心住着，愿意去做活，就跟着去玩玩儿，赚两钱零花；不愿去，我也养得起你。"

影梅道："我一定得做活，赚钱交给您，您照管我好了。"

李二婶一笑，方要说话，忽见从门外走进个四十多岁的男子，晦气脸儿，满额皱纹，两只眼眯缝着，好像才睡醒似的，穿着小衣服。两手都端着盘子，一盘是菜，一盘是发面馒头，行路迂缓，慢腾腾地放在桌上。李二婶高声地问道："什么饭呀？"

那男子似乎十分怕她，两眼溜瞅着，发出沉闷声音道："馒头白米饭，韭菜炒肉，炒鸡子儿。"

李二婶骂道："你个老混蛋，一点儿正事不办，只会上茶楼听你小妈妈蹦蹦戏。怎么走在外面不叫汽车撞死你呢？早晨告诉你买黄花鱼，你就忘了。"

那男子道："黄花鱼太贵，八毛钱一斤，我就没买。"

李二婶道："管它多少钱？想吃就得吃。你想监着我呀？我不骂你了，今天有生人，给你留脸。来，把孩子抱了去。"那男子忙把孩子接过。

李二婶才给影梅介绍，原来那男子竟是她丈夫李二！影梅暗想，世上竟有这样蒙茸的男子，大约因为李二婶在外赚钱，这李二就在家主持中馈，把男子气都消磨尽了。

她正想着，李二婶已下来让影梅吃饭，影梅又让李二，李二婶道："别管他，咱们吃。"

这时那小女孩又端进菜和饭来，李二婶告诉这是她的女儿，名叫小香。接着，三人一同吃着，那李二则坐在炕上哄孩子。影梅累了一天，对这不讲究的饭食，居然觉得可口。

吃完以后，李二婶衔着支纸烟，和影梅说闲话；小香则接过孩子，让李二去吃那残羹剩饭，饭后还去刷锅洗碗。影梅看得不胜诧异。

过了一会儿，天已有九点了，李二婶便领影梅到旁边房里，安置她睡觉之处。这房中也有炕，只是家具尚不那样拥挤。一张旧月牙桌上，放着煤油小炉和装油醋等的瓶子，旁边还有个盛饭食的小柜，因为照本地下等人家的风俗，都有个烧柴的灶放在院里。房中虽没设煤灶，但这房中已有了很浓厚的厨房气味。炕上铺有深蓝色的被单，只中间放了张短腿小桌儿，显着很为空阔。可墙上却萧条多了，只有两三张年画，不过空白处都补上了横七竖八用臭虫血抹成的图案。

李二婶道："姑娘，就在这炕上睡吧。叫小香跟你做伴儿。"说着就叫小香，连叫几声，才见那小香睡意懵懂地揉着眼进来。李二婶狠狠地拧了一下她的嘴巴，骂道，"死不了的小鬼，叫谁弄得拾不起个儿？瞧这种样儿！快去把被褥枕头拿来，陪沈三姑在这屋里睡。"小香似乎只求速眠，对打骂毫不介意，仍昏头昏脑地出去了。

影梅听着母亲骂女儿，用这等秽恶口吻，暗觉心头作恶。李二婶却十分殷勤，等小香回来，就撤去炕中的短桌，把一副半新被褥替影梅铺好，道："快睡吧，辛苦了一天，你这小身骨儿，怎架得住？瞧眼珠儿都凹进去了。"影梅本已支持不住，但还不好意思立时睡下。李二婶见小香早已进了被窝，便一面催促影梅，一面骂着小香，自个儿出去了。这时影梅才倒向炕里，盖上被子，把腿一伸，立觉全身骨节都酸痛难堪。她两眼望着屋顶，回想起近日的事情，不禁为自己的命运悲伤起来。

她自与蓉湄订约，方自喜终身有托，哪知接连竟遭了许多磨折！昨夜还舒服地睡在家中，谁想今日却到了这陌生人的家里。李二婶萍水相逢，居然肯这样地提携款待，真算难得。只是她行为不正，此处也不可久居。白天听小桃说这地方房钱甚贱，稍迟两日，自己都熟悉了，便可以另外赁房居住了。看早晨买枣饼的情形，自己一天有十个子儿便够吃了，加上穿衣赁房，大约所赚工钱足敷用度，这倒是极好的机遇。家中人便寻遍天津，也绝想不到自己做了女工。自己就在这穷人群儿里隐姓埋名，稳稳地忍过四年，等蓉湄回来，再叫李二婶知道我是谁，还得重重地报答她。

影梅这样想着，头却昏得沉沉欲裂，心也糊涂了。迷迷茫茫中，还觉得李二婶进来过一次，把煤油灯火捻小了，才带上门出去，以后便入了梦乡，什么也不知道了。

过了不知多少时候，她梦见四年已过，蓉湄坐轮船回来了，她到码头去迎接。只见岸上搭着松枝牌坊，坊前站着一班军乐队，还有几根两三丈长大竹竿，尖端挑着大串爆竹，看热闹的人都立在老远望着。这情形就像她以前来往于平津在车站上常瞧到欢迎阔人而得到的那种印象，却似等了许久，轮船还没有来。方在焦急时，忽听耳边噼啪乱响，回头一看，爆竹已经燃放起来。她心中暗骂那管理的人混账，蓉湄还没到来，怎能先燃爆竹？但那爆竹响声却越来越大，又眼看着那长竿向她头上落下来，她一害怕，便自醒了。

睁开眼儿，她瞧见了桌上那半灭的煤油灯。只是脑中麻木，已记不起这是在哪里，却还记着那梦境，爆竹响声照样震得像敲锣打鼓。接着又听有人喊小香，影梅突觉意志清醒起来，想起了一切往事。再一侧耳，她便听出外面有人叩门，李二婶在喊小香呢。她转脸一看，小香仍睡得蜷成一团。

正在这时，窗外已响起了脚步声，有李二的声音枯涩地问道："谁呀?"门外答应了声："我。"

李二提高喉咙，好似特意通知李二婶似的，道："邢二爷来了。"接着是开放大门的声音，脚步杂沓声。一会儿，隔壁又响起了李二婶的细语声，一个男子洪亮嗓音的笑声；随后又响起了小孩儿的哭声，把别的声音都压了下去，但这哭声摇动不定，并且越来越近，近在窗后，近到房门口，立刻门开了，小孩子哭进房来。

影梅在灯光昏黑中偷开眼缝儿，瞧见李二先生抱着孩子，挟着一副被，不住低声呜呜着，慢慢地爬上了炕，倒在小香旁边。她把孩子偎在怀里，像个母亲似的，缓缓地拍着，口里似乎还唱着催眠歌。那孩子这才渐渐停了哭。

影梅从听见"邢二爷来了"的话，便知道是在洋行里所见的那个高大的男子。据小桃说，他是李二婶的姘头。但姘头是偷偷摸摸的事，他怎会三更半夜地前来？难道不怕李二婶的本夫？但听李二先生开门时已是一团和气，又抱孩子到这边来睡，情形安静平和极了。既不抵抗，更无交涉，悄悄地退出来，把大好地盘让给别人，也听不见他叹一声。影梅始而诧异，继而把所见所闻的综合起来一想，忽又恍然大悟，明白这李二婶所以做工头赚大钱，是用身体巴结那邢二爷所得。李二先生懦弱无能，受妻子的豢养，只可认戴绿头巾。这三角的关系，想必早就公开了，只看李二先生养到功深的耐性，可知绝非朝夕之功。自己看他受气挨骂，还在替他这做男子的可惜，哪知还有这样特别情形？他也不过为着吃碗懒饭，就甘心做开眼王八，可见万事无如吃饭难；何况方才见他吃的还是残羹冷饭呢！

影梅正自叹息，再瞧李二先生，竟已随着孩子止哭后的沉寂，而安静地睡着了，不由又觉可气。但再寻思他跑过来和自己一炕上睡，这算什么？自己听说李二婶不正经，还以为她本身暧昧，与人无关，自己穷途求生，怎能矜持太过？如今才知道落到了这不要脸的人家里。她想，她是万万不能再住下去。无奈现在要走，出去仍没着落，又怕羞了李二婶的脸，只可隐忍一夜，明日无论如何也要另觅住处。忍耐着吧，或者再一会儿，便天亮了。

影梅虽这样强自宽慰，但因讨厌李二在旁，心里只是作恶，辗转不能入梦，恰好便听隔壁李二婶房里，似有蚊鸣嗡嗡的低语，夹杂着男女的调笑。稍迟一会儿，竟好像两个人害了病似的，男的是吁吁狂喘，女的是呃呃低哼。这样没很大工夫，一双病人突然反目，扑咚扑咚，拍拍喷喷，各种杂音，与男的鼻息相和，仿佛是男的正在用力敲打着女人的肉体。女的口口声声地喊着："不活了，不要命了，今天死给你吧！"再过一会儿，好似打得疲乏，倏又悄无声息。

影梅真不敢听这刺耳之音，自把两耳掩上，但总不能完全断绝声浪。好容易等到平静，才放开手喘了口气。

敢情讨厌这声音的不止影梅，还有那位李二呢！原来他也未睡着，方才虽一直纹丝不动，此际竟也吁了一口长气。这口气好似存得过久了，吁出来时，连带使他不住咳嗽，随后又转侧起来。

影梅见他醒来，忽然想起个念头，吓得再也不敢睡了，只可闭着眼儿留神防备。再过一会儿，只听隔壁也起了鼾声，那邢二爷力大气粗，鼾声如雷。

影梅正盼望天亮，又听炕上窸窣有声，忙把眼开了微缝偷瞧，只见李二竟坐起身来，两眼直勾勾地望着自己。不由大吃一惊，暗想这小子莫非不安好心，把老婆让给别人，却要和我啰唣？忙把精神振作起来，预备他向这边一凑近时，便跳下炕狂喊。却见李二竟下了炕出了房门，就听外面花花地响，须臾又走进来，把桌上半碗冷水喝了，慢慢踱到影梅脚下。影梅满心狂跳，暗道："来了！"咬着牙全身使劲，只待他动作。

可那李二居然弯腰低头，细看影梅。他端详了半晌，竟自摇头低声叹气道："这妞儿怪善静的，……可怜……明天也是邢二口里的食了。怎么往这种地方投来？当是凭力气吃饭哪？"说着又手指隔壁发恨道，"我瞧你将来怎么死！还有这不要脸的，你叫他睡还不够，还给他乱拉皮条！混蛋，他要爱上别人，还有你赚的钱？我也不管……随便你……"

李二说话时，两眼空蒙，仿佛能将目光穿进墙壁和人对面说话，而且那自言自语的神气，也十分古怪。想是他妻子被人霸占，积愤已久，却又看在饭上，无可言说，只有在无人之处，喃喃自诉，才养成这种神秘的习惯。但在影梅听来，已自毛发森竖，通身冷汗直淋。这时，李二摇着头儿，又走回原处躺下，抱着孩子睡了。

由李二的言语想来，影梅明白自己处境危险。李二婶无耻轻狂，自己虽然知道，但是还想不到尚且如此阴毒。她定是看自己容貌尚佳，就生心要做伤天害理之事，要用我来巴结那邢二，以固她本身之宠。怪不得在洋行后院中遇见她和邢二出来时，她只对自己端详一回，邢二又夸了两声，二人就回去了。到下工她拉我到家里来住，相待又那样殷勤，大约他们已定妥了主意。并把这主意告诉了李二。李二却因听她和邢二睡觉，心中难过，又以为我已经睡熟，就自言自语地露了出来。看来这里可不能再挨一刻了，最好趁他们全家睡着之际，急速溜出去。

想到这里，她便悄悄坐起。此际窗纸发白，灯光更微。她见李二睡着不动，也不知他是否睡熟了，就下了炕，故意将脚步放重了些，又吹灭了灯，李二仍无动静。影梅也自语道："天不早了，该上工去，二婶还没醒么？"说完就轻轻推开房门，直走出去。

这时院中已铺满了晓色，她手抚胸口，勉力抑制着心跳，溜过去拉开街门插管，就跑了出去，也不认得路径，只是顺着小胡同乱走。

正是：遍地坎坷，行魂迷离噩梦；漫天飞絮，心难上下东风。

后事如何，下回分解。

第六回

荒林黑夜暴客阱中亡
茅屋斜阳美人天上落

话说那位古道热肠的老人郭寿岩，自接到绑匪的信便一面对外保守秘密，免被地方官府闻知，一方面也瞒了沈渭渔，要独自把蓉湄赎出，使老友喜出望外。他先竭力张罗款项，依着票匪来信中的意思，都预备了五十元一张的钞票，用大皮包装了，不动声色地只等绑匪约定的时间的到来。他的家产原也不过三四十万，大半又是不动产，这十万元几乎已罄其所有。但他丝毫不觉可惜，只希望能见着绑匪，动之以情，并且求他们看在自己恭谨从命先期奉款的义气上，立刻把他带到蓉湄羁囚之处，领了蓉湄回来。至于本身的利害，他却绝未顾及。

等到次日下午，他才召集仆人，询问谁熟识南乡路径。一个叫尚德的仆人回答说，他曾在那里住过。郭寿岩问他知不知道八里台边有个王家林，王家林旁边还有个和尚坟，尚德道："这和尚坟还在八里台南边，有二里地，荒凉凉的，连庄稼地都少，只有座破庙和树林芦苇坑。"言下似颇诧异主人怎会知道这等地方。

郭寿岩点点头，便吩咐他早些吃饭。众仆人下来，自免不了窃窃私议，众口纷纭。

到六点以后，郭寿岩收拾停妥，便又唤进尚德，叫他跟着到方才所说的地方去。尚德诧异万分地道："老爷，天都黑了。那荒郊里千万去不得！您有事明天去吧。"郭寿岩摆手叫他不要多话，只令提了皮包，走出门去。

汽车已停在门外，主仆上去。尚德坐在车夫旁边，指引路径，曲曲折折地由繁华境界渐入荒凉地带。郭寿岩并不认识路，便听任汽车走。

到了一个地方，尚德忽叫车子停住，回禀郭寿岩说："现在已走出一半来了。不过汽车只能开到八里台，再向前的一里多路，就只有洋车能通。现在若一直走到八里台，那里没有洋车可雇，不如在此处换洋车一直下去。"

郭寿岩听了，忙下车来，由尚德寻来两辆洋车，吩咐汽车仍在这里等候。主仆上了洋车，又一直跑下去了。渐渐离开有人的区域，行入荒郊。

这时，天已完全被夜幕遮住，虽然回头仍瞧见有遥遥的灯火，但向前望却只一片黑暗。洋车上的油灯，也昏昏地照不到三尺之外。过了不久，便瞧见远处有两座大楼，知道是有名的学校。但车子却没向那边走，只由尚德指挥着，抄近路从斜刺里向西南穿了下去。

眼前竟越来越黑了，道路更是坎坷不平。拉郭寿岩的车夫，不住叫苦连天，抱怨他身体太胖，比两个人还重，寿岩只得答应照两个人加倍给钱。但是车在小道中行走，又载重逾量，车夫实在是把气力使尽了，就放下车把要求歇息。郭寿岩无法，只得向车夫说："若能一气拉到地方，回程时两车倒换一下，以逸代劳，便可每人给五元车资。"车夫听有重赏，才又生出勇气，拼命地跑了下去。

郭寿岩只瞧见眼前一片黑一面灰，脚下一步高一步低，更不知走到哪里了。忽听尚德说声："到了。"车夫打住，尚德跳下车扶下郭寿岩，道："前面还有一段小路，得从乱葬岗上过去，我扶您走吧。"

郭寿岩掏出个电筒照着，由尚德扶掖，上了一段矮围墙，慢慢向前走着。可怜他那肥胖身躯，平常出门就上汽车，哪受过这样奔波？没几步便累得他吁吁大喘，只得咬着牙向前挣扎。又瞧着地下尽是坟头，有的被雨水冲刷，露出了棺材板；还有的被野狗撞开，白骨狼藉满地，只吓得他脊背发凉，满身起栗，脚也发软，简直就要跌倒，幸得尚德忠心保护。他知道在寿岩这样的年纪，一跌倒人便有危险，因而用尽气力小心地挟掖着他。

过了乱坟，前面便平坦些了。尚德止步用电筒照着地下，一片雪白，原来是块碱性的土地，寸草不生。接着他又举起电筒，向四面寻觅，瞧见了一座小砖塔，便道："老爷，您看见这小塔儿了么？这便是和尚坟了。左边些儿是王家林，南边儿是苇塘。"郭寿岩想不到他对路径如此之熟，就令他把皮包放在地下，坐着喘息。

尚德到了这时，已忍不住疑心。而且黑夜荒郊，互相依倚，主仆之分也就泯灭了些，才敢问声到这里做什么。郭寿岩早先不说话，是怕他不来；此际已无须再瞒，便把来与匪人接洽的话说了。这一来，把个尚德吓得战战兢兢，立刻变成口吃地说道："老爷，您这可不好！黑，黑夜带⋯⋯带这些⋯⋯钱，要是匪人把咱们⋯⋯也也⋯⋯绑去呢？"

郭寿岩道："我就知道告诉你便得害怕。匪人也是人，你别怕，有我⋯⋯"他口虽这样说，但在这冷僻去处，四面都是阴森的夜气，离人群又远，有危险呼救也无人应；况且黑暗中风声萧瑟，好似将有鬼物出现，他也是怕得把心都揪到一处了。

他还没说完，忽听左近头上劈吧吧一阵响，又轰的一声，寿岩吓得叫声"哎呀"，抓住尚德，不停地打战。尚德已听出定是什么鸟儿从树上飞去，忙叫道："不要紧，是鸟儿。"

寿岩惊魂稍定，想起自己此来的任务，并非怕一阵所能解决，就从衣袋中取出特别粗大的雪茄烟和自来火儿，问道："尚德，你会不会吸烟？"

尚德以为主人在患难之际，对自己表示好意，以烟相让，忙道："老爷，我不敢，您抽吧。"

寿岩道："你只说会抽不会抽。"

尚德道："偶尔也抽一支烟卷儿。"

寿岩把手里的雪茄给他道："你抽这个，勤弹头上的灰，让它亮着。这是我和匪人订下的暗号，他们瞧见火头儿就过来。你站着容易看见，我是立不起来了。"

尚德这才知主人的用意，便把雪茄叼在口里，心里却在想，主人莫非把烟铺的幌子买来了？这支雪茄可太大了，足有酒杯口粗细，七八寸长。他只得点着了，却又怕匪人瞄准这火头儿一枪打来，心里十分忐忑不安，就不敢站定，不停地走动着把头乱摇。郭寿岩也吸着支小雪茄，向四面望着。过了半天，却不见动静。

尚德无意中回头一看，忽然浑身乱抖，低声急语道："那边也有红火头儿了，是……不是……？"郭寿岩忙立起看，无奈老眼昏花，只是瞧不见。

尚德指着道："就在那边，南边，靠苇坑的一边。"

郭寿岩还是瞧不见，着急道："你领我迎上去！"

尚德抖着道："我不敢……"

郭寿岩道："你真没用。过去有我说话，怕什么！"说着便提起皮包，握着尚德的手道，"走，迎着那火头儿走。"

尚德两腿弹着琵琶，一步步向前挪。可寿岩抖得也不在尚德以下，而且更犯了老年气虚的毛病，裤裆竟湿淘淘的，不知怎地开了水门。

两人走过几步，忽听对面有人叫道："站住，你是哪里来的？"

寿岩壮着胆子，咳嗽一声，也高叫道："我们是从沈家来的，跟你们几位接头。"

那边又道："你一个人么？"

寿岩道："还有我的仆人。"

那边又道："你姓什么？"

寿岩答道："我姓郭，你们给沈家的信，是从我那儿转的。"

那边哦了一声，道："你是郭寿岩么？你亲自来了？"

寿岩道："是我。朋友，你过来说话吧，要不放心，就举着你的枪。我可是好心来的。"一语未了，忽然从对面射过一道电光，在他主仆身上晃了几晃，倏地又灭了，随即那边便有脚步声走过来。

寿岩这时已瞧见对面雪茄烟的红火儿。那人走到约摸一丈以内，便不再走，发声道："郭先生，你倒是够朋友。沈渭渔给钱不给？"

寿岩忙道："给，给，给，你们要十万就十万。可是你绑去的票在哪里？"

那边似乎笑道："你怎么这样会问？我能告诉你呀？"

寿岩道："朋友，请你相信我，我们只求把沈少爷赎出来，对你几位绝不想追究。现在说实话，我把十万都带来了，求你带我到沈少爷住的地方，接他回家。你们行行好事，他父亲都快急死了。"

对面听了，低低地哦了一声，好像诧异寿岩的话，忙问道："你把现款都带来了？"

寿岩道："一个不短，整十万。你收下，快把人还我吧。"

对面道："钱在哪里？"

寿岩拍拍皮包道："在这里。"

对面道："走，跟我这里来。"说完就见雪茄烟火儿移动。

二人跟着走了十几步，寿岩只顾张望，竟跌了一交，幸而未曾跌重。尚德扶起他来，再向前走。

到了树林里面，对面那人道："把钱给我。"

寿岩道："给你，一定给你！可是得立刻还我们人哪！"

对面道："你够朋友，我们绝不能没义气，放心吧。丢过来！"

寿岩知道这时不放手是不行的，只好举皮包对准方向，向前扔去，啪的一声落到地上，便有电灯一晃，照到地上。随即看见光线后面的人影拾起皮包，又向他主仆照了一照，才把皮包打开，放在地下，照着用手翻腾里面的钞票。寿岩这时从光线反射中已瞧见了这人，穿着一身黑衣，头戴黑呢帽，低到发际，下半截脸儿又用白手巾缠着，只露出两只眼儿，瞧不见面目。

那人似乎从郭寿岩露面便相信他绝无恶意，此际更放大胆量，只一手持着电筒一手检视钞票，口里还说道："这够十万么？"

寿岩道："差一个你别饶我。"

那人像已被他的诚恳感动，扬声说道："放心吧，你们的人没在此地，到外县了。你回去等着，明后天他准回家。要伤了他一层油皮，算我们不够朋友。"说着便盖拢皮包。

正在这个当儿，忽儿那人身旁树后出现了一条黑影，似乎要出其不意地向他扑过去。那人正要直起腰来，像已听见声息，回头一看，倏然电筒灭了，眼前又复黑暗。接着便闻一阵脚步杂沓，有人喊道："哪里跑？"接着又听那人骂道，"郭寿岩，好小子，插圈儿毁我！咱们有日子算账！"随后又听见砰砰两声枪响，又从树林中跑出了许多人，枪声也便更密了，像有五七支枪同时在放似的。郭寿岩和尚德吓得屁滚尿流，倒在地下，两相拥抱，都恨不得钻进对方身体里面去躲避。他们越抱越紧，又不住地直着嗓子号叫。

这时外面枪声乱作，脚步声也响个不停。猛然又听到有咕咚栽倒的声音，接着又响了十几枪，便有人叫道："住手，咱们人没伤么?"

随即有人应道:"我没有,老房呢?"

又有人应道:"我在这里,咱们瞧瞧去,大概差点儿没跑脱。"

语声才止,便听着似有三四个人同时走出,又有了唧唧喳喳的声音。忽听一声高叫道:"在这里,快来看……呀!打中心窝了。谁的枪法这么准?"

又有人道:"先别管死的,看那赎票的去。"

寿岩这时方才和尚德推挽着坐起,只觉眼前一阵光亮,三支电筒同时照到身上,随闻有人叫道:"郭老爷,你自己来赎票,受这份惊险儿,这是何苦呢?"

寿岩听这口音甚熟,忙问道:"是谁?"只见那三支电筒走进前来,又有个蹲到面前。郭寿岩这才看出来是侦探班长黄显堂。

这黄显堂原在寿岩手下做过事,因为不能安分,定要尝尝官面上的滋味,便磨着寿岩荐到警务机关去。混了几年,已升到班长。昨日蓉湄初被绑时,寿岩还去托过他,想不到竟在这里相见。寿岩痴痴地问道:"这是怎么回事?你从……"

黄显堂笑道:"郭老爷,你可真成,大胆自己来赎票!若不是我们跟下来,大批洋钱就到了贼人手里了。"

寿岩愕然道:"怎么,他没拿走?"

黄显堂道:"匪人被我们打死了,他还拿得走?这不是么?"说着举起手来,那皮包竟在他手里。

寿岩迷惘不知所措,黄显堂道:"实话告诉您吧,我们干的就是这种差使。自从沈宅少爷被绑,我们明知沈老爷和您一定要偷着赎票,绑匪一定和本宅商量,所以就分班儿跟上您两宅里的人了。我们打算从这上面得着票匪的线索:比如你今天到这里来,预先定不肯告诉我们,我们只可不辞辛苦地缀着。晚饭前我们听您宅里的仆人说，您打听南乡道路，就留了心，多带俩弟兄在门外老等。您坐汽车出门，我们就骑脚踏车跟上，直到这里，我们爬在树上瞧见您递暗号，又见匪人从苇塘出来，还听见了你们的全部对话。等到您把皮包交过去，他察看钞票时，我们就圈着围上。哪知他倒很机灵，我们一把未扑上，就开了枪。本想捉住留个活口儿，不料竟打中心窝死了。这倒没有什么，我们回去报告，多少还有点儿功劳。只是您拿钱赎票，可怎样往上报呢？"

郭寿岩急得满头是汗，暗想这可糟了，只怪他们多事，把票匪打死，蓉湄的事，岂不全失了把握？自己莽撞糊涂，行事错误，本不该瞒着渭渔。如今弄巧成拙，这样大的重担可怎能担得起呢？寿岩想到这层，只是呆呆发怔。

黄显堂瞧着，倒疑惑他是被自己的话吓住了，忙代为解释道："您不必着急，我替您想个法儿。您把这皮包收回去。我们对上面就说绑匪向您接洽赎票，我们跟您定了计策，由您到这里引绑匪出头，我们上手扑捉。想不到绑匪拒捕，就被打死了。这样可以把您开脱出去，要不然，从实报告，可就大有麻烦咧。"

郭寿岩深深领了他的好意，忙道："你们几位多帮忙吧，我总有个人心。"黄显堂连说谈不到这个，又催郭寿岩赶快回去。寿岩哪敢在这里久停，就接了皮包，叫尚德架着走。黄显堂留下两个伙伴，去寻村长地保办理善后，他自己也随着寿岩同回。

尚德扶寿岩走了几步，在林外不远，便看见了那个绑匪的尸体。黄显堂用电筒照了一下，见这死者约有四十上下年纪，衣帽整洁，面目也不甚凶恶；心窝上中了一枪，是致命伤，此外脚踝和肩头也中了两处。寿岩不敢多看，连忙奔到洋车停处，由黄显堂骑脚踏车护送，一直奔回去了。

书中暗表，这被打死的绑匪，正是影梅假母的情人高连魁。原来，他自从起意绑蓉湄之后，苦于没有助手，便回了他的故乡保定南冉村，寻了个旧日的同伙于绍堂，到天津把蓉湄绑了，便将汽车开至白河边上的荒僻之处，那河里自有他备好的船只等候。于绍堂把蓉湄带入船中，从水路直奔保定；高连魁却将汽车推入河中，自行回来接洽赎票之事。他料准了蓉湄家中必肯出钱，便先与郭寿岩约会见面儿，以为这样巨款便可以稳稳送入手里。哪知寿岩比他所料还要爽快，不等到期，便先送款。却又不料有官人暗随郭寿岩前来掩捕，他竟意外送命。因无同伙，他之落网不仅无人知道，而且这时蓉湄还在船中，未达到藏票的目的地呢。

这船在河中走了四天，直到高连魁被歼的次日晚间，才到了距离保定南关四五里远的河边上。于绍堂架着蓉湄下船，向荒郊走去。蓉湄由于被膏药蒙住了眼，难辨路径，就只好由他扶掖向前。这于绍堂原是退伍军人，在当日皖派边防军中做过连长。以后被直军打散，他就在外漂流，做了些不法之事，剩了几个钱，便回家老实度日。这次被高连魁约出帮忙，原只为着情面。

他在外闯荡已久，眼目甚亮，一见蓉湄这公子哥儿的样子，便知容易对付。在路上他并不加威吓，反倒客气地对蓉湄说："有个江湖朋友，因为过路缺少盘缠，所以把你请来，向令尊通融几千块钱，几日里钱拿到手，便立刻放你回去。你若老实随着我走，管保没事；若是有心逃脱，或者喊叫，我可先打死了你。"

蓉湄本没经验，听了他的话，倒觉得他们有些小题大做。这小小的数目，父亲一定肯赎，不日便可出险，自己只可安心等待，不必自轻性命，于是服服帖帖，不作反抗之计。

于绍堂白天只令他睡在舱板下面，夜里便放出来，一同饮食谈话。蓉湄本来眼蒙膏药看不见什么，而于绍堂又告诉船尚在天津左右走着，始终没离开五十里，蓉湄更觉安心。

这天到了保定，于绍堂扶他上岸，在黑夜中又走了四五里路，才到了一个人家。于绍堂叩门进去，在里面唧喳了半晌，才又带蓉湄曲曲折折向里走。

进到一间小室之内，接着有人七手八脚搭好板榻。于绍堂叫蓉湄睡下，又道："你在这里等着，一两天就能回家。我绝不虐待你，你手脚皆没捆着，可以随便起坐。只不许你揭眼上的膏药，便是我不在眼前，也有人看着你。哪时你揭膏药，那时我们就不能留你的命了。"蓉湄唯唯，只得躺下便睡。

睡醒有人送饭，饭罢有茶，相待尚不粗暴。只是眼上蒙着膏药，一片漆黑，不知昏晓。而且于绍堂踪迹不测，有时听他在屋中说话，或是睡着打鼾；有时又半天没有声息。他走路又毫无音响，有时以为他走了，他却猛然在自己耳根咳嗽一声；有时明明听到他鼾声大作，自己要立起小解，忽然另有人问干什么。这样闹得蓉湄认为门内外总有人监守，遂不敢起揭去膏药的念头。但是他听早晚送饭进来的人和于绍堂说话时，口音和天津大异，便明白这里离家已远，绝不是只在几十里以内，心中这才怕将起来。欲待舍命图逃，又恐万一被看守的人害死。自己并不怯懦，只是父亲年老，希望尽在自己身上；且又和影梅新订婚约，加了一层责任，上为老父，下为爱人，都应该自行珍重。况且向来闻绑匪图财，不伤人命，老父又定肯纳赎，早晚必有脱险之日，自己这时若图逃生，即使侥幸逃出，也只省几千银钱；若遭遇意外，就要使老父与爱人遗恨无穷。蓉湄这样一想，便仍安心静候。

过了不知多少日子，只觉饭已吃过二三十次，觉也睡过一二十回。蓉湄只纳闷绑匪既去和父亲接洽，老人一定立刻出钱，怎么耽误这么多日子？恐怕已出了什么岔子。

不仅蓉湄焦急，于绍堂也忍不住了，常常痛骂老高怎么还不来

106

信，把他拴在这里，没个完结。蓉湄听了，明白他所骂的老高，定是绑票头目。于是他就与于绍堂商量，请他送自己回去，担保他没有危险，并且照他的希望给钱。于绍堂虽然不肯，但语气中已露出万分不耐。

又过了些时日，蓉湄忽然觉得看守加紧了，房外总有脚步在走动。但已听不到于绍堂说话了，而且蓉湄偶然起坐，便有人高声喝问。蓉湄渐渐领会出于绍堂已离开此间，改由别人代为看管。从此以后，蓉湄虽更为痛苦，但已能辨别昼夜了。因为这新看守的人，每日到了一定时候，便过来在对面床上睡了，再加上远处的犬吠，便表明这是夜中光景。

这人不和蓉湄说话，却好自言自语。蓉湄从他口中知道他是个赌徒，又试探出看守人分为两班，白天另是一个，而夜里这人则进来便睡，他这才放大了胆量。这一天睡觉时，他便试着把背向着看守人。以前于绍堂是不许的，每见蓉湄面向里睡，便喊他转过来，这次竟没人管。蓉湄偷偷用手将靠枕边那只左眼上的膏药，轻轻揭开了一条缝儿，但大约因为被蒙的日子太多，他简直什么也瞧不见，他自己害怕起来，还疑惑损坏了目力。幸亏过了一会儿，便感觉到了极微的光线，瞧得见枕上的灰色布了，这才明白时间已是夜里。

他听旁边看守人的鼾声正响，暗想自己既瞧不清楚，便是他没睡着，也未必看出自己眼上的膏药离了缝儿。想到这里，蓉湄就悄悄坐起，翻身凝神审视周围，他隐约瞧出这是个很小的房间，只对面搭着两张板榻，靠墙还有张桌子，是自己每日吃饭之处。他又记得他们常是从左边进来，但那里却看不真，想是锁上门了。这房里并无灯火，查看光线的来源，才发现在两榻中间的墙上，有个窗户，上面糊着纸，却有很多破孔，从那里透进了暗淡的夜光。那窗子并不甚高，坐在榻上，便可摸着窗沿。蓉湄再看对面榻上的人，似乎身体非常壮硕，正睡得像死狗一样。他定神想了想，猛然生出一线希望，便轻轻挺起腰来，跪到榻上，用手去推那窗户。

哪知这村上的建筑，却是朴实而坚固，窗子是大方格的木架，在墙壁间嵌得很紧，不易推动。他又怕用力过猛，弄出声音，惊起对榻的人，因而试了试，就不敢再推了。他坐着踌躇了半晌，又立起身由窗纸破孔向外张望。只见外面星光下，照出一片荒野，并没有房舍，只远处地面闪出亮光，像是有河；近处有一丛丛漆黑的影子，想必是树木。蓉湄不敢久看，忙又坐下，暗想自己所住的地方，定在郊野，四面并无人家。但有时也听得有人声嘈杂，这前面必另有房子，由他们的同党住着。因此，自己想逃是不能从房门出去的，唯一希望就在这窗子上。

这窗子虽然坚固，也只是木料所制，费些功夫，想来便可毁坏。无奈在他们的监视之下，哪有机会做这工作呢？除非把这看守人杀了。但眼前没有器械，而且自己不会杀人，倘被他知觉，动起手来，眼前便是危险！蓉湄踌躇半晌，又觉有这机会，再不设法逃走，未免辜负了上天赋予的智力，便又把窗子推了一会儿，却仍难撼动分毫。

正在这时，对榻上的人忽然欠了欠身，蓉湄连忙睡倒，心里扑扑乱跳。过了片刻，不闻动静，才又稳住精神，重复思索。

他忽然想起早先看过的一部英国小说，上面记有一女子遇劫，被人困在楼里后，抛出求救纸条，被路人拾去报告警察，因而被救出险的故事，暗想自己何不也仿照这办法尝试一下？只是在这荒郊野外，未必有人恰从窗外经过；而且即使有乡老儿拾着，也未必认得；便是认得，我国人也未必那样豪侠好义，肯来救助。但他又转念一想，自己困在此中，如今既发现了窗子，可以自行逃跑，且又想出了这办法，可以盼人来救。虽然希望都很渺茫，不过总比坐以待毙的好。何不先试这求救之策，再慢慢想法毁这窗子？只要有一样成功，自己就能脱离险地了。

于是，他伸手便向袋中摸去，这才想起日记本、铅笔都已被于绍堂搜去。他方自嗒然绝望了一会儿，忽又想起了一个主意。他用手摸摸墙壁，上面是剥蚀的灰片，就揭下一块，慢慢搓碎，只剩下坚硬的一小块。他重新坐起，挪到窗前，轻轻用唾沫将一个方格里的窗纸沾湿，然后撕开，将手臂探出，用灰块在外面墙上写了几个大字儿。他自己心中知道写的是"有人被害见者来救"八个大字，但不知写得是否像样？旁人能否认识？还没缩回手来，他又觉这八字尚不够用，就向稍下处又写了四个字，是"带警察来"。写完才把手缩入，将撕破的窗纸对好缝儿。因窗纸破处本多，瞧着竟不露破绽。他又轻轻将臂上尘土掸去，再继续着摇撼窗子的工作。只苦在既不敢用力，还得防备对榻的人，推了半天，窗子依然如故。

天色已渐黎明，蓉湄看见房中光亮，恐怕对榻上的人醒来一眼瞥见，只得停手倒下，把左眼膏药按了按，使其贴近皮肤，免得被人看破。须臾对榻上的人醒来时，蓉湄便睡着了。

不知何时又醒了，耳听房中多有脚步声，他便不敢再揭膏药。直到有人送进饭来，吃过以后，才觉寂静无声。蓉湄偷偷再揭开膏药缝儿，立觉强烈光线刺得眼疼，便知道已是白天了。他强忍了一会儿，才辨出房中情形，仍和夜中所见差不多，只是房门开着，房中也没有人。但他不敢走到门口去，只是凑近窗边向外瞧着。果然这是一片野地，坡坨起伏，十丈外还有一道河沟，却看不见有种的庄稼。行人既无，村舍也不在视线以内。当他正在向外瞧时，忽听门外有了人声，急忙又躺下装睡。从此便人声不断，使蓉湄不敢动作。

直到吃过第二次饭，他便知道又是晚晌了。果然不大工夫，那嘴里只念叨天牌地牌的赌鬼看守人又进来了。今天也不知是谁惹了他，自语着骂了一阵，把房门下了锁，方才睡了。

蓉湄等他睡熟，又悄悄起来，仍去摇撼窗户。他想拼着用铁杵磨成针的功夫，继续不辍，窗子便终有被推开之日。但苦在不敢用力，空累了一夜，两臂酸痛，还是不见功效。看守人黎明即起，蓉湄只得又睡。这一次却因久不运动，突然用力过度，竟致筋骨如伤，转侧许久，方才入梦。在梦中似觉有人唤他吃饭，他只睡着不应，那人也就不唤了。

又过了不知多少时候，蓉湄才突然醒来，蒙眬中似觉脸上被很坚硬的东西播弄着。他神智未清，就伸手向面上乱抓，却摸着像根木棍子似的东西，忙要握住，那棍子忽又离去。这时便听头上有人说话道："喂！醒醒儿。你是做什么的？眼上怎贴着那东西？"

蓉湄听这话语的是个女子，自疑尚在梦中，忙迷迷离离地坐起。又听那女子的声音道："外面墙上的字，是你写的么？"

蓉湄心中猛然一跳，脑中方稍清楚，急忙揭开眼上膏药，只是急切难于睁眼。他忍疼抵抗那强烈的光线，向下瞧着，寻觅这说话的人所在，口里则忙问："你是谁？"

只听那女子道："我从这儿走过，看见了墙上的字。你是被困在这里的么？"

蓉湄这时才辨出说话的女子是在窗外，而且眼力也略能接受强光，知道这时正当白昼，于是他便向窗外瞧去，看见窗纸上有人影儿，便明白自己的第一项计划有了效验，但不知怎么会来了个女子。他方要向前凑去看，忽又想起房外的看守人。他毛发悚然地听了听，似乎渺无声息，只前面隐隐有锅勺相触之声，像在做饭。

这时那女子又催促道："你快说……你穿着洋服，眼上又贴着东西，张望什么？快过来说话。"

蓉湄忙壮着胆子，跑到榻上，由纸窗的破孔往外看。因为外面那女子脸儿也紧贴窗子，距离太近，倒看不清楚，只瞧见她红似苹果的健康颜色的脸儿及正向里面注视着的漆黑双眸，面部以下透过了一块块黑色，想是她衣服上的花纹。他忙问道："您是见这窗下的字……"

那女子道："你这人怎么这样迂缓？别尽自问我，快说说你是怎么回事？"

蓉湄忙道："请你低声些，有人监着我，我是被绑票绑来的。"

那女子似乎吃惊道："真的……？你在这里困了多少天了？"

蓉湄道："我记不清了，总有不少日子吧。"

那女子道："有多少匪人看着你？"

蓉湄道："常有一个，他们早晚分班，也有时好似没人。只是我眼上蒙着……"

那女子道："你姓什么？哪里人？"

蓉湄道："我姓沈，家住天津。这是哪里？"

那女子道："这是保定。"

蓉湄道："求求你快报告警察，前来救我。"

那女子道："我看匪人看守很松，你怎不自己逃……"

话犹未了，蓉湄忽听房外有了走路声音，忙将左眼膏药一按，就倒在榻上。他才向窗外摆手，立刻就听见外面细语说："等着，夜里有人救你。"说完又听有马蹄蹴踏之声，渐行渐远。

蓉湄再听房外，又有人来监视，心里暗叫侥幸。倘或那女子说话时，看守人正在门外，岂不万事皆休？而且若被他们知道自己曾在窗外写了求救信，恐怕立刻就性命难保。万幸看守人在这时离开了，真是事逢凑巧，也许自己应该出难了。只是来者想不到竟是女子，且听她的口吻绝不像普通村妇，还好似骑着马走了。自己既未

111

得看真，也不及细问，她倒是怎样的人？莫非是《儿女英雄传》上的十三妹出世了么？但在二十世纪哪有这宗事啊？

蓉湄疑疑惑惑，简直入了迷阵。然而总生了一线希望，只待夜中真个有人相救，便沉心等候。又吃过了一顿饭，那夜班看守来了，还是立刻锁门大睡。

蓉湄把全副精神都注在窗上，静听声息。但耳中只接收到对榻上的鼾声和远村犬吠，过一刻钟比一夜还长。心里疑神疑鬼，患得患失，只怕那女子骗了他。耗了极大功夫，蓉湄认为即将天明，已有一半绝望。其实这时还不到午夜。

他正焦急间，忽听窗外似乎有了喞喳的语声，接着窗纸便发出细微的声响，好似被风吹动。但蓉湄精神贯注，听出是有人用口吹的，不由心中大动，知道是救自己的人来了。他早已把两眼的膏药全都揭开半边，这时便忙跪起凑到窗前，想由破孔向外看，哪知这时窗外的人也正向里面看，蓉湄脸儿挨到窗纸，只在鼻中接触了一阵温馨的热气。一种微妙的感觉，使他知道窗外的人便是那个女子。他立刻极细声地问道："救我么？"

外面也低声相应道："这打鼾声的……"

蓉湄道："是看守我的人。"

他正说着，忽觉外面有手抚摩窗孔。少时便由昨天蓉湄所穿破的大孔中，递进个白色布卷儿，蓉湄连忙接住。外面又低语道："你把这卷儿打开，蒙在他脸上，快！快！"

蓉湄听到这个命令，心中虽然惧怕，不敢到那看守人的身边去，但因外面有人壮胆，而且发令的还是个女子，又怎能对她说出怯懦的话来？只得战战兢兢地先把那布卷儿打开，立刻冲出一种气味，一吸入鼻中，便觉头晕脑昏，这才明白定是哥罗芳一类的迷药，不觉胆量放大十倍，就悄悄地走过去，将那布卷的里面朝下，对准那看守壮汉的脸上一按。那壮汉似有所觉，手足齐动。蓉湄方惊得骨软筋酥，却见他的手还没举起来，便又软软地垂了下去，身体也随着不动，鼾声渐微渐止。他知道这人已被迷过去了，这才惊魂微定。

外面的女子似已由那鼾声的停止晓得蓉湄业已得手，便稍稍提高声音说道："好了么？"

蓉湄应道："他迷过去了。"

那女子道："你从哪里出来？"

蓉湄道："这房门锁着，前边还有他们同党，我只能从这窗子出去。只是窗子很坚固，我推不开。"

那女子道："你在里面推，我们在外面拉，两边用力，或者能成。"

蓉湄这时突觉生了气力，应了一声，就跳到榻上，双手推着窗格，外面也有了四只手握住方棂，向外拉拽，不消几下，窗子竟活动了。最后只听嚓的一声，推开了半边。

蓉湄见生路已开，倒一阵迷茫无主，怔怔地向外面的人说道："我出去么？"

那女子似乎扑哧地笑了道："不出来，你还在里面住着吧！"蓉湄忙轻轻上了窗沿，溜出窗外。

等他到前面一看，只见黑暗中立着两个人影，细瞧竟全是女子。其中一个身量特别高大，好似穿着黑色长衣；另一个较为矮些，但比自己也差不了多少。只是面貌服色都瞧不真，仅仅看出那亭亭玉立的身影。蓉湄有些糊涂，不知哪一个是白天所见和方才指挥自己的人。

他方要说话，那个高身量的女子忽然将蓉湄拉住，向前便跑，那较矮的女子也在后面跟着。他们先到了小河沟边，沿河而走。又过了约有一里之远，想是到了水浅之处，两个女子便前后扶着蓉湄，踏着石块过去。过河又不知走了多远，瞧见眼前有一堵很高的城垣，上面满布星光的天色，知道已到了城边。

又循城根走了很远，看见有稀疏的房舍，已是人家所在。直走到一座小楼之前才停住了脚步。那高身量的女子拿出钥匙，开了楼门。只见里面点着不甚明亮的电灯，最多只有十支烛光头，但已隐约可瞧出陈设有桌椅。走到里面，一直上了楼梯，进到一间室内，把灯亮了。

蓉湄听到那女子娇声让坐，才回转身来。他一见这两个女子，不由大吃一惊。那身量较矮的，年有二十上下，一张滚圆的脸儿，丰如满月，额际白腻如玉，两颊却艳似朝霞，一对极大的眼儿，既黑又亮，神光足满，透出无限天真活泼；身体像个女运动家，挺着腰肢，英气勃勃，但在雄健中仍具有极美的体态，丝毫没有蠢气。她上身穿着黑白方格的上衣，下身是黑色的灯笼裤，脚着软底布鞋，是很俭朴的学生装束。这时她正望着蓉湄微笑，露出满口的小白牙，衬着不脂自红的唇儿。蓉湄只觉这女子的美丽，是自己在城市中向未见过的。一切没有修饰，完全出于天然。尤其是那双眸子，似乎具有特别的热力和正气，叫人只能五体投地，而不敢起丝毫邪念。更诧异的是，她方才救自己出来时，也算身临险地，怎么这时竟能如此不改常态？再瞧那高身量的女子，竟是个西洋妇人，深目高鼻，满面皱纹，像是有四五十岁年纪，面目却颇慈祥，身上的黑色西装，都已敝旧。

蓉湄想不到竟遇见外国人，忙向她俩鞠躬道："二位小姐，我该怎样感谢？你们救了我的性命……"

语未说完，那西洋妇人一笑摆手道："你不要谢。没有关系，请坐。"说着，就按着蓉湄的肩头，叫他坐在椅上。

蓉湄想不到她竟会说这么好的华语，便又道："我受了二位小姐的大恩大德，还不知道你们的名字，请问……"

那西洋妇人摇头道："不要称呼我小姐，我是格林太太。"说着又一指那中国女子道："她是我女儿，名叫黎秀珊。你的名字是什么？"

蓉湄忙回答了，又问起黎秀珊前去救自己的经过。格林太太道："你很辛苦，我去煮咖啡给你吃。秀珊，你对沈先生说吧。"她说罢便出去了。

秀珊颇有男儿气概，对蓉湄更是一派天真浪漫。她走到他面前，忽地格格笑起来，道："你要留着眼上的膏药做纪念么？怎么还不揭去？"蓉湄也觉好笑，连忙揭下丢了。秀珊又给他弄水来洗了脸，格林太太也端进咖啡和牛油面包，让蓉湄吃了，秀珊这才将一切情形说了一遍。

原来这位格林太太是个美国牧师的夫人，三十年前便来到中国，致力于教会学校的事业。秀珊自幼父母双亡，孤苦伶仃，被格林太太收养长大。以前他们住在北京教堂中，及至秀珊大了，格林太太因事移居保定，一住十年。秀珊在北京受教育，完全由格林太太辅助。她学校毕业，便也到保定来同住了。格林太太并无子女，又因在华多年，就从了中国习惯，把秀珊当了女儿，一老一小，感情有如骨肉。但是格林太太的丈夫五年前已回本国做事，多次电催老妻速返，格林太太因为舍不得秀珊，拖延不行。这时，她二人正住在保定城外的一座小楼中。

秀珊在城内一家学校当教员，她性本好动，平时对体育特感兴趣，便是中国武术也稍有研究。每天早晨，她必骑着家中的马，到郊野驰骋一趟，然后再骑脚踏车赴学校上课。这日正是星期天，秀珊起迟了些，用过早餐，又照例骑马出游。因为走得太远，打回程时，日已逾午，她觉得口干，想到马也渴了，又加上想要寻个地方小解，恰恰便走到蓉湄羁囚之处。

那本是城南四五里外土坡上的一所房子，是于绍堂的产业。于绍堂在这里开着个小茶馆，外带卖馒头素面。只有本地的村人偶然入城，或是城中人散步到此，方进去在罩棚下少坐小饮，并没有过路客人光顾，买卖本甚萧条。只因后面颇有闲房，于绍堂又把蓉湄看得轻易，才将他因在这里。

秀珊骑着马沿小河沟跑来，恰经过这所房子后面。她瞧见房子，认为是可以隐避之处，便放马在河边饮水，自向房后墙根处小解，无意中向墙上一看，发现了蓉湄所写的字。她大惊之下，连忙理好衣服，走过去探身向后窗里看。只见榻上睡着个穿西装的俊秀青年，眼上却糊着黑色的东西。她就拾根树枝，探进窗去，把蓉湄弄醒，一问方知被绑情形。便匆匆上马回家，把所遇告诉了格林太太，商量怎样去报警察。

格林太太颇有些冒险精神，主张自去搭救这个遇险的人，便令秀珊到熟识的医院讨了些蒙药，预备妥当，到夜里便两人同去。格林太太要看秀珊应变的能力，让她作为首领，竟很容易地就把蓉湄救了出来。这便是从头的经过。

秀珊说完，格林太太又问蓉湄的来历，蓉湄也从头说了一遍。格林太太听到他是银行家的儿子，又将要出洋留学，便欣然对秀珊道："我们今天这件事做得太好了！沈先生是大学毕业生，有学问；他的父亲又是银行家，有名气的，我们很荣幸。你的朋友很少，以后可以常跟沈先生见面。"

秀珊听着笑了笑，她好似把蓉湄的历险看成是有趣味的故事，只询问绑匪的状貌怎样狰狞，态度怎样粗暴。格林太太却只问蓉湄父亲在社会上的地位和他们的日常生活情形，蓉湄一一答复。

秀珊原以为绑匪若不像传说中红须蓝脸的山大王，便像电影里那神出鬼没的怪人，及至听蓉湄说只和普通人一样，她倒有些扫兴起来。忽笑道："既然是普通人，沈先生怎么那样害怕？我白天从窗外瞧你的时候，那房里并没匪党守着，你却那样老实，还教膏药在眼上蒙着呢！"

蓉湄本就怕她嗤笑自己怯懦，这时脸上一红，道："我不止今天，从被绑起，就服从匪人的命令，没有抵抗。这里面实在有个原因。"说着又对格林太太道："我们中国人，家庭观念最深。我父亲只有我一个儿子，我的生死关系着父亲的性命，所以宁肯忍耐，不愿冒险。倘若我只孤身一人，没有牵挂，当然要拼出性命和绑匪争斗了。"

格林太太点点头，对秀珊道："沈先生是有理的。他之不敢冒险，是因为有了父亲，就像我之不愿回美国，是因为你一样。这是爱，一种伟大的爱。"

秀珊听了，忽地眼圈一红，抱着格林太太吻着，格林太太一面抚摸她的玉臂，一面对蓉湄道："沈先生，现在你出来了，那绑匪怎么办呢？报衙门去捉他们，好不好？"

蓉湄想了想道："我想不必。他们也是因为没饭吃，才做这犯法的事。我既没受伤害，就饶恕他们吧。再说报官还有许多麻烦。"

格林太太道："好，对的。你们中国的匪，都没有罪，饿了才做坏事，该原谅的。我们美国的匪都有钱，那才该死。"蓉湄想不到这位西洋太太竟有这样的见解，又见她对秀珊慈爱，不由十分钦敬。

须臾秀珊把食物撤了，格林太太便问蓉湄预备几时回家。蓉湄道："在我被绑的这些日子里，父亲一定急坏了。必须快快赶回，一刻也不能耽误！这保定在京汉路上，您知道火车站离这儿多远么？车几时开？"

格林太太道："车站很近。火车到早晨九点钟才有。你是要快回去，现在先睡一夜，明早就走，我送你去车站。"

这时秀珊正倚在一只活动椅上，脚儿蹬着桌腿频频前后摇晃，那深窈似一汪秋水的眼儿，却凝望着蓉湄，似有所思。忽然叫道："妈妈，不成！沈先生不能走，怕有危险。"

格林太太惊问道："危险已过去了，哪里再有？"

秀珊眼波一转，露出了智慧的光芒。她耸耸肩儿，那散到颊边的秀发，立刻都随着归于头后，满月样的小圆脸儿，全都显露了出来。作着自矜的笑容道："妈妈，那绑匪在沈先生逃跑以后，能不各处寻觅么？车站更是他们注意的地方。倘若沈先生再和他们遇上，危险有多大呀！"

格林太太哼哄了一声，接着连说了两句英语"也司"，又点头用华语说道："我的小红花儿，上帝又给你添了这些智慧！谢谢你指出我的错，这是该防备的，我带手枪送他去。"

蓉湄忙道："格林太太，我不能让您再跟我冒险了，我自己去。"

格林太太立起，口里吹着哨声，踱了几步道："我愿意你在我家住几天，再回天津，危险就少了。"

蓉湄摇头道："不成，我父亲……"

秀珊接口道："妈妈的意思不错，沈先生若怕你父亲不放心，可以先打个电报回去报告一下。"

格林太太听了大喜，从椅上抱起秀珊，在她脸上乱吻道："你的主意太好了，太好了！这是一个弹子打两个鸟儿。沈先生你是我的客人，我要保护你，你要服从我的命令。就依秀珊的意思，你不能反对。"

蓉湄见她二人如此热肠，又觉秀珊的主意果然一弹双鸟，是个两全之计，便也点头应允。格林太太似乎因救了蓉湄，使她的平板生活起了弹性作用，并且测验出了秀珊的智力，竟提起过度的兴奋，口中不住地唱着洋歌，把秀珊当小孩儿似的抚摸着。过了一会儿，便叫秀珊去替蓉湄收拾寝处，她自己则催促蓉湄写出电报稿儿。

蓉湄问了格林太太处的地址，便写了张详细电稿，大意是说自己被绑到了保定，今日被格林太太和黎女士救出，因畏绑匪耳目，暂时避居格林家中，得便不日即返，请父亲勿念等语。写完，秀珊进来，格林太太便令蓉湄安心睡觉休养，到天明她自己进城代为拍发，蓉湄感激得无言可说。

当下便由秀珊领他到隔壁一间小室，只见此室非常整洁，只有简单的三五件乳白色家具。桌椅之外，在左墙角有张小书架，右角放着一张小铜床，上面铺着白色的衾枕。想不到前半夜还在土房板榻之上，后半夜便已移到小楼精室之中，并且离开凶狞匪徒的监视，来享受天仙化人的款待，真是由地狱一步踏上了天堂。

秀珊送他进来，蓉湄还未转身，她已坐在床上，问道："沈先生，还用什么东西不用？"

蓉湄道："谢谢黎女士，这房子太好了！"

秀珊忽然把手一伸道："给你这个。"

蓉湄看时，只见在她血色充盈的掌心里托着两块黑色的东西，细看才知道是方才自己丢弃的膏药，不由诧异道："我要这个做什么？"

秀珊格格笑道："我恐怕你成了习惯，不贴膏药不能合眼，才捡起来给你。"蓉湄不住摇头，秀珊才把膏药一丢，格格地笑着跑了出去。

蓉湄觉得她的天真活泼，全出自然，绝非繁华都市中的女子所能比拟，又是可爱，又是可敬，尤其自己心里的感激仰慕，真不知该怎样表达才好。

望着她那跳跃着的后影儿出去后，蓉湄方想过去关门，不料秀珊的倩影又瞥然而现，翩然而入，却只迈进一只脚儿，就停住向蓉湄道："我妈妈说，祝你晚安，我也祝你不要梦见那可怕的匪人。"说完立即缩回身去，房门也随着砰的一声，原来已被她倒带上了。

蓉湄这些日子里久被羁禁，神智大觉衰颓，却因瞧着秀珊，竟不自觉地恢复了生机天趣。他倒在床上，思量自己的遭遇，真是意外又逢意外。老父在家不知如何苦恼，料想明天接到电报，便可安心。影梅近况不知怎样，病体好了些么？自己被绑，她在病中未必能够知道，但盼她毫无觉察，免得担心。自己在此间不多延搁，三两日接到父亲复电，便可回去，到津定要先去探望影梅。他又想起格林太太的热心厚意，自己定要请父亲重重报答她，美国人多是爱好金钱的，给她物质上的报酬，必能满意。只是秀珊这高洁的女郎，对自己既有救命大恩，她那人格又叫人万分仰慕，对格林太太可以报答，但对她报答便是唐突仙人，这可如何是好？蓉湄想了半晌，心中只觉老父和影梅、秀珊的影子来回萦绕。屡转许久，方得入睡。

次日蓉湄醒来，蒙胧中还未睁眼，只听耳旁有声，喳喳微响，张眼一看，原来是秀珊正立在桌前，用毛帚拂拭尘垢。她已换了一件白皮长衣，非常宽大，好像是在衣服外面的罩儿。她站立处正迎着由窗口射入的阳光，把她的倩影推到床上，恰好遮住了蓉湄的上身。她拂了桌和窗，又转身去拂书架，看那神情，似乎工作非常愉快。

蓉湄想不到自己尚在床上她便进来，不由有些忸怩。意欲等她出去，再行起床。于是他就悄悄瞧着她的动作，感觉到她在乡野中日光下生活久了，受着大自然的熏陶，体貌性格，都是明快、光洁、开豁、爽朗，再加上她所受的教育，竟完成一个绝顶的女子人格，真是可爱。他想，自己若有这样一个妹妹，朝夕相处，不知要增加多少幸福。

他正在痴想，秀珊那里早已拭完书架。猛一转身，眼波注到床上，蓉湄连忙合眼不迭。秀珊竟扑哧笑了，叫道："喂，先生，先生，还想睡么？天已午后两点，我从学校早回来了。妈妈等你吃饭呢。"

蓉湄本欲装睡，候她出去再起，现在被她揭破，就不能再行挨延了。幸亏他未脱衣服，于是就坐起身笑道："对不住，我起得太晚了。"

秀珊道："你快洗脸去，在迎面那间小房里，我都收拾好了。案板上的素白瓷盆、绿漱盂、新牙刷，那一份儿是你的；地下有两个水壶，自己去看。"

蓉湄连忙出去，依着她的指示，洗漱回来，见被褥已经折叠整齐，地下扫净，秀珊却不见了。稍迟便听她在楼下叫道："喂，沈，下楼吃饭。"蓉湄应声下楼，只见秀珊正从楼梯后出来，手里端着碗热汤。

秀珊领蓉湄进了那小小的饭厅，此时格林太太正在坐候，蓉湄忙谢了她，并致不安之意。秀珊笑道："沈，你倘若在这里住一年，每天把这话说一遍，不成了晨祷么？请取消了吧！没人爱听。"蓉湄只得住口。

格林太太告诉他，早上八点，她已把电报拍出去了。这时候蓉湄家中或已接到。蓉湄鞠躬致谢，方说出半句，被秀珊急速拿起一片面包，塞住了他的嘴儿。蓉湄只得自行进餐。桌上两三样中式蔬菜另加一碗素汤，除面包外还有米饭，由此他知道格林太太中国化已很深了。

吃着饭，格林太太劝蓉湄不要出门，若闷倦时，可以和秀珊谈谈，因为秀珊近些年来只是处在这不甚进步的地方，对外面繁华都市里的情形只从报纸上得知，却很多没有实地见过，所以常盼望有人给她说说。蓉湄自然唯唯从命，秀珊却望着他只笑。

须臾饭罢，格林太太有事要进城，秀珊叫道："妈妈，你派沈先生点儿工作吧。他既不出门，难道就只在房里坐着么？"

格林太太笑着向蓉湄道："秀珊是永远喜欢做事的，所以也不愿意别人闲着。"说完又对秀珊说道："沈先生是我们的客人，你不要乱说。"随后又吩咐几句，便出门走了。

这时秀珊收拾餐台，蓉湄便帮她把食具运入厨房。秀珊一面洗涤着，一面对蓉湄说道："这么好的天气，可惜妈妈不让出去，要不咱们骑马跑跑多好。"

蓉湄道："你自己养着马么？"

秀珊道："妈妈前年给我买的，有两匹呢！都在后边院里。"

蓉湄暗想，格林太太能代她购买马匹，却连仆人都不雇一个，只叫她自己操作，这定是要养成她的健强体魄与耐苦精神的。由此可见这外国老太太爱秀珊极深。但秀珊本身可爱之点，也真太多，无怪老人如此怜惜。他想着这些，便问道："黎小姐，我替你做些什么呢？"

秀珊笑道："你不是客人么？客人只该坐着不动。"

蓉湄道："别听格林太太的话，我很愿意劳动一下，解解闷儿。"

秀珊便把炉上的一把小壶和糖瓶玻璃杯，放在铁盘里，递给蓉湄道："你把这个带上楼去，在你房里等我，我稍迟就上去。"

蓉湄道："这不算差使啊。"

秀珊道："今天的好差使都被我做完了，你愿意做事，明天早起，帮我扫除。"

蓉湄只得端着铁盘上楼，进到房里。他暗想，格林太太只把我当作银行家少爷，而秀珊脑中简直没有这些观念，好一个思想纯洁的女孩子！可惜埋没在这里，和异国老妇同居。若到了繁华都市，恐怕那交际名闺、学校皇后，都要被她压倒了。但他转念一想，她若在繁华之地，也许也会与环境同化，变成庸俗的脂粉女郎。

又过了一会儿，秀珊才进来。她换了一件深蓝布旗袍，脚下也换了皮鞋，似乎已修饰了一下。一进门，她便从壶里倒出两杯茶，放进了糖，就坐在椅上笑道："妈妈叫你陪我，其实是要我陪你。她怕我又跑出去玩儿。"

蓉湄道："黎小姐，你想出去，就请便，我自己看家很好。"

秀珊把头儿一摇，好似对蓉湄的话不以为然，又像是摇顺了头发。她抿着嘴儿道："我请你以后别叫小姐，听着怪不顺耳。要都像你这样，我的名字就成了废物了。还有，你哪儿学的这些客气？我……我……"说着忽自笑起来道："夜里我替你出主意，叫你在这儿住几天，先给家中打电报去。妈妈很夸奖我，你知道，一半也为我自己么？"

蓉湄听了，不禁生出一种疑问，暗想，怎么留住我是为她自己呢？莫非她的天真尚有可议，另存别的意思么？

只听秀珊那里又接着道："我在这里很苦恼的，除了妈妈是我的好伴侣，就只有那匹白马和这里的野地了。其余所见的人，连我的马都不如，简直是牛！他们只会鞠躬说天气好，要不然就是用白眼像看怪物似的看我，所以我向来不跟他们接近。我除去每天到学校教几点钟英文，回来就在野地里跑，晚上伴着妈妈说话儿，说完了就睡，这日子过得成了功课表。所以你来了，我就希望你能多住几天，让我知道些新事，才那样要妈妈留你呢。"

秀珊这一片话，还有未尽之意。原来一个成年后的聪俊女郎，正如好花初放，却把流水年华，付于寂寞之乡，伴着个老妇度过，冷静得使她只和大自然结了伴侣。但人终是有感情的动物，在远背性情的环境中，当然难免苦闷。但因为她心地光洁，向来想不到卑秒的私情，故而只觉苦闷而不知其所以然，便认为原因在于生活的呆板，常思有以调剂。如今遇到蓉湄，便以为是调剂枯燥的人来了，不自觉地生了恋恋之情；然而在她本心中，却绝未涉及到男女的范围呢！

但在蓉湄听来，还以她不是只为了了解此新鲜事儿方挽留陌生人的，就是她天生热心，对人都是这样。于是，他便问道："你想知道些什么呢？"

秀珊道："我先问你，在北京天津那些地方，像我这样的女子，都是什么样儿？"

蓉湄道："你不是在北京上过学么？"

秀珊回道："那还是五年前的事了；而且那时我年纪还小，对各种事情还不能了解。从近一两年在这里看到的外埠寄来的报纸看，觉得那些女子都不像我这样，她们做着各式各样的事呢。"

蓉湄道："你以为她们的生活很好么？"

秀珊道："我只知道自己太闭塞了。"

蓉湄道："你万不要羡慕她们！我正在这儿替她们羡慕你呢！现在繁华都市中的女子，好的固有，可惜不多；大部分全走上了虚浮轻薄的路子，打扮得像妖精似的，莫说旧脑筋的人看不惯，就是我们学生也觉得她们太不成话。所以……"蓉湄本想说自己因此宁去爱一个女伶，却不敢领教摩登女子，但话到口边，竟咽了回去。

秀珊又道："我瞧报上出风头的全是女子，你却说得这样坏法，她们都干些什么？"

蓉湄道："我也不甚清楚。反正她们都忙得很，却又不像你这样做着该做的事。"

秀珊低头想了想道："你这一说，我倒糊涂了。可惜我得不着机会，不能搬到天津北京去看看。"

蓉湄说:"这倒容易。我很希望你们到天津去,一切我都可以替你们料理。"

秀珊摇头说道:"妈妈很爱这里,她未必愿意移动。再说我还要在这里做事呢。"

蓉湄道:"这你不必顾虑,只要格林太太她肯,你们到天津,生活是不成问题的。"

秀珊没有回答这个问题,却秋水盈盈地瞧着蓉湄道:"你看了月份牌,总该知道在匪窝里住了多少日子吧!"

蓉湄道:"我算出来了,一共十九天。"

秀珊笑道:"瞧你的头发怎么这样长?好像几个月没剪似的,我替你理理,好么?"

蓉湄忙道:"怎敢劳动你?再说我这分发,剪着也很麻烦。"

秀珊道:"我瞧着你头上热得难过,妈妈有剪发的推子,给你剪光了吧。"说着不待蓉湄同意,就跑了出去。

须臾,她拿了个方匣,挟着件白布衣服走了进来,叫蓉湄把白衣套在身上,原来就是她早晨所穿的那一件。她又打开方匣,拿出推子,说笑间便把蓉湄的头发剪成了光头和尚。蓉湄虽甚不过意,却又感激她的盛情。剪完之后,她瞧了瞧,拍手笑道:"哟,这样好像清爽得多了!你照照镜子去。"蓉湄对镜一照,只见头顶竟变成牛山濯濯,显得脸盘大了许多。这光头和身上的污敝西服一起,合成一副可笑的模样,但他也只得笑说很好。

接着秀珊又叫蓉湄洗澡,她先去收拾了浴盆,又把格林太太的内衣放在浴室,才放蓉湄进去,吩咐他洗完后把内衣换了。蓉湄感到她有一种似家人骨肉般的亲切,不好意思拒绝,只得事事依从。

浴后出来,又闲话了一会儿,秀珊便领他上了楼顶小平台上,晒着太阳,眺望那一望无尽的郊野,蓉湄颇有思家之念。他指点着东南方向道："我看地图，保定在天津西北，那一面烟云渺茫里就是我的家。我父亲这时大概也在望着这边念叨我吧。"说完却不闻秀珊答应。他转脸一看，只见她也正向东南方向看着，苹果色的脸儿上退减了华色，眼圈儿有些发红，手抚着下颌，似乎有些惨戚。蓉湄从昨夜见到她起，这是第一次看见她失了天真活泼的态度，不由诧异起来。方欲问她，秀珊忽把脚尖踏着木板，低声说道："你的家在那边儿，你过几天就回去了。我以后要每天上这平台来，也向东南看一会儿。"

蓉湄心中一跳，忙道："你看什么呢？"

秀珊道："在那云烟和树影的后面，有你在那里啊！"

蓉湄听了，不觉百感纷来，只觉得身旁这说话的人，已非新交，而像是多年的挚友，更想到不久便须别去，也自凄然。但不解她何以竟对自己产生了这样的感情，对着风光，预先便发出了别离的慨叹！

秀珊又道："比如你回到家里，有时想起妈妈和我，登到高处，朝西北望我们，不也只看见这样的云烟么？"说着说着，她忽然握住蓉湄的手臂道："喂，沈，咱们订个约会好么？你在家里忙不忙？"

蓉湄以为她要自己约期重来，忙道："我在家倒也没有许多事做，闲工夫是有的。"

秀珊便说道："那么咱们订一个时候，比如每天下午五点钟，你在天津登高望西北，我和妈妈在这里望着东南；那时咱们心里都……你知道我们望着你，我们也知道你在望着我们呢！那不是……"她说到这里，似乎凄惶起来，低下头勉强笑道，"那不是挺有趣儿么？"

蓉湄听到她那憨痴的话，实在抑制不住自己的感情，忽然握住她的手。秀珊似乎一惊，却也不羞缩，仍笑道："我还要你寄些信来，把你自己的事和你的所见所闻都写上，那样我和妈妈也就添了夜里说话的趣味了。"

蓉湄暗想，她既如此恋恋，自己怎忍心辜负她的心，仍把她抛在寂寞之处？便对她说道："我自然都能许你，可是咱们还未必离别。我回家跟父亲商量，接你们到天津去住吧。"

秀珊不语，仍只痴望遥天云树。那西落阳光，斜射到她的脸上，更显出她无限的美丽。

这时忽闻下面有车辆声音，秀珊向下一望，叫道："妈妈回来了！"便拉着蓉湄直跑下去。到了楼下，一见格林太太带了食物回来，秀珊便去收拾。格林太太则招呼着蓉湄，拿出一张纸来，说道："你家里已有回电，我在城里烦人翻好带回来了。你瞧。"蓉湄忙接过看时，不由惊呼起来。

正是：意外悲欢，方得他乡奇遇；心头骨肉，又惊老父奔驰。

后事如何，下回分解。

第七回

芳草天涯整归装啼痕翻笑影
浮萍人海逢佳侣旧梦误新知

话说格林太太从城中回家，带来蓉湄家中的回电，蓉湄接过一看，只见上面写的是："蓉鉴，接电大慰，父已快车经平赴保，明日可到。"他看完也不瞧下面署的日期，就叫道："我父亲来了！老人家……"说到这里，想到老父接电就奔了来，足见爱子情切，更可见这些日子惦念焦急到了什么程度。回想自己为影梅的事，惹得他屡次气恼，真太对不起老人了，不由眼泪直挂下来，语声也发涩带颤。

格林太太听了，大声问道："怎么？你的父亲要到这里来么？"

蓉湄点头道："是。"

格林太太大喜，向秀珊："我们家有银行的主人来了，这是光荣呀！"秀珊只是悄不作声。蓉湄举泪眼望她，只见秀珊也正用衣袖拭泪，黑长的睫毛上隐有水珠放光，不由暗自诧异，心想我流泪是为感激父亲，你难过又为什么？

格林太太问道："你父亲几时来？"

蓉湄道："电报上说，他已赶快车上北平了。"

格林太太寻思着说道："他一定是四点多钟从天津上车，八点前到长辛店……不……时间来不及……想必直到北平，乘明天十点钟的快车来，午后就到了。"

蓉湄想到明天就可与老父见面，又欣喜起来。秀珊却进了厨房，在预备晚饭。格林太太则开始清洁运动，整理房间。蓉湄知道她是要欢迎自己的父亲，但不便询问，就帮着她动手。

格林太太好似还想挽留她所敬重的银行家小住，居然又寻出一张较为华丽的木床，放到蓉湄所住的房里。秀珊却是毫无声息，一直在厨房里不出来。

格林太太忙乱了一阵，便已到晚餐时候。听见秀珊在餐厅里叫着，蓉湄和格林太太才一同进去。只见餐台上已摆满了肴馔，鸡鱼俱备，比早饭可要丰腆得多。蓉湄吃了，觉得十分可口，才知秀珊不特能司膳事，而且烹饪技术也很好。

格林太太问道："这样的菜你父亲能吃么？"

蓉湄笑道："我真不知道秀珊竟有这样的手艺！我父亲若尝到这样的好味道，他一定会赞美的。"

格林太太说："秀珊，明天那老银行家来，你再多做几样菜好么？"秀珊只是点头，却不说话，吃饭也不似早餐时那么香。

蓉湄瞧着秀珊，心想她怎么变得像和初见面时不同了？昨天晚上和今天上午，她还是那样活泼泼的，自从方才在平台上谈到别离，就改了态度，这又是什么缘故？若说她对自己依恋难舍，难道只一日的相处，她就产生了感情么？大约她真有喜聚恶散的性格吧？世上也多有这种人，无论对于谁，便是毫无关系的，只要一听到要离开他，便生出不可思议的悲伤之感来，这就像自己幼年时，向邻家讨个小猫玩，只留了半日，那猫便跑丢了，自己因此还哭了两天，其实对那只猫却并无什么感情，只不过是出于孩子的天真罢了。现在看秀珊的情形，或者也是如此吧？若向邪处猜测，那就太污辱她那清洁的心灵了。

蓉湄虽然这样想着，但也不禁想到明日，倘然父亲接自己立刻回去，格林太太又不允移居天津，眼看便是别离，自己也难免伤情；何况回去后便要出洋；四年以后，还不知道秀珊已落在何处，又归于何人，也许以后相见还会不相识了呢！这离别可不是很惨的么？一念及此，他便觉心里不胜难过，和秀珊一样地减了食量。格林太太却只计算着款待贵宾，并没有注意到他二人的情形。

饭后，三人一齐动手，把餐具收拾完毕；秀珊又去煎茶，格林太太却随蓉湄到楼上房里闲谈。过了一会儿，秀珊便送进茶来。

这时，她像是恢复了那愉快的本色，竟不住口地说笑起来；蓉湄说起天津社会的新鲜事儿，她也听得津津有味。时间将近十点钟的时候，格林太太惦着明日要早起预备一切，便提议早睡。

蓉湄劝道："格林太太，我父亲人很随便，你不要为他这样费神。"

格林太太道："我们家里常常是清静的，今天是这样，明天还是这样，所以很愿意有朋友来，能让我们忙一回，精神方快乐些。我们欢迎你父亲，也是因为自己喜欢。"

秀珊也笑道："沈，你也早睡吧。明天早上，我给你出汗的差事做。"说完她又替蓉湄把床铺好，与格林太太同声道了晚安，母女便一起出去了。蓉湄知道她母女是睡一间房的，料想秀珊不会再来了，便自怅怅地睡了。

次日清早，天色初明，蓉湄还在睡梦中，只觉身体摇动，好像在船上受波浪颠簸一样。他立刻惊醒，睁眼一看，却是秀珊正站在床前，用手摇着床柱，面容十分整肃，秋波则凝注到自己的脸上。蓉湄本是和衣而睡的，又已和她混熟了，便不似昨日那样羞涩。他忙坐起身道："你已起来了，天又很晚了么？"

秀珊嫣然一笑，将她那有力的玉臂，向蓉湄胸前一推，蓉湄竟来了个迎风而倒，跌回枕上。秀珊这才笑道："还可以许你再睡二十分钟。现在还不到六点呢，你应该有八小时的睡眠。"

蓉湄道："我睡够了。"说完仍要坐起。

秀珊按住他的胸口，随即坐到床边道："我和你谈二十分钟的话吧。妈妈是照规矩睡八小时，到六点就起来了。"

蓉湄忽然感到，她话中似有微意。趁格林太太未醒，来和自己说话，这话定是不公开的。他正这么想着，秀珊已接着说道："昨天我在平台上对你说的话你还记得么？"

蓉湄道："记得。"

秀珊道："你回去以后，每天几点钟向这边看我？"

蓉湄想不到她还记挂着这事，不觉失声叫道："妹妹，你不必问这些，咱们倒还未必……"

秀珊却已听见他所唤的两个字，似乎精神震动，忽然掩住蓉湄的嘴儿道："你不要说未必了，只告诉我几点钟？"

蓉湄见她娇痴可怜，不忍过拂其意，就应道："你说呢？"

秀珊道："早晨空气清洁，可以看得远些，早七点好么？"

蓉湄暗叹无论空气如何清新，也看不到几百里以外啊！但也只好点头应道："好，就是七点。"

秀珊道："还有呢，你几天给我写一封信？"

蓉湄说道："每天一封也成呀。"

蓉湄体谅地说："你要没工夫，就寄个空信封封张白纸来，可不要哄我啊。"

蓉湄答道："这个自然。妹妹，我若说感激你的话，你定然又不爱听。其实，便是没有你救我这事，咱们只是随便认识的，我也要把你当妹妹看的。你的一切都那么可爱，现在我只希望格林太太能允许你到天津去，那样，咱们就不会离开了。还登高看什么呢？"

秀珊却惨然欲泪地说道："妈妈绝不会肯上天津的，她只想回美国。我知道，我已太连累她了；老格林先生每月都来信催她回国，她只是为了我才不肯走的。但是早晚她是得回去，我也许还要跟了她去呢。"蓉湄方要说话，秀珊已然立起道："记住，你许了我的。"

蓉湄说："我总要想法……"一句话还没说完，秀珊已走了出去。蓉湄坐起身，见被子上面放着自己昨日脱下的内衣，已洗得洁白，熨得平帖。他知道这是秀珊洗好带进来的，便自叹了声，把内衣换好，便出门去洗漱。

这时格林太太也在那里洗脸漱口，而秀珊却在楼下擦着地板。蓉湄见状，忙草草洗毕，便下楼去帮她。哪知她已全收拾完了，正倚着墙在微微娇喘。她向蓉湄笑道："你又晚了！等明天……"只说了半句，忽然低了头，走进厨房去了。格林太太也已下来，三人用了些中国式早点稀饭。

秀珊一吃完早饭，便骑脚踏车去城里授课；稍迟格林太太也出门去采办食物去了。只有蓉湄一个人闲坐在家，等候着父亲的到来。

天将正午，格林太太便回来了，她又带回来了许多吃的东西；随后，秀珊也下课而归。格林太太告诉大家："由北平开来的火车，两点后便可到达。"于是，她便催着秀珊同去做饭。直忙了许久，方才饭菜齐备。格林太太又特意盛设，推延了就餐时间，只为等蓉湄父亲到来同吃。

蓉湄问秀珊，下午是否还要上学校，秀珊回说教课全在上午。蓉湄本想等父亲一进门，便把这个救命的安琪儿介绍给他老人家，听秀珊说下午无事，更自欢喜，这且表过不提。

正在这时，忽听外面有人叩门，蓉湄飞跑出去，到了门口，听外面竟是父亲的声音，他问道："这是格林太太家么？"

蓉湄更不答言，一把将门拉开，跳出去就将父亲抱住，哭叫道：

132

"爹爹，爹爹……"

渭渔也抱住蓉湄，老泪婆娑地说道："蓉儿，想不到我又见到你了……我……我……"渭渔手里本来挟着一件外氅，因为双手拖了蓉湄，连外氅裹在了一处。蓉湄拉着父亲向里走，不想门儿稍窄，两个人又加上很厚的外氅，占的体积过大，竟塞在门隙，不能进去。但父子又都舍不得松手，只能在那里挨挤。还是格林太太在旁，将外氅抓住向里拉拽，才得以解决这个难题。

渭渔一见格林太太，连忙松了蓉湄，与格林太太握手，蓉湄先把父亲作了介绍，然后道："爹爹，里边去说吧。"渭渔便随着他们上了楼。蓉湄这才指着格林太太道："这位太太是我的恩人，她和秀珊救了我。"说着见秀珊不在，忙喊了一声，却不见答应，只得先把遇救的经过说了。渭渔对格林太太千恩万谢，格林太太却十分谦逊。

蓉湄跑下楼去寻觅秀珊，却是踪迹全无，见餐厅里已摆好了肴馔，他还以她依然出去了，忙又上楼问格林太太，格林太太也亲身下楼寻唤。

蓉湄坐在父亲身旁说道："我这回竟好像进入到小说里去了。救我的这位姑娘，真没法形容她的好处，您瞧见就知道了。她母女都那么热心。爹爹，您得想法报答她们啊！要不然我可就要亏心死了。"

渭渔说道："自然，自然。你可知道绑匪讨价十万？如今一文不费，就把你救了出来，把十万都报答给她们也成啊。你说的秀珊小姐，是格林太太的女儿么？"

蓉湄回道："名义上是女儿，但秀珊却是咱们中国人，是被格林太太抱养大的。"说完他又把秀珊的天真活泼习苦耐劳种种美德，都给说了一遍。

渭渔听了，正在惊异时，格林太太急急地走了进来，说是秀珊不知哪里去了。蓉湄又出去上下寻了一遍，他走到后院马厩，见只剩了一匹黑马，忙唤格林太太去看，格林太太着急道："这个小孩子是什么意思？她这时倒跑出去了！"蓉湄知道这后院另有一门，秀珊牵马出去，没经前门，竟是偷着走了，也觉莫名其妙。

格林太太只得先请渭渔到餐厅用饭，渭渔本来就常与外国人交际，便不做什么客气。三人吃着，只因秀珊不在，都觉失望。饭后，格林太太在门口张望，渭渔父子仍上楼去了。

渭渔因此地离那匪巢太近，就想当晚带蓉湄赶五点的火车回去，以后再作报答格林太太之计。蓉湄却把秀珊的情形说了，主张把她母女俩都接到天津去住，请渭渔稍留两日，慢慢劝说格林太太，渭渔也便答应了。蓉湄又问自己被绑，影梅可知道消息？渭渔把影梅曾到过家中的事瞒住了，只说不知道。

父子二人把话说完，又下楼去伴着格林太太等候秀珊归来。哪知过了一个小时又一个小时，直至夕阳西斜，还不见她的踪影。格林太太忽然动了疑，以为绑匪探知是秀珊救出了蓉湄，便前来报复，又将秀珊绑去了。她一把这话说出口，蓉湄首先便惊慌起来，要自到匪窟寻觅。渭渔也没法驳格林太太所料不确，更不敢让蓉湄出去冒险，只得用言语去安慰，提议再等一两点钟，她若还不回来，就报告地方军警，去匪窟搜查。格林太太和蓉湄只可耐着性儿等着。

蓉湄这时心里的焦急，真比自己被绑时还觉加倍，只来回乱踱，不时搓手顿足。渭渔方才听了他赞美秀珊的话，又看他这牵肠挂肚的情形，暗暗有些奇怪。思索一会儿，他竟动了个念头，藏在心里。

这时，已是暮霭苍茫，炊烟四起，眼看就到黄昏。不知哪里吹来的笛声，阵阵传到耳中，在这焦灼的时候听了，更觉刺心，格林太太不住地拭泪。须臾，远处的苍烟渐渐合成一片，颜色变成深黑，夜暮已张起来，行将遮盖大地。蓉湄忽然跳起，遥指着说道："瞧，东边大路有人骑着马来了，那不是她么？"

格林太太顺着他的手瞧时，果然远远地来了一匹白马，马上影影绰绰地像是女子，却走得极慢，在昏暗中挪了过来。二人便跑着迎上前去，一看来者果然就是秀珊。格林太太叫道："秀珊，你上哪里去了？快要急死我们了！"

蓉湄望见秀珊，欣喜得说不出话来，忙上前一把拉住马缰。秀珊从马上跳下来，看看蓉湄，似觉非常诧异地道："你还……没乘五点的火车走么？"

蓉湄答道："我不见着你怎能就走？你做什么去了？"秀珊默然不答，只是拉着马向前走，黑暗中也瞧不见她面上的神情。格林太太却还在一旁絮絮叨叨地埋怨她太不懂事。

蓉湄急急忙忙地跑回门口，对渭渔喊道："秀珊回来了。"说着他又回头一看，见只有格林太太，而马蹄声则将入墙后，便知秀珊是送马回厩去了。三人关上大门，回到了楼上。刚刚坐下，秀珊便慢慢腾腾地走进来，忸怩地向渭渔鞠了一躬。蓉湄忙介绍道："爹爹，这就是救我的秀珊小姐。"

渭渔看了看秀珊，也为她的健美而惊诧，但只觉得她也像平常女孩那样羞涩，与蓉湄所形容的颇有些不同。他连声向秀珊殷情致谢；而秀珊则一面说这算不了什么，一面却望着格林太太，好像在希望她代作答辞似的。格林太太见此情境，忙道："我的秀珊不善说话，你就不必对她太客气了。"

秀珊又好像知道，格林太太难免要当着蓉湄父子盘问她的行踪，竟先问道："妈妈，还没弄晚饭吧？"

格林太太回说："我们只着急等你回来，谁想到吃饭？你……"

秀珊不等她说完，又向渭渔说道："您坐着，我做饭去。"说完她一扭身便出去了。蓉湄见她无故失踪了半天，回来又变得这样沉

135

闷，不由满心纳闷，便也跟出来下了楼。

他到得厨房里，只见秀珊已套上白衣，正添煤入灶，便叫道："秀珊！"

秀珊转过身来望着他，悄声说道："你父亲喜欢么？"

蓉湄这时才瞧出她满面尘土，头发也失却了黑亮颜色，忙答道："他自然是喜欢的。可是你上哪里去了？好像还走得很远呢。"

秀珊说："我今天跑出去总有三四十里地，把马都累乏了。"

蓉湄又问："你去做什么？"

秀珊摇头道："没啥事儿。"

蓉湄便说："我们都在等着你，父亲盼你盼得更焦急，你怎么这时候却躲开我，自己跑了出去？"秀珊不语，自顾自地弄旺了炉火，便去切菜。

蓉湄催她："你要给我说说！这里面定有原因。"秀珊背过脸去，似在微微叹息。

蓉湄便又问了一句，秀珊方低声说道："你们怎么没走呢？"

蓉湄说："你为什么只问这个？"

秀珊说："我本以为你们一定要坐五点钟的火车走的。"

蓉湄听了此话，恍然大悟。他跳过去一把抓住她的手臂，问她："秀珊，我明白了，你是故意躲出去，等我走了再回来，是不是？"秀珊低下了头，也不答言。

蓉湄将她的下颌托住道："你是料定我要走，却又不忍心瞧着我离开，所以才这样做，是么？"秀珊闻听此言，忽地将衣袖遮住脸儿，一把推开蓉湄，走到墙角站着不动。

蓉湄见此情景，知道自己猜测对了，更觉感动，忙赶过去搂住她的颈儿叫道："妹妹，你真傻！我已明白了你的意思。"

秀珊脸朝着墙壁，低声说道："我没有什么意思，只是很怕别人离开我走。有时我送人出门，总会忍不住哭的，所以想要躲开这令人伤感的场面。谁知你却还没有走……明天不也得走么？"

蓉湄说道："我也许要在这里多住几天，和格林太太商量……"

他话未说完，秀珊却转身来推他："你去吧，别搅扰我做饭。"蓉湄心里一动，便不再和她说什么，走出厨房径直上楼去了。

这时，渭渔正在与格林太太闲谈，他想探探这位太太的口气，以便寻取报答她的机会。格林太太则向他诉说了自己的身世以及抚养秀珊的经过。原来秀珊的父亲是个革命党人，被官府杀害，母亲悲伤过度，一病不起，遗下才三岁的秀珊。格林太太很是怜爱这女孩，一直抚养她至今，已是十九岁了。

渭渔听了秀珊的身世，也感伤情。他随又问格林太太将来要否回国，格林太太一闻此言，忙立起身来，向渭渔说道："就为这件事，我从昨天起就盼着您来了，我想与您商量一下我的事情。现在我先去帮秀珊做饭，饭后请您给我半个小时的谈话时间，可以么？"

渭渔忙应道："好吧，咱们饭后再谈。我很希望能有机会为你做点什么。"格林太太说声谢谢，便出去了。

渭渔这才问蓉湄道："秀珊为何出去？"

蓉湄道："女子心地脆弱，她料我会乘五点钟的车走，因为怕禁不住离别的伤感，所以躲开了。"

渭渔道："她是不忍你走么？"

蓉湄道："这只是她的一片天真。她有时豪爽，有时又像很容易受感触。"

渭渔道："这我就不明白了。她救了你，而不是你救了她，感激依恋的应该是你；何况你们又只相处一日，她对你走有什么可感伤的呢？"

蓉湄说："我也不明白，大概是她的心太软了吧？"渭渔内心止不住想笑，他想，你不明白，我倒明白了，左不过还是你们小儿女们的事吧？蓉湄又向父亲要求，请格林太太母女到天津去住，渭渔也没表示可否。

过了一会儿，秀珊来请他父子下楼进餐。渭渔冷眼观察秀珊的言谈举止，品尝着桌上的肴馔，知道是她亲手所制；格林太太又把她们的日常生活情形作了介绍，渭渔这才全面地了解了秀珊的一切，也是大生爱怜之心。

饭后四人都回到楼上。格林太太借事把秀珊遣下楼去，又向蓉湄道："你也可以到下面去伴伴秀珊，我要和你父亲谈谈话。"蓉湄应声便出去。

格林太太这才说道："沈先生，我现在求你帮帮我，但并不是因为救了你的儿子而要你报答，实在是我有一件为难的事，只有你能帮我解决。昨天我一见到你的电报，就打好了这个主意，只等你来，因为你是最合适的人。"

渭渔道："你有事就请说吧，我一定尽力帮你。"

格林太太道："就是秀珊的事。她是你们中国人，是一个很好的孩子，我爱护她已有十七年了。但现在我的格林先生很焦急地催我回美国去，我因为秀珊而不能走，她只有我一个伙伴，我走了便无人来保护她了，怎么放得了心呢？我的格林先生又已年迈，我有去伴他的责任，不回国也是不行的。"说完，她又拿出许多封信道，"这些都是美国寄来的，他天天想我，这也没法子。现在你沈先生来了，我想把秀珊托给你，然后我便回美国去。她救了你的儿子，想必你会善待于她的，我放得心下。你肯答允我么？"

渭渔心中本来就存了这个念头，如今格林太太自己提了出来，正合他的心意，忙答应道："我很愿意担起这个责任，秀珊小姐给我的恩惠太大了！我很感激你能给我这么个报答她的机会。"

格林太太大喜道："你真是个好心人，我很欣赏你的那些想法。但我还有三件小事要求你帮忙。我希望秀珊将来能同一位优秀的中国男子结婚，请你帮助她一下；我有一点儿钱，是给秀珊的，也请你替她存好，等到她结婚的时候给她；第三件，还请你立个誓，永远像我那样的爱护她，永远不拂她的心意，好让她快乐幸福。"

渭渔道："一切我都能答应你，请你放心，我将永远像待我儿子那样对待秀珊。至于你要给她钱，我看倒也不必，我有力量能使她过上丰裕的生活。"

格林太太说道："你只代我保护她，这就很够了。钱是我应该给她的，毕竟我还是她的养母。"说完，她取过纸笔，唰唰的写了几行英文，递给渭渔，说道，"这是我在美国的住处，请你每月给我来封信，说说秀珊的事儿。"接着，她又拿出一张支票，递与渭渔道，"这是我给秀珊的钱，请你给存在银行。"

渭渔一看那张支票，竟是五百英镑的钱，只得收起，又问道："我保护秀珊的责任，要从哪一天开始履行呢?"

格林太太道："你回天津就带她去。我还要在这里住几天，办一点儿事情，等办完了，我也去天津。那时我还要请你帮我忙买些东西给带回国去呢。"渭渔忙一口应承，并即时决定第二天就回天津去。

格林太太与渭渔商量定妥，便唤秀珊上楼，蓉湄自也随至。格林太太向秀珊说明自己的处置安排，秀珊一听，就偎在格林太太怀里哭将起来。蓉湄听了，却是喜悦非常。他认为秀珊移归父亲保护，也就成他自己的妹妹了，以后更不愁没机会报答她。

秀珊因为多年相依的养母行将远别，不胜惨痛；又知道格林太太思念丈夫，已无再挽留她的可能，更是啜泣不已。格林太太劝慰了半晌，渭渔又向她深切地表明了自己的诚意。秀珊这才止住悲声，问格林太太何时起身。

格林太太道："日子还很长。你明日就随沈先生到天津去，我把这里的事办妥了，过一星期便来找你。"秀珊惨寂无言。格林太太和渭渔又商量了半天，多是关于秀珊的将来的，大家方才就寝。

次日，格林太太很早地便将他们唤醒，要他们乘早车走，这样可以当日换车到天津，省得再在北平耽搁。渭渔还恐仓促起身，秀珊心里会难过的。但格林太太却另有打算，她劝慰着秀珊，同时又把她随身用的物件都收拾好了，时间一到，便亲自送他们去车站。格林太太还怕遇见绑匪，特意带了一支手枪以作防备，幸而一路平静无事。到了车站，秀珊仍自依依难舍。格林太太说，这还不到悲伤的时候，过几日仍可相见，便挥手让他们上车。

须臾，车便开行，秀珊探头车外，直到瞧不见格林太太的影子，方才转身坐下。渭渔瞧着她，暗喜这可爱的女孩子从此便是自己家里的人了，便道："秀珊，我也不讲客气，从此你就是我的女儿了，以后相处的日子还长，你就和蓉湄一样叫我吧。到家便给你收拾房间，置办衣服，一切都不会委屈你的；你也要事事依实，不要存着见外之心啊。"秀珊低低应了一声。蓉湄也在一边哄她说话。

秀珊稍减离愁，想到此后便要投入到一个新世界里去，便渐渐地心思开阔起来；且又不知怎么回事，她每每瞧到蓉湄，心里便似有所安慰。

渭渔似乎有意让蓉湄劝秀珊，自顾自地走到车厢外立着。蓉湄这才得着机会，向她笑道："妹妹，你现在可真成了我的妹妹了。昨晚我说过我们未必离别，你还不信，如今怎样？"

秀珊斜睨着他道："我恨你，你让我失去了妈妈……"

蓉湄道："格林太太终究是要回国的，她早晚有一天要离开你，你要想开些。"

秀珊叹了口气："事情真是料想不到，从小妈妈就陪着我，她竟要走了！"

蓉湄笑道："料不到的事多着呢！昨天咱们还望着东南，说那些没影的傻话，怎又想到现在你也随我一同向昨天所望的地方来了呢？"秀珊听了，便又探头去看来路。

蓉湄劝她："窗外的风很大，你坐好吧。"秀珊只是不应。

蓉湄便也从她身边将头伸出窗外，低声说道："我瞧妹妹像是很不高兴似的，你是不愿意随父亲去么？"

秀珊忽然望着他，似笑似嗔地一撇嘴儿道："胡说！我很喜欢有你父亲……"说着说着，她似乎觉得这个"你"字加得不妥，忙又减去了道："……父亲那么慈祥的人相处在一起，何况还有你呢？不过，就这样地离开了妈妈，假如你是我，你会好过么？"

蓉湄说："格林太太迟几日还要到天津来看你的，现在并不算真个分手，你还是高兴些吧。要再那样，父亲和我便都不能安心了。"

秀珊笑道："我不难过了，咱们还是说些别的吧。"

蓉湄说："这不是很好么？我问你，昨天你躲出门去的时候，倘若我悄悄地走了，你会怎么样呢？"

秀珊道："这个我没法回答。只是我打一见你起，就觉得像是认识多年了似的，也不知道是什么道理。我们家有你住了一日，仿佛便添了多少热气似的，我也喜欢在家里呆着了，而且还老是盼望你能永远不走。但是我知道这是不可能的，所以昨天我便料想，父亲一旦来了，你就决不会肯多留片刻，便要离开我们了。那时，我看着你们下楼，看着你们出门，和你握手，听你说再见，再看你走远，远到没了影子，这可是我忍受不住的。我常觉得那些送人上车站却笑着摇手巾的人，都有铁样的心。可惜我没有，所以我方躲了出去。至于回家以后又会怎样，我却始终没敢去想，谁能断定呢？也许会哭也许不哭。只不过我在将到家的路上，想起你走后的空房，妈妈叫我进去收拾，那可是个苦差事，我这才慢慢地走的。若不是我的妈妈迎了过来，我还未必就进门呢！"

蓉湄见她对自己竟如此依恋，真不可以常理喻，这或者便是佛家所谓的缘法吧？便道："妹妹，你可真是小孩儿心性，想要我陪着你，你就直说嘛，我绝不会违背你的意愿的呀，何必自寻烦恼呢？如今可好了，咱们可以永远地做伴下去了。"

秀珊道："可是妈妈却要走了！"

蓉湄见她如此忆念格林太太，竭力想让她开心，就跟她详细谈起回津的办法，诸如给她预备什么样的房间，安置什么样的家具，以及家中的种种享用和繁华场中的一切娱乐等等，甚至还定好了以后陪她游玩的日程，渭渔也走过来坐在一边帮腔。直说得秀珊又提起兴趣，重复欢笑起来。

路上换了一次车，在晚七点后便到了天津。渭渔早吩咐了仆人，每日要派车到车站等候，所以下火车后一出站台，便寻着了汽车。三人坐上，转瞬便已到家。仆人们见少爷脱险出来全来慰问道贺。

秀珊看着渭渔家这富豪势派，才明白格林太太真是怜爱自己，利用这个机会，给自己找着了一个可靠的保护人。但她心里却在怙悒着既到阀阅之家，就要被许多的礼法束缚，怕是不能像以前那样自由了。

当时三人上楼，先进起居室休息了一会儿，然后便自进膳。饭后，渭渔领秀珊去选定了房间，接着又打了几个电话，要家具公司、百货公司、绸缎店、电料店等商店的执事人前来他家，吩咐他们立刻把秀珊选定的三间房子当晚便装设整齐，家具什物及各种电灯小陈设等等，务要最新最美，布置成时代小姐的外室、卧室和浴室。他委托几家商人共同设计，但求美丽，不计价值，还限定要在五小时内完备。几家商人见来了这样的好交易，自然竭尽其能地分头工作起来。

十分钟后，每个商店都来了十几个人，经过一次合议，画下草图定了位置，便各自运送来现成的高级货品。真是众擎易举，金钱万能，这临时发动的工程，成绩竟比预先筹画的还要优良。秀珊因渭渔相待过分，不住地推辞，渭渔却只是笑着，并不理会她。

蓉湄这时早已定下心来，便想起了影梅，就向渭渔说要出门一行。渭渔知道他的心思，也不加拦阻，只吩咐带上两个仆人，保护着坐汽车同去。蓉湄依言，便乘车前往。途中他想，影梅病体或已好了，自己经过的这次颠沛，应该详细地告诉她，尤其是意外得了个妹妹，这个喜事更当让她知道；在这近几日还应带秀珊去和影梅见上一面。等到自己出洋时，她们二人也可互相往来，得个照应，将来结婚以后，她俩也是闺中良伴。影梅听了也必定欢喜。想着想着，汽车已到了林家门口，蓉湄就令停住，自己下车去按门铃。

出来开门的仍是跟包的胡黑子，他瞧见蓉湄，大感意外，直吓得魂飞魄散。蓉湄只惦记着影梅，并未注意到他的神色，只请他到里面回一声，说自己来了。

胡黑子没敢说话，答应着就向里走。到了房里，他一把拉住林老婆，张口结舌地说道："不、不好！那沈……沈蓉湄来了！"林老婆一听，几乎惊倒。

原来，自那夜影梅逃走，到次日方被林老婆发现，全家万分惊愕，向各处寻觅，却是踪迹全无；过了两日，又听说高连魁在南郊被打死，更自惊慌。因为高连魁绑票的详情，事前并未与林家人细说，所以林老婆还恐怕要为高连魁所连累，真是每天都在风声鹤唳中度过，只是尚不知道蓉湄的消息。今日忽听蓉湄从天而降，便联想到蓉湄倘若是被救出来的，他或许与高连魁曾经见过面，知道了自己与绑匪有牵连，要来处置；而影梅又不知已向何往，以致连个转圜的余地都没有了，怎能不惊悸失魂呢？影桃在一边也是不知所措。

当时张皇半晌，林老婆才站起身来，咬紧牙齿地说道："是福不是祸，是祸躲不过！我只好去见他一面了。"

影桃道："咱们收了他的戒指，还有两千块钱；现在没了影梅，只这档子事就不好交代，更莫说还拉上了高连魁的事！要不咱们从后门跑吧。"

林老婆啐了她一口，想了想便叫胡黑子去让进蓉湄。等胡黑子出去了，她才慢慢向外走去。恰好在客厅门口和蓉湄遇上，林老婆便一把抱住蓉湄，哇的一声大哭起来。蓉湄见状，不知何故，连忙叫道："老太太，您怎么了？"

林老婆一面哭着，一面拉蓉湄进了客厅。她跌坐在沙发上，又喊天叫地地哭道："冤家呀，你来了，你又来了！"说着又将一把鼻涕甩在地上。

蓉湄忙问："您快说，这是怎么回事？"

这林老婆方一抽一噎地诉道："你呀你简直是我林家的冤孽，影梅的命就丧在了你的身上！你是把我的眼珠子挖了哇！"

蓉湄一听此言，方知影梅已死，不由得通身发软，如同坠入万丈深渊。但听她说得突兀，有些将信将疑，便又强挣扎着细问事情经过。

林老婆万分悲痛似的造了一段诳话，说影梅自从那日与蓉湄订婚以后，病体方见好转。不料在四五日内，忽听见报纸说蓉湄被绑的消息，她立时便大口吐血，转成了危症。家人正忙着给她调治，哪想到在一天夜里，她竟暗地里将蓉湄所赠的戒指吞下，比及发现，业已无可挽回，竟自死了。只因蓉湄尚在失踪，所以也没给他送信，草草地棺殓好，就埋在了荒郊，丧事办完也方七八日呢。

林老婆涕泪皆真，呼号惨切，说得真是活灵活现，以致蓉湄竟被她给骗过去了。他不禁心如刀割，想起影梅那玉貌冰姿、慧心烈性，那么令人爱敬；自己只为爱她，才竭力要把她救出来，哪知反倒阴差阳错，以致玉碎珠沉！我虽不杀伯仁，然而伯仁实由我而死，这真是长恨漫漫，怎不叫人伤心欲绝！他想到这里，也拉着林老婆痛哭起来。

林老婆见骗术得逞，放下心来，便又装出强忍悲痛的样子来劝蓉湄。蓉湄收住悲泪，痴立良久，方又问起影梅葬在何处。林老婆推说她老家在北京，本有祖茔，影梅又尚未出阁，所以就运回去葬进祖茔里了。蓉湄一听，便要她领他到北京，一奠未婚妻埋香之所。林老婆口里虽然应承，却又推说影桃要上台，她不能分身，要求迟两日再去。蓉湄没法，只得忍着万分悲痛，离开林家自回去了。

书中暗表，在这蓉湄被林老婆欺骗之时，那可怜的影梅正在什么地方呢？入了何等境况？想读者必在纳闷，而急于知道，那么就请耐些烦儿，随着笔尖看。

就在蓉湄哭她的时候，影梅正独处在一间黯黑的小房子里，蹲在地下，用一柄破蕉扇扇小煤炉呢。她这房中只有一铺小炕，炕前一张短几，几上放着油灯，昏焰黯黯。四壁上糊着的都是报纸，早被烟熏得成了泥色。地下火炉旁的地上，有些锅盆碗筷，都堆在墙角，与一撮儿煤球为邻。

这时，煤炉中正腾腾冒着乌烟，像是才生起来的样子，炕炉上有个铁壶，却已冒着热气。影梅正被烟熏得涕泪俱下，忽听炕上坐着的人叫道："沈小姐，我坐不住了，你何必费这些事呢？"

影梅叹了口气，立起身向说话的瞧着，居然成了流泪眼观流泪眼。那炕上坐着的正是杨维刚，此时他也像在哭似的拭着泪呢。

影梅忙推开了房门，让烟向外散发，才抱歉似的说道："这炉子真可恨，杨先生被熏得难过吧。"

杨维刚道："没关系，没关系，您也歇歇儿吧。"

影梅本已非常疲倦，但她瞧瞧炕上的杨维刚，左边是短桌，右面所余隙地只有尺余，自己坐过去就要与他肩并肩了，便只应了声道："我不累，水也快开了。"

杨维刚是二十多岁的少年，身上穿着不甚讲究的西服，正把两手都插入袋里，眼睛通红。他本可以闭上眼躲避浓烟，但他仍望着影梅，似乎有话要说，却又有些忸怩。手在袋中也频频地动弹，好像要伸出来又不敢似的，影梅却只全神照顾火炉。

须臾烟渐渐消散了，壶中的水也沸了。影梅拿起一只粗茶碗，洗了洗，才倒杯开水，放到桌上道："杨先生，包涵着喝点儿吧。您别笑话，这儿连茶叶也没有。"

杨维刚立起来，咳嗽了一声，才道："这就很好。不要客气，你请坐。"

影梅还是不坐，只把门拉回，留了些缝儿，倚着墙问道："您很忙吧？"

杨维刚道："没什么事，您倒是很累的。"说着端起碗饮了一口，那水尚热，烫得他连忙闭眼缩头，但还是咽了下去。

影梅道："这里可太委屈你了，什么都不像样儿。"

杨维刚吸着凉气道："在几年前，我的境遇还不如你……你在行里赚的钱，够用么？"

影梅道："很够的，我没有多少用项，只住房吃饭两样。行里二百多铜子儿一天，还花不尽呢。"

杨维刚道："可是你太苦了，我……我想……"说着又咳嗽了两声，然后从衣袋里拿出个纸包儿道，"我想，你现在太苦了，是不是？这里有一些钱……你可以拿去买东西……"

影梅见了忙道："杨先生，你的好意，我心领了。不过钱我现在还用不着。"

维刚道："这钱又不多，你就收下吧。像你这样生活，太不舒服了。也该买些必要的东西呀！再说，前天我看见你只吃干饼，那如何成？你又不比是男子，你别客气。"

影梅正色道："杨先生，你待我已经恩德如天了。那日我自己投到大孚洋行里做工，被那些工头欺侮，承蒙您竭力回护；又因为瞧着我不像女工样子，盘问我底细，知道了我是没家的苦人，既给我安置这住处，又令工头优待我，得到了很多的工钱，这已经像救了我的命一样。如今我吃、穿、住处全不愁了，您还费这心做什么？请您拿回去吧，我是实在不敢收的。"

杨维刚失望地说道："您就……这件小事，你又何必……"

影梅道："杨先生，您别让了吧。改日我有用处，一定求您帮忙。"

杨维刚把纸包在手中揉弄了半晌，不敢再行勉强，便收回袋里，自觉无聊，便把那碗水饮了下去。影梅又替他倒上一杯。

杨维刚静了一会儿，才又问道："行里做工劳苦极了吧？"

影梅道："还好，做长了就不觉累。"杨维刚忽然无端地局促不安起来，看看影梅，又把眼光避开道："你不做工，……好么？我看做工对你太不相宜。"

影梅道："我不做工，做什么呢？"

维刚又虚咳几声道："做工太累。"

影梅道："累也没法，不做工怎么活呢？"维刚似乎被她问住，答不出底下的话来，只又搭讪几句，便自立起来告辞。影梅并不挽

147

留，只谢了他的好意，便送他出去。

同院住的女工，因见行里的大写先生居然来访影梅，早就大加注意，维刚去后，南房住的张大妈和女儿小银子，东房住的吕嫂，以及女工圈外的拉洋车的郭八的女人，都围住影梅询问，影梅只得对她们随便敷衍了几句，便再不理睬。自己回到房中，倒在炕上，不胜悲苦。她暗想人生命运，真是无常。自己为蓉湄出奔，受这许多艰苦，第一次遇着那李二婶，几乎上当。从她家跑出来，仍想做女工过活，便自奔到大孚洋行，又遇见杨维刚。他倒是热心帮忙，人也颇为老成规矩，不过有时对自己太关切了，恐怕他另有用心，所以无论怎样艰难，绝不能收受他的恩惠。虽然他情意恳挚，自己这样未免寡情，但也自无可如何，只可等待四年后蓉湄回来，再设法回报他了。她又想，自己既做了长期女工，生活有定，家中也没法寻觅，这四年光阴就容易度过了。自己在这苦境中，更应该把心放宽，善保朱颜，莫太自苦。倘变成花残柳败的老妇，到蓉湄归时，还也许不认得自己了呢！想到这里，她便坐了起来，从炕头上拾起半块破镜上的玻璃，向脸上照了照，见面庞已消瘦多了，目眶深陷，朱唇褪色，已大非旧时颜色，不由暗自惊心。知道这样下去，四年后便保得形骸，也留不住青春，一阵悲恸，就啜泣起来。

过了一会儿，她伸手向褥底去摸手帕拭泪，不料手帕旁还塞着个纸团儿，硬硬的好像洋纸，影梅暗暗诧异，心想，褥下早晨扫过一次，并没有杂物遗留呀。她忙拿起来瞧，原来是一张雪白的洋纸，已叠作数层，又揉成一团，好像是仓促塞在那里的。影梅一见这张纸，立刻想到杨维刚身上，及至展开，只见上面疏疏落落地写着十几行字儿，都像飞出纸外，刺入影梅眼里，使她扑簌簌地落下泪来。

正是：心思倚玉，何堪如许知音；曲唱还珠，恨不相逢未嫁。

后事如何，下回分解。

148

第八回

人在奈何天相见争如不见
心追生死谊有情还似无情

话说影梅借着昏暗的灯光，看到那张纸上很工整地写着钢笔字道：

沈小姐，你把我当作朋友，又许我帮助你，这是我最高兴的事了。但是，我觉得你境遇太悲惨了，生活太清苦了。虽然你不肯说出来历，但我总能看出你不是做过女工的人。现在虽落到这种地方，但那苦工你是不能长久地做下去的。几年前，我的处境也和你一样落魄，幸而得到恩主之助，渐渐上进，到如今在银行和洋行两方面，我每月都得到很丰厚的收入，因之我不仅已有了自立的能力，而且还有余力来帮助别人了。所以，我很希望你能接受我的帮助。你把这累死人的苦工辞了吧，我愿意供给你的生活，求你不要推辞了。我不能眼看着你那样的人，受那样的苦，住那样的房屋，和那些下等人住在一起而不管。请你为了你自己，也为了我的诚心，千万答允我的请求。倘若你疑惑我有什么不好的心思，我可以只供给你生活费用，而不和你多见面，或者简直不见面也成！总而言之，你要相信我。

我自从遇见了你，就有了这种希望，可是我一直不敢说。就是现在，我还是怕你多心，不敢当面向你提出来，只可留下这封信。请你想一想吧。我明后天来听你的回音。明天你最好是不要到行里去，我在行里瞧不见你，就知道你已答应我了。那时，我又该怎样地欢喜呀！下班后我再去访你商量办法，你切莫客气。我们生在世上，本是应该相互帮助的，这不算什么大不了的事。

我一切全都预备好了，只候你答应我。请不要让我失望吧！

底下又写了"维刚"两个小字。

影梅看罢，暗自感激他的热心肠。这信中毫无轻薄之意，只是恳切得令人感动。不过自己辛苦如斯，原为自立，预备将来把干净的身体付与蓉湄，怎能半途接受别一个少年男子的资助呢？况且，杨维刚纵然说得那样好，那样干净，但他这一片热心，未必就不是起于相爱之意；而自己若受了他的帮助，又怎好过于冷淡他？相处日久，又怎保得住他没有意外的要求？到那时怕要更加对不住他了，还不为现在就辞谢了吧。只是他对自己如此热诚，自己若让他失望，又未免太冷酷了些。

林影梅思前想后，柔肠百转，只恨自己命薄。倘若与蓉湄相逢以后，便风平浪静地结了婚，这时便早已成了沈府少夫人，又何致于历尽艰难，遇到这样的波折？影梅想着这些伤心事，不由泪湿枕函，辗转半夜，方才睡着。

次日早晨起来时，因夜中失眠，觉得身体有些不适，想要辍工休息一日，却又想起维刚在信中的话，怕他在行中没看见自己，便认为已经允许了他的请求，这岂不又要平添许多周折？一念及此，她只好勉强挣扎着赶到大孚洋行的工厂，照旧工作。

中午休息的时候，杨维刚出了办公室，踱到厂里这边来，他远远地瞧见了影梅，似乎颇为抑郁。站了一会儿，他终因人多口杂，没过去与影梅说话，径自走了。

影梅也已瞧见了维刚，但她装作没有看见，只顾与同伴闲谈。只是在偷眼见维刚很是惆怅地走出去的样子时，她心中又觉十分不安。

到日落下工之后，影梅回到家中。她还以为维刚必定会再来的，就先烧了些开水，然后才弄出晚饭吃了。哪知维刚竟没有来。次日影梅照常上工，也没见他露面。

下班的时候，影梅领了工钱，才要出栈厂的门，忽见杨维刚在门外招手相唤。影梅走过去，维刚鞠躬道："沈小姐，我想跟你谈谈，你可以随我去吃饭么？"

影梅道："我这身破烂衣服，怎好随你去上馆子？"

维刚道："不是饭馆，另有个清静地方。"

影梅本想把自己的苦衷对他说明，然后婉转辞谢他的盛情。她正要寻个机会说话，又怕被众女工瞧见起哄，只好问道："在哪里？"

维刚道："前面不远。"

影梅道："你先走，在前面街口等我。"

维刚应声大踏步地走了，影梅则慢慢随着。走出很远，维刚在路旁迎住影梅道："再转一个弯儿就到了。"

影梅暗想，不知他要带自己到哪里去，孤男寡女的，我可要谨慎些。便又问上什么地方去。维刚道："沈小姐，你不必问，到地方就知道了。"

影梅道："若是不方便的地方，我可不去。"

维刚正色道："沈小姐，你还不能相信我么？"影梅无语，就随他转过一道街，又进了一条小弄。这里都是很小的楼房，像是小市民的住宅区。

维刚走到一家门口，站住叩门。一会儿，有个广东口音的老妇出来开门，维刚向她叫道："胡老太太，您的邻居来了。"又指着影梅，"这位便是沈三小姐，以后多求您照应了。"

那老妇笑答道："一定一定，咱们住着会像一家人似的。您进来吧。"

影梅听到这里，感到分外意外，刚要向维刚询问，维刚已对那老妇道："回头再说话儿，我先陪沈小姐上楼看看。"说完就直走入里面，登梯上楼，影梅只可随在后面。

到了楼上，维刚开亮电灯。见是一间很整洁的小房子，四壁新经粉刷，满目雪白，墙壁上订着许多美术照片；靠里面是一张单人睡的木床，上面被褥俱是崭新的；靠前窗是一桌两椅，左面有架小小的镜台，放着几样化妆品，右面是衣柜和衣架。陈设虽不繁丽，却颇为朴素洁净，又应有尽有。影梅惊异地问道："这是什么地方？"

维刚恭恭敬敬地道："这是沈小姐你的家。"

影梅大愕道："我的家……什么……"

维刚道："你且请坐。请问前天见着我留下的那张纸儿么？"

影梅点头道："见着了。杨先生，你的好意，我很感激，无奈我……"

维刚已接口说道："你听我说，我的意思，已在那封信上说完了。你千万不要讲客气，请你明天就搬到这里来住。也不要去做工了，我已给你介绍了补习学校，你以后可以专心求些学问。"

影梅不待他说完，已愕然问道："你……这是你的家么？"

152

维刚："不是，这房子才赁了七八天，家具也都是新买的，专预备请你来住。我自己一向住在银行的宿舍里。"

影梅道："你费了这么大的心，我很感激，但是，我实在不能领你的情。"

维刚忙道："沈小姐，你别客气，这不算……"

影梅道："我也知道你是一片好心，我再坚辞，未免太不近人情了。可是你要知道，我虽然穷苦，也不能随便受人家的好处。"

维刚默然无语，半晌才道："你不肯要我帮忙……唉！我都痛快说了吧。本来，像我们银行职员，对女工表示殷勤时，多是不安好心的，可是你不要错疑了我。我敢发誓，这心里是干干净净的。只因为我在初次看见你时，便认为你不是能做苦工的人，我的良心告诉我应该帮助你；再说，我这二三年来，赚的钱多，用的钱少，也颇有帮助他人的能力，所以还在几天前我就打好了这个主意。我先给你赁了房子，又买了家具。无奈我也自知有些冒昧，便不敢对你直说，忍了几日。直到前天，我才给你留下那张字条，今天才得着机会请你到这里来。无论如何，请你不要推辞。

"这里的房租只要七块钱一月，再加上你的日用学费，我打算给你每月送三十元来。这本不算什么好处，倘若你一定要认作好处，不好意思承受，就算借给你也好，等到几年以后，你有了自立能力，可以做个高尚些的工作，多赚点钱。那时再来还我，我也会收的。

"总而言之，我只觉得你不应该做苦工，所以只要帮你离开这艰苦的处境，在良心上我就安然了。你若疑惑行里有上千的女工，为什么我不去帮助别人，而只为你一个费心布置，因而认为我另有心肠，那可就把我冤枉死了。现在我愿意与你定条约，从此你只安心接受我的帮助，我只每月派人给你送钱来，永远不必见面，直到若干年后。除非你愿意寻我，我绝不来打搅你，这样成不成？"

影梅听他一片恳挚的言语，不禁满心感激，热泪盈眶，深知他的心意，实在是纯洁热忱，便有野心也只占极小的成分。在这穷途之中，蒙他如此关顾，真是难得！无奈此身有主，怎能再受他人的恩惠？恩惠可是比阎王债还凶恶的债，永远要被良心催逼着偿还。自己一个孤弱女子，能受得这种恩么？受旁人的恩还可以等蓉湄回来用金钱补报；这杨维刚虽然心地纯洁，但谁保得定他对将来是什么想法？男人对女人施恩，无论怎样纯洁，却也难免不想到女人身体上去；倘然他所热望的不是金钱，将来就要失望。自己既受他的恩惠，日后若再让他伤心，可就不如趁现在坚辞不受，以便断绝他的痴想。

想到这里，影梅踌躇地方欲说话，维刚却又说道："你就依了我的话吧！只要你肯住在这里，我从此就可以得到安慰。因为那样的话，我自认为应尽的责任，就已尽到了。"

影梅正色说道："杨先生，难道你的责任就是帮助我么……杨先生，我万分感激你的一番好意。可是，我也实在是不敢承受你的恩惠。你既租了这间房子，买了这些家具，又肯送钱我用，那就算我已经住过用过了。现在你赶快把这房子家具都退了吧。我还是回去的好。"

维刚失色地说道："你就一些儿也不肯赏脸么？"

影梅心里一阵苍凉，觉得有些绝人太甚，忙又和缓地说道："杨先生，你不要怨我固执，我实在是有难言的苦处，求你多原谅。至于你方才说要我住在这里，你永远不来见面，我很明白你的苦心，你为我想得太周密了。不过你又何必那样？此后，我倒希望杨先生能和我常来常往，做很好的朋友呢。"

杨维刚怔了一会儿，万分失望地道："你真不许我为你尽些微的力量么？"

影梅道："你已为我尽过太大的力了。"

维刚道："你若一定不肯……那么退一步，我送一点儿应用的东西，成么？"

影梅想了想，勉强笑道："我向你讨些东西吧，你瞧那些女工穿的衣服，照样给我买一件好了。别的万不要费心，多买我也不要。"维刚只得答应了。

影梅又叮嘱他赶快退了房子，把家具也移到宿舍去，说完便向外走去，一边走还一边说："时候不早了，我该回去了，咱们明天再见。"便一直下了楼。维刚在后怅惘相随，楼下的二房东见他们来了又走，便迎着问长问短，二人都没心绪酬应，只敷衍几句便出了门。维刚还要送她回去，影梅坚阻不必，自雇洋车走了。

维刚望着她的后影儿，怅立了许久。暗想这沈小姐美丽聪明，莫说在女工队中，便是在大家闺秀中也很少有。自己与她初次相逢，早已非常倾倒。又因为大家同是孤身沦落，境况凄凉，就生了同病相怜之意，很希望和她做一个知心朋友，患难相扶，疾苦相顾；倘若她不相嫌弃，能进一步成为永久的伴侣，那更是不敢想望的事。哪知她对身世既讳莫如深，而且自己给她帮助，竟然也坚决不受，宁愿自去挨忍寒苦，这是什么缘故？只是自己从见着她起，这心中便无片刻宁静，时时都在想她，希望和她见面，但到相见之时又发了怯，连话都不敢说。今天好像得了天助似的，居然把心中的话完全抖了出来，谁料又被她拒绝了，以后可怎么办呢？

想着想着，他眼中便似随影梅到了她那破烂的家，瞧着她在那乌烟瘴气的小室中操作，不觉叹息道："她白天累了整日，回家还得自己做饭，可苦死了。我真该死，怎么忘了留她吃些东西再回去呢？这还是小事，今天她拒绝了我的请求，就要永远苦下去。那样美丽的人儿，那样困苦的环境，我空瞧着却没法帮她，这不急死人么？"

说着连打咳声。忽地他竟发了痴想，立刻大步跑回行中宿舍，叫茶房将寝室中的被褥什物，都收拾起来，装箱的装箱，打捆的打捆，然后自己用车子载到替影梅所赁的楼放好，将门锁了。再跑回宿舍，见房中除木板床和桌椅以外，已别无所有，他才冷笑着自言自语道："别叫她一人苦，我也陪她苦些，也许这样能感动上帝，叫她回心允许我的请求。反正我赁的房子永远不退，只等着她住进去。她在那家中受苦一日，我就在这光板上受罪一天，留着那新房子做纪念好了。"维刚生了这可笑的念头，决心用这没人知情的蠢事，要与影梅同辛共苦。他用几本书放在床上作枕，便自睡倒。茶房进来，看见他在木板上睡，大为惊异，问他因何如此。维刚道："我有个朋友，新从外省来，赁了住宅，却没有应用的东西，所以我全借给他了。"

茶房道："哪有这样借的，连衣箱被褥都借出去！您就这样睡么？"

维刚道："为朋友，没法子啊。"

茶房笑道："您也太实心眼儿了，连条被子都不留。我有富余的给您拿一条来吧。"

维刚摆手道："不要不要，我这样为的是操练身体呢！"

茶房以为他犯了神经病，不待他同意就送了被子来。维刚只好任他放下，却丢在床角不动。直到半夜，他感到光板实在难受，又想起那沈小姐炕上也有被褥，才把茶房送来的被子半铺半盖地睡了。

次日便是星期日，维刚起床，洗漱完毕，就到沈宅吃例行的早饭去了。原来，渭渔自将维刚扶助成人，相待如家人父子，维刚在沈宅直如家庭中之一员。但自从蓉湄上学，渭渔又每日酬应频繁，便不易常相会见了，所以便约定每个星期日的早饭，维刚一定要到沈家去吃。因为这天渭渔闲暇，蓉湄从校中回家，维刚在行中也无工作，可以借机欢聚一日。前些日子蓉湄被绑架，维刚也随着慌乱

156

了多时，直至蓉湄归来，他在深夜闻知消息，还跑了去看望他。当时渭渔便告诉他，这个星期天要热闹一下，以欢迎新来的义女秀珊，维刚自然得如约早去。

到了沈宅，他一进门便听到一阵吵闹之声。只见秀珊正站在洋井旁边，用水龙浇楼角的一块草地，恰巧这时蓉湄从后面出来，秀珊便故意将水龙头一歪，正好浇了他满头满脸的水。蓉湄被浇得像只落汤鸡，一阵手忙脚乱。秀珊却在一旁笑着叫道："湄哥，浇得好么？"

蓉湄一边揩拭头上脸上的水，一边埋怨道："好什么！我的衣服都湿了。"

秀珊格格一笑，说道："我就为了让你换衣服，才浇你水的。你穿了这身条子衣服，就好像是外国囚犯似的，多难看。我昨天就要你换了，你偏不换；现在浇湿了，看你换不换！"

蓉湄刚想说话，忽然看见了杨维刚，就暗对秀珊挤眼儿，秀珊转脸一看，瞧见维刚立在一棵丁香花树下，就向他点头叫道："杨大哥来了，你真早哇。"

维刚走上前道："你们也真早……"

他言犹未毕，蓉湄便笑着叫道："妹妹，浇他！"

维刚猛觉那粗劲的水柱从天而降，落到自己身上，一股凉气直逼得他口噤目眩，逃避不迭，倏时便通身全都湿透了。随即是雨过天晴，水龙又移向草地。维刚和秀珊只见两面，不解她何以竟如此大开玩笑，倒也说不出话来，只望着他们二人苦笑。

这时秀珊已关上水龙头，和蓉湄跑过来叫道："杨大哥，对不起，湿透了么？"

维刚点头道："不要紧，没关系。"

蓉湄一拍他的肩头道："杨大哥，别生气，是我叫她浇你的。"

维刚道："为什么要浇我？我又没穿条子衣服。"

秀珊笑将起来，说道："你这身儿，比条子衣服还该浇呢！你自己瞧瞧。"维刚低头看时，才知道自己这身西服本已半旧，又加上昨夜和衣睡着，弄得满身全是褶皱，非常难看，不由也笑了起来。

蓉湄笑道："你难道也被人绑了票么？我在贼窝里住的那些日子里，还没把衣服滚成这样呢！"

秀珊说："你们快去吧！楼下小耳房里有湄哥的四身西服，我都收拾好了，快去换去。爹爹就要起床了，一会儿郭老伯还要来呢。"蓉湄一听，忙拉着维刚走入楼内。秀珊也走进楼去，上楼到自己房中整妆，又换了新制的衣履，看看钟已过十点，便走入渭渔的卧室。

秀珊自到沈宅，便将渭渔当父亲来侍奉；而渭渔则鉴于她的诚意，也无法推却。于是他的饮食起居，便增加了许多的方便与舒适。当时秀珊唤醒渭渔，方下楼到起居室中，见蓉湄维刚都已换了新衣，就笑道："我们今天都像小孩儿过新年了。"

维刚道："可不是么？今天比过新年还快乐呢！"

秀珊问："这怎么说？"

维刚答道："今天是欢迎你来的好日子呀！"

秀珊一耸香肩："我可不值得欢迎。这都是爹爹太疼爱我的缘故。"

维刚道："老人家都那样高兴，今天这里可说是满门的喜气了。"

秀珊撇嘴笑道："谁说的？有人可不喜欢呢？"

维刚忙问："谁？"

秀珊一按蓉湄道："就是他！"

维刚愕然："他……他……我瞧他比谁都高兴呢。"

秀珊道："你只瞧见现在的他，而没瞧见大前天他那痛哭号啕的样子么？"

维刚闻言，才想起大前天自己从沈小姐那里回到宿舍时，听说蓉湄已脱险而归，忙过来探问，却见蓉湄泪眼愁眉。固当时只听见谈起他在匪窟中的情形，及被秀珊所救的经过，自己便还以为他是痛定思痛。如今秀珊说他不喜欢，心想莫非是另有缘故么？忙问道："他不是因为……"

秀珊接口道："因为什么？你当是因为他想起了被绑时的苦楚么？不是的，敢情是他的未婚妻死了。"

维刚向来只知道蓉湄迷恋一位少女林影梅，却不晓得订婚等一切因果由来，一听到"未婚妻"三个字，他不禁又自大为惊愕。蓉湄忙拦阻秀珊："妹妹，你少给我宣传吧！"

秀珊问："你还怕杨大哥……"

蓉湄说："不是怕他知道，今天是欢迎你的大好日子，提这个做甚？"

秀珊笑道："提起来你又得伤心，是不是？那么我就不提了。"维刚却纳闷难忍，还自追问不止。

秀珊忽地走出门外，向维刚招手儿，维刚便随着她到院内。秀珊这才立住道："湄哥是很伤心的，咱们得设法解劝他才是。"

维刚道："我还不知道是怎么回事儿呢。他怎么会有未婚妻？再说他订婚也不该瞒着我呀！"

秀珊忙低声解释道："这里面有许多情由，昨天爹爹已背着他全都告诉我了。原来，他从老早就迷上一个女戏子林影梅，但爹爹却不许他娶她。以后被他磨得急了，爹爹就使了个手段，让他和那戏子订了婚。然后就要他出洋留学，等回来后再正式结婚。爹的意思，是认为那戏子不会许他；即便许了，也不会真等他四年，中间一旦发生什么变故，也许就把这难题给解决了。哪知他去向戏子求婚，戏子竟答应了；更想不到他还没动身，又被人绑了票。等到他脱险回来，便刻不容缓地去访那位女戏子。天下也真有这么巧的事，据说那戏子听到他遇了险，竟然急得吐血死了。他回家便对爹爹哭了个天昏地暗，爹爹连劝带说，他才算好些，但这两天里他始终没断眼泪。今天想来是因为我的缘故，才又有说有笑的，大约明天又要恢复原状了。杨大哥，你就劝劝他吧。"

维刚听了，这才晓得了有过这层公案，便说道："蓉湄的脾气，我是知道的，他不大能听人劝。不过他和那戏子似乎并无交谊，订婚并非由于感情，也许日子一长，会渐渐淡忘的吧。据我看，以后最好莫再提起此事。"秀珊点头应允。

这时，忽听门外有汽车声响，维刚一听便喊道："是郭大爷来了，我听得出这辆车的声音，和他发喘一样。"说着便迎将出去。果然是郭寿岩来了，正由一个仆人扶拥着走进来。秀珊和他已经见过，蓉湄也闻声赶到，几个人围着那个肉丘般的郭寿岩乱叫老伯，送入楼中，把个寿岩笑得睁不开眼，合不拢嘴。一进到内室，渭渔也下楼来一同谈笑。

将近正午时分，外面仆人来报，说是有个外国妇人来访。大家知道定是格林太太，却想不到她竟来得如此之快，便一齐迎出。只见格林太太正立在门外，阶下一辆汽车里装着十几口箱子，尚未卸下。

渭渔忙上前与她握手，并招呼仆人把那些箱笼搬进去。秀珊和蓉湄左右扶持着格林太太，走进屋去，格林太太一边走，还一边不停地吻着秀珊。到了客厅坐下，又向她介绍了郭寿岩和杨维刚。渭渔接着便问她何以来得这样快，这才知道格林因秀珊走了一个人在那空房子里感到寂寞难堪，住不下去，便急忙把事办完赶来天津。然后，秀珊又把她到天津来后的情形告诉了格林太太。

格林太太见这里喜气融融，一派祥和景象，再加上秀珊数日不见，竟变成一副大家闺秀的模样，自然分外高兴。秀珊又领格林太太上楼去看渭渔替她布置的房间，格林太太是看一样叫一声，认为这太过富丽了；问过秀珊，才知道渭渔为布置这三间妆阁，竟费去了五六千元，更是咋舌不已。

母女俩看完妆阁，便重又走下楼来。格林太太向渭渔殷殷致谢，渭渔却笑道："格林太太，你谢错了。我自己爱惜自己女儿，和你有什么相干？现在倒是我该谢谢你呢。"

格林太太不解地问："你谢我什么？"

渭渔回道："谢你这十几年里照顾我的女儿啊。"格林太太听了，哈哈大笑。

此时大家聚首一堂，谈笑十分欢畅，那秀珊更是不知如何安慰妈妈才好，蓉湄也是尽心地款待。郭寿岩一直都坐在屋角，只眯着眼笑。

过了一会儿，已近饭时，渭渔父子便将大家延入膳厅，秀珊俨然像个小主人一样，张罗入座。酒过三巡，渭渔便举杯叙述了与格林太太相会的经过，欣幸自己老境的幸福，儿子逢凶化吉地归来，又添了个可爱的女儿：这幸福都是格林太太所赐。自己承格林太太托付，定将竭力担负起保护秀珊的责任。从此秀珊就是自己的亲女儿，她能享有和蓉湄同等的权利，并请格林太太和寿岩做证，将来秀珊便是这里的一半财产的主人。

格林太太想不到渭渔如此厚待秀珊，大为惊愕。秀珊也觉得这酬报太重了，她方要起身推辞，哪知蓉湄正坐在她身旁，伸手将她按住，自己立起说道："爹爹这个办法，最是公平，我替妹妹承认了。"

秀珊还要说话，格林太太已代言道："这太重了，我看沈先生不必如此，秀珊是不能接受的。"

郭寿岩摆手叫道："你们都不要说了，听我的。"说着他挣扎着便要坐起。

渭渔道："大哥，留神你又要犯喘！还是坐着说吧。"

寿岩这才坐着不动，说道："格林太太，你不用拦阻。这里面有个原由，渭渔的处理办法并不是他自己的主意，而是蓉湄向他父亲提出来的。这可是个最好的办法呀。"说完他还向格林太太使了个眼色。

无奈此时寿岩正在笑着，眼皮挤得仅剩了一条窄缝儿，格林太太只瞧见他脸颊上的肌肉动了一下，却并不能领会他的意思，仍旧说道："这是不对的。秀珊不能接受这么大的……"

寿岩见她不解己意，又叫道："这是蓉湄的主意。蓉湄能对秀珊如此亲爱，这难道不是极好的事么？"

格林太太仍是不明白，又摇头说道："这好意太过分了，秀珊又不姓沈。"

渭渔笑道："格林太太，贵国人对财产的处置不是很自由的么？怎么你却这样固执呢？"

格林太太也自笑道："我在中国多年，只瞧见中国人的财产除了父亲给儿子外，没有给外人的。"

寿岩叫道："他这也未必便是给外……"渭渔忙瞪了他一眼，寿岩方把下半句话咽了回去，喘了喘气又说道，"算决定了。秀珊就是渭渔的亲女儿，有我做证，不必再争。"说完又看看秀珊，见她屡次想向渭渔说些什么，都被蓉湄拦阻住了，两个人不住地唧唧喳喳，就笑了笑，又郑重地说道，"他们父女兄妹的问题，就算是解决了。我还有一点儿小意思，就趁机也说了吧。我和沈家的交情并非泛泛，渭渔得了个好女儿，我自然该有所表示。更何况蓉湄又是在我家被绑的，为了赎他出险，本已把十万块钱出了手，想不到又意外地保住了这笔钱，而蓉湄也已被秀珊救回。总之我不必细说理由了，反正秀珊对我也有过间接好处，今天我为祝贺蓉湄老侄，并为欢迎秀

162

珊侄女，特送给他俩一点儿纪念品……"说着他从衣袋里掏出一个纸夹，放在桌上，说道，"这是我在马场路新盖的一所小楼的房契，还有一张汽车订单，都送给你们兄妹。那楼房是蓉湄喜欢的；汽车是最新式的，我已付完钱，只等你们去挑颜色。这一楼一车，归你们兄妹共同所有，就算是我做老伯的一点儿纪念，你们收下吧。"

蓉湄听了，与秀珊面面相觑，都觉得寿岩这礼物赠得突兀。二人方欲推辞，渭渔已叫道："郭老伯赏你们的，赶快道谢！不许说话。这就叫长者有所赐，少者不敢辞！"蓉湄和秀珊只得向郭寿岩鞠躬致谢。

这一番话，直把格林太太说得糊里糊涂，还不知渭渔和寿岩各有多少财产。渭渔为了报恩，分给秀珊资产，这还在意中；只是寿岩以朋友资格，出手竟这样大方，而渭渔却也轻易地接受，若非巨富，岂能如此？又想到寿岩把一楼一车，合赠两人，这又叫他们怎么个分法？未免太没分晓！

但这时正经事儿已经说完，渭渔便带头闲谈起来，寿岩也和三个少年有说有笑。桌上的菜肴已渐次上齐，大家畅谈畅饮，直到席终。

饭后，寿岩便催促着蓉湄，要他快到公记洋行去挑选汽车，就势带秀珊去看看楼房。蓉湄连说不忙，寿岩却定要他快些去。蓉湄只得邀上杨维刚，和秀珊一同出门。

这样家中便只剩下三位老人了，渭渔便延请他们进起居室小坐。格林太太又向他们提起刚才的事，称说大家待秀珊太好了，这女孩子算是走上了好运；但对于那处置财产的办置，她仍是不以为然。渭渔只是微笑，并不答话。寿岩却忍不住叫道："格林太太，你认为他是待秀珊好么？"

格林太太说："实在是太好了。"

寿岩笑道："我若是你，就绝不会这么认为。他并非真待秀珊好，更不是真把财产分给秀珊，这一切都是些阴谋诡计，没安着好心的啊！"

格林太太顿感愕然："怎么？沈先生……"

寿岩道："沈先生要图谋秀珊做他的儿媳呀！"

格林太太闻言，忽然跳了起来，她看看渭渔，又看看寿岩，似乎并不相信，张皇问道："这可是真的么？"

寿岩道："怎么不真？刚才吃饭时，你还糊涂呢。他把财产分给儿媳，不跟分给儿子一样么？你拦阻什么？实话跟你说吧，渭渔自从见了秀珊，就喜爱非常，对我说要给蓉湄撮合，我是赞成极了。偏巧蓉湄因为感激秀珊，昨天便向渭渔提出要求，要让秀珊享受与亲骨肉一样的权利，渭渔也就将计就计地答应了。今天又恰逢你来了，于是就把财产处置法宣布出来，让大家知道。我因为早就明白他们将要成为夫妇，所以就送了这份分不开的礼物……"

格林太太不等他说完，已喜得跳将起来，抱住寿岩吻吻他的肉头，又去吻着渭渔，叫道："好的，好的！这也正是我所希望的。你们都是好人。我的秀珊……哈哈……秀珊……"她笑着抱住渭渔乱摇，直摇得渭渔头晕眼花，忙叫道："格林太太，你请坐，请坐。"

格林太太定了定神，才知道自己欣喜过度，太放肆失礼了，不由得大窘，急得她说了两句本国语向渭渔道歉。寿岩笑道："格林太太，你太关心秀珊了，我想你一定很愿意她与蓉湄结婚，是不是？"

格林太太道："从秀珊跟了沈先生来起，我就有了这个希望。但是我知道，你们中国太讲究身份了，一个银行家的儿子，未必肯娶一个穷姑娘为妻，所以我没有说。现在既然沈先生已经愿意，我就说说秀珊吧。这孩子聪明正直，有能力，她一定会给她的男人带来极大的幸福的。沈先生你真是个明白人，真懂得爱你的儿子。"说完她又和渭渔握了握手。

寿岩道："我和渭渔都商量妥了，只等你来。现在既然你也同意，就请你在这儿多住几个月看着秀珊结完婚再回国吧。"

格林太太摇摇头说道："这个恐怕不可能了。在你们从保定回的那天晚上，我又接到了美国来的电报，催我回去。我已经回电报告立即动身，所以急忙赶到天津，预备……今天是星期日……坐后天星期二的船走呢。"

渭渔沉吟道："这么说来你是非走不可了，我们也真还无法挽留你。那么你或许可以把秀珊的事定规一下吧？"

格林太太说："你们想要我做些什么呢？"

渭渔瞧着寿岩道："论起此事，本来也不太近情理。秀珊对我家有偌大的恩德，而我又才接受保护她的责任，就生心想图她做儿媳妇，这实在说不过去。不过，我太喜欢秀珊了，为我沈氏家庭打算，若使蓉湄得到她做内助，我是立刻死了都能瞑目的，所以方如此急于办成。况且这件事对于秀珊来说，我想也不致于屈辱了她，蓉湄将来定能做一个好丈夫，会叫她终身幸福快乐的。现在，格林太太既已不能耽搁，那么在这一两日内就把此事定妥了，好么？"

寿岩道："我很赞成你的意思，此事办得越快越好。"

格林太太道："这件事我是太愿意成全了。但是秀珊和蓉湄两人的意思可更要紧，应该由他们自己来拿主张。"

渭渔道："是的，当然得让他们自己拿主张。据我看，他俩的感情是极好的，看来不会反对这桩婚事。怕只怕他们自己都不好意思明说，那样的话，就不知道拖延到何年何日才能办这喜事儿了。我想，在蓉湄这方面，我还是可以负责的，秀珊那面就要请格林太太去征求意见了。只要他们双方都同意，那么，即使表面上暂不提起，我们也可以放心了。"

165

格林太太道："可以，我对秀珊说。"

渭渔大喜道："那好极了。还请你说得委婉些，不可让她不好意思。"格林太太点头答应，二人当时就把事情议定了。

须臾，秀珊等回来了，报说已把新汽车开了回来，大家便都出去观看。

蓉湄当时就想教秀珊开车，渭渔拦着道："今天不必了，以后有的是工夫。快进来陪陪格林太太吧。"蓉湄这才把车开进车库，然后大家上楼。

寿岩天生性急，恨不得立时便有结果，忙对秀珊说道："格林太太远来劳顿，你还不请她到你房里歇歇儿？"秀珊依言，便挽扶着格林太太到她的卧室里去了。

这里蓉湄和维刚茫无所知，仍自谈笑如常。而渭渔和寿岩却惙惙地静听消息。

格林太太上楼去了，两个多钟头，方才和秀珊下来。渭渔见秀珊脸上全无忸怩之色，不禁心中狐疑，也不知格林太太究竟说了没有，当着众人的面又不好询问。直到天将傍晚时，大家都到院中散坐，而秀珊和蓉湄维刚三人则同到楼侧小网球场上打球玩耍，渭渔方得着机会向格林太太问道："秀珊的意思如何？你问过没有？"

格林太太道："我没有问，因为不能问了。"

渭渔愕然道："怎么啦？"

格林太太回答说："我上去后，便先和她谈起这里的情形，知道在秀珊心里，是把你和蓉湄当成亲父兄来看待的。我被她那太洁净的语言和态度逼住了，不好开口，可她倒是跟我谈起蓉湄最近死了未婚妻，正在悲恸期间。我便说照中国习惯，死了妻子的，也可以立时续上一个。她说这是残忍的做法，因为蓉湄正在哀痛他未婚妻的逝世，怎么能勉强他再去和别人要好？便是他可以勉强，那续来

166

的女子也不会得到真正的爱情，反会被人冷淡的；她又说如果爹爹要依着中国的习惯，给蓉湄再定婚事，她也要以女儿的身份劝告爹爹。你们听，她心中有的是这样的想法，我怎能再开口提亲？"

寿岩道："难道这就没办法了？"

格林太太道："依我的意思，还是让他们自己慢慢地往爱情道上走的好，青年男女，是容易发生感情的，不定什么时候，他们就会手拉着手，来到你面前，说他们已经订婚了。"渭渔想了想，知道若过于操切，反恐把事情弄僵，只可暂依格林太太的话。

格林太太又问蓉湄与未婚妻结合的原委，渭渔仔细地说了。格林太太道："这样说来，蓉湄对那死去的人的感情是很炽烈的了，怎么能在这个时候就提起婚事？你也太性急了。"

渭渔道："我本没想要立时提起此事，只是因为你来的缘故，我想让你亲眼看到这桩喜事办成，然后能安心回国。"

格林太太说："谢谢你了，我已经很安心的啦。将来你用电报把好消息告诉我也是一样的。"正说着，忽然秀珊从外面走了过来，大家便改议别事。

格林太太在沈家住了两天，沈渭渔又替她买了许多古物珍玩。直到临行的前夜，格林太太才将定了行期一事告诉秀珊。秀珊悲痛难舍，无奈已不可挽留。

时间一到，大家便一齐送格林太太到塘沽上船。格林太太因知秀珊业已有了归宿，渭渔父子定会尽心抚爱她，临行时便没有再多叮嘱，只是抱着秀珊吻了许久，便挥他们上岸。须臾，汽笛频鸣，眼看着这位西国老妇，回向那天涯海角去了，众人才同行回家。

格林太太走后，秀珊自然是思念难忘；蓉湄也因悲悼影梅，而抑郁万状。渭渔深知他二人的心事，只得设法让他们俩一起出去游散。这样过一个多月，这一对青年男女方才稍稍恢复些常态。

只是郭寿岩比渭渔还要性急，每天都来催促渭渔。渭渔因见他兄妹感情甚融洽，形迹亦很洒脱，还以为格林太太所预料的事情行将发生，就只静待他俩去自然成就。可郭寿岩却沉不住气。一日，他趁着渭渔和秀珊都不在，便向蓉湄试探道："这些日来，我忙忙碌碌的，也没得空问问你，林影梅是怎么死的？"

　　蓉湄闻言，悲不自胜，说道："我与她订婚时，她就病了，后又听到我被绑去的消息，竟急得她吐血而死。她是为我而死的！"

　　寿岩又道："现在她已去了，你打算怎么办呢？"

　　蓉湄叹道："我能咋办？只可终身不娶，来报答她了。"

　　寿岩说："你这是傻念头！终身不娶？你父亲要强给你娶呢？"

　　蓉湄自信地道："父亲不会强迫我的，他自己不是抱着独身主义么？从我记事以来，有过多少人来给他说媒，要他续弦，还不都被他拒绝了？这些事您全都知道啊。如今我也仿效他独身不娶，一定正合他的心意。"

　　寿岩笑道："这话可说得更糊涂了！你父亲是有了你这个儿子，才不再娶的。可你现在有什么？你一独身，沈家可就要绝后了！"

　　蓉湄答道："你说的是香火问题么？这种迷信，父亲是向不关心的。"

　　寿岩听了他这样一番言语，自知他对影梅怀念尚深，而对于秀珊则更未尝想到情爱上去；显而易见，现在尚不可操切从事，便笑了笑，也不再谈了。

　　蓉湄退出以后，寿岩久待渭渔不归，就歪在睡椅上假寐，忽听有革履之声从三楼下来。寿岩抬头一看，却是秀珊到房外打电话，约杨维刚来吃晚饭。寿岩听了，忽地心中一动，想起个主意来了。

　　正是：蓬山不远，灵犀一点相通；春水难平，微飔无端吹皱。

　　后事如何，下回分解。

第九回

意重心长假机关红丝牵白发
峰回路转狂涕泪北鲽遇南鹣

话说郭寿岩一向是热心肠人，自从瞧见秀珊以后，便极其希望她能与蓉湄配成佳偶。但由于种种特殊的情况，这婚事一时还不好提起。静待了好多日子，还不见好事完成，他便想要越俎代庖，急速地撮合渭渔的一对佳儿佳妇。

这一日，他在沈家想得了主意，就等渭渔归来，背地里两人商议了一番，得到了渭渔的同意，他才回家，用电话将杨维刚唤去，悄悄谈了半天。

维刚领了寿岩的意旨，便来到沈家。他一进门，便先到蓉湄的房中，见蓉湄正坐在楼上看书，也就坐下与他闲话了几句。渐渐提到读书问题，维刚便问道："你出洋一事怎地又搁浅了？"

蓉湄道："从我被绑回来后，爹爹就未提起过此事；我因为不知他老人家的意思，也没敢问。"

维刚道："我听他老人家背地里对郭老伯谈过此事，大约也是因为你屡受打击，便不愿强你出洋了。"

蓉湄愕然问道："我受了什么打击？"

维刚道："在遭险以后，又痛失未婚妻，这还不是打击么？"

蓉湄道："这与出洋又有什么关系？"

维刚道："可是他老人家就怕你灰心丧气，不愿……"

蓉湄忙问："你听爹爹是这样说么？"

维刚道："我听老人家说过，以后要全随你自己的意思，他决不再行催促。"

蓉湄怔了半晌，这才说道："爹爹对我抱有很大的希望，我可不能使他伤心。"

维刚道："你还打算走么？"

蓉湄点头道："当然。"

维刚也点点头，装作凝思的样子说道："你出洋当然很合老人家的意，不过……秀珊可怎么办呢？"

蓉湄道："秀珊会有什么问题，她照样伴着爹爹度日呗。"

维刚笑道："你可别忘了，你一出洋就是四五年呢！"

蓉湄道："这四五年与她……"说到这里，他心中忽然一动，才明白维刚是话里有话，不由心跳起来。但他仍自矜持地说了下去，"我不在家时，她的事有父亲料理。"

维刚笑道："老人家能料理什么？你是当局者迷呢，还是故意装糊涂？秀珊对你的情形，你难道还看不出来？"

蓉湄大感愕然："秀珊她怎么……"

维刚说："我也不敢一定说她怎么样。不过近来我冷眼旁观，觉得她爱你似是极深，你若无以回报，不去安慰她，就径自出洋，恐怕是太残忍了些吧？"

蓉湄摇头："这是没有的事，你可不要这样造谣。"

维刚站起身来说道："你要是不相信我的话，就请往后瞧吧。但盼你不要做出错事方好。"说完便向外走去。

蓉湄叫道："你干什么去？"

维刚答道："老人家要办一件事，这就出去接洽一下。晚晌还来吃饭。"

蓉湄见他出去了，就倒在床上想心事。方才他虽然嘴硬，但对于维刚说的话，却已将信将疑。本来，人的心理并无一定准则，以前他对秀珊那么亲密，动机本极纯洁，绝不向情爱上想去，便是秀珊真个芳心有意，他也瞧不出来，何况她那里也是出自一片天真？如今听维刚这样一说，竟仿佛都是有情的了！不由心绪麻乱，自觉难于处置起来。这里且按下他不提。

再说维刚出了蓉湄的房间，就转到楼侧，在花畦前的长椅上坐了，嘴里还哼着小调。过了一会儿，住在三楼的秀珊，闻声便探头出窗张望，见是维刚，就招手叫他上去，维刚却摆手要她下来。

一会儿，秀珊便从后面楼门里转了出来，分花拂柳地到了杨维刚面前叫道："杨大哥，刚才我打电话时，你不是说马上就会来么？怎么到这时候才来？"

维刚道："我到郭老伯家去了。"

秀珊道："他不是才从这里过去么？"

维刚点点头道："不错。可郭老伯这两天又犯愁了，他这人为人太好，关心沈家的事，比他自己的事还要紧。"

秀珊一怔："沈家……我们又有什么事让他挂心的？"

维刚似乎自觉失言，忙摇头道："没什么，没什么。"

秀珊见他神情诡异，就追问道："杨大哥，请你告诉我这到底是怎么回事？"

维刚仍自掩饰："没事，我说错了。"

秀珊道："不对！你别瞒我。好杨大哥，你就说说吧。"

维刚便装作被缠不过的样子道："早晚你也会知道的。其实没什么大不了的事，不过就是蓉湄又要出洋了。"

秀珊诧异道："我怎么一点儿信儿也没听见？"

维刚瞧瞧她，口角露出一丝笑意，忙又正色道："本来是这两天才提起的。"

秀珊看着他的神情，更自疑惑，又问道："我记得爹爹说过，因为经历了上次危险，不肯让蓉湄哥离开身边了，怎么现在又改了主意？"

维刚道："老人家本舍不得蓉湄出洋，上次那样逼他走，只为躲避那林影梅。从蓉湄脱险回来，老人家更是一时看不见他便问，哪还肯让他隔山越海地远去呢？再说老人家又那样一把年纪了，风烛残年，蓉湄一走，真不知是否还能再见，所以这几天老人家苦恼极了。"

秀珊芳容渐变，低声道："既然这样，为什么叫蓉湄哥去呢？可是我见爹爹也没改寻常样儿啊……"

维刚道："这次是蓉湄自己非去不可，老人家便难过万分，亦不能对你显露……"说到这里，又似失口，连忙咽住。秀珊察言观色，已料到这里面大有缘故，而且听他所说，好像此事人人皆知，只瞒着自己一人，就竭力向维刚追问，维刚却不答她，立起身来回踱着沉思，过半晌忽然跳到秀珊面前道，"这事我就告诉你吧。可是我有条件，第一是请你不要生气；第二是不要对人说。"

秀珊心内更疑，忙道："成成，都依你。快说吧！"

维刚才沉声道："这件事只有我知道底细，因为蓉湄和我最知心，凡事不相避讳，他因为在家中太感觉痛苦，所以借着留学的题目，躲避出去。他和我说，若再在家中住下去，就要生病了，随后他又烦郭老伯向老人家请求允许他出洋留学，郭老伯不知就里对老人家说了，老人家自然不愿意，就拦阻蓉湄不许他去，蓉湄却固执着非去不可。老人家前天在郭宅，叫我去一同商量，我把蓉湄的痛苦报告了。老人家才明白内情，但是也没法解除他的痛苦，经过几次斟酌，已经允许蓉湄出洋了。"

秀珊紧蹙着眉头道："湄哥的痛苦，可是为着林影梅么？"

维刚道："不是。我早说过，那不是感情的结合，很容易忘记的……他现在为之痛苦的……是，是为你啊！"

秀珊一听这话，立刻脚下一软，身体倾倒，连忙用手扶住椅背；两颊直成了熟透的苹果，瞪着双目，望着维刚，忽然她又低下头去。

维刚知道，此际她心中已充满了惊疑，却不能开口询问，在这紧要关头，只可自己演说给她听了，忙道："蓉湄爱你实在是爱到了极点，但是他受过你的恩，和你又有兄妹情分，是绝不能作非分的想法的，可又苦于日日与你见面，令他抛不下忘不得，且时时还要抑制自己的感情，这痛苦是可想而知了。他实在无可奈何，才想到出洋这条路的。

"我把这一情况告诉了老人家，老人家也觉得你是被格林太太委托他的保护人，若让蓉湄对你有什么越礼举动，好像就会变得他在利用保护人的地位，纵容儿子来侵犯你的自由，这可是极不道德的事。所以老人家甘心忍受难别之苦，决定让蓉湄远去了。"

秀珊听了伏在椅背上怔了半晌，忽然转身就走，直至楼门。维刚在后悄悄跟着，见她竟回到自己的卧室去了，就也进了渭渔的起居室内。

渭渔早知道维刚是奉寿岩的命令而来，便问道："你见着他们俩了么？"

维刚道："都已见着，并已按着郭老伯教给我的话说了。不过蓉湄还不信秀珊爱他，而秀珊听了却好像很感动似的，可是没有一点儿表示。"

渭渔笑道："你郭老伯的意思是对的。本来他们俩都抱有很纯洁的心。又被兄妹两个字限制着，若不这样让他们心里发生些变化，

173

恐怕永远不能接近了。如今你替他们揭开了这一层隔膜，虽然未必立刻能见到什么效果，但希望总是有了，咱们慢慢往后看吧。"

维刚方要答话，忽见蓉湄进来，向渭渔叫了声爹爹。渭渔道："半天没见你，还当你出门去了呢。"

蓉湄道："没有，我在房里呢。"

渭渔道："你妹妹呢?"

蓉湄听父亲问起秀珊，脸上忽然微红，神情也不大自在地答道："大约在楼上吧!"维刚一看蓉湄的情形，便知郭寿岩的计划颇有功效，蓉湄对秀珊的态度，已有些变动了。

蓉湄镇静了一下，又叫道："爹爹。"渭渔听他语音沉着，瞧着他应了一声。

蓉湄道："爹爹，你替我办的护照，已经妥了么?"

渭渔道："早拿到手了，不过因为你连遇了几件不如意的事，以为你也许不愿再出洋了，所以正预备缴回去呢!"

蓉湄道："还没过期吧?"

渭渔道："日期很宽。"

蓉湄道："那么，我赶紧走吧。"

渭渔听了似乎微愕，问他道："你还想出洋么?"

蓉湄道："我当然要去，爹爹对我的希望很大，我不能辜负。"

渭渔迟疑了一下，才道："这一次，我绝不强迫于你，完全由你自便。你若是为了前途和事业，你愿意去呢，我也不能拦阻。"

蓉湄听父亲的话，和维刚方才所说吻合，忙道："爹爹，我已下决心了，请你给定个日期吧。"

渭渔沉吟着道："你先去打听船期吧，等我想想再说。"

蓉湄听他父亲这样说法，暗想维刚的话不虚，若非他来报告，自己还不知老人的意思，再隐忍下去，就难免让老人家失望了。他便应着走了出去，打听开船日子的事了。但他却没用电话问，而是亲自走了一趟，到黄昏时方才回来。

这时，渭渔和秀珊、维刚都在饭厅里边吃晚餐，蓉湄进去坐下同吃，便报告了打听到的船期。渭渔道："你要先到上海，那么还是坐下月二号开上海的法国船吧。再过四五天，就起身奔上海等船好了。"蓉湄唯唯应着。维刚却看了秀珊一眼，见秀珊已低下头去。

论理秀珊听了渭渔父子的对话，应该对这突如其来的事表示惊异，但她知蓉湄是为自己走的，倒不能开口了。蓉湄心里已信了维刚的言语，以为自己远行要惹秀珊伤感，所以对出洋之事不敢多说。渭渔却装着满心的抑郁，连饭都只吃了常量之半，就离席而起，自去休息。秀珊瞧着，芳心如捣，哪还吃得下饭？勉强用了少半碗，也便归入寝室。这么一来，饭厅里只剩下了两个人。

维刚向蓉湄道："你看见了？只你那两句话，就使秀珊连饭都吃不下，是为什么？你还不相信我的话么？"

蓉湄不语，忽立起身也向外走了。维刚暗笑，心想，你们俩都被我哄得罢了食，一旁难过去了，我却高兴得很，要加倍多吃些。饭后维刚就离开沈宅，去向寿岩报告一切。这且不表。

只说沈家这一夜，竟变得十分冷静。秀珊、蓉湄各居己室，不相寻觅，渭渔却早早地睡了。次日虽照常见面，大家都提不起兴头。渭渔父子忙着指挥仆人，整理行装。秀珊向来对于家事极肯负责，这时却退避不前，常常躲在房里，或是出门游逛。

一连过了数日，这天已到了蓉湄起程的前夜。天黑时，寿岩、维刚都来了，寿岩闹着要给蓉湄饯行，结果仍在沈宅同用晚饭。席上多添了些酒肴，只是大家在这离别之际，哪能欢畅？寿岩几杯酒吃下去，便唏嘘叹息起来，但也不说什么。渭渔却只殷殷嘱咐蓉湄，在外国要自己珍重，不可放纵。蓉湄又向秀珊道别，秀珊玉容惨淡，

175

如痴木坐。这一席离筵，真是充满了凄凉况味。

秀珊首先离席，渭渔和寿岩也随着出去，只维刚和蓉湄还谈着不动。维刚要求他到外国后多寄些好照片来，说的也是些闲话。蓉湄满心悲郁，实不愿和他絮聒，无奈分手在即，不能不耐着性儿敷衍。最后维刚声明，他今夜要住在这里，明天给他送行，才自伴着两位老人去了。

蓉湄心里只想着秀珊，思她近日来惨淡不欢，必是因为和自己行将远离的缘故，但表面上却显得那样冷淡，也猜不出她是什么心理。只是自己明天便走，应该趁今天和她郑重地叙叙别情。不过他想起维刚那样的测度，真还不敢去见她。想来想去，他心里真是忐忑难定，又加上方才饮过几杯酒，热得难过，便走出院中。忽见满天明月，映照着一庭树阴，摇洒着满阶花影，便在甬路上负手仰头，徐徐踱着。暗叹今夜可是末次看这故乡月色了。明日以后，再见明月当头，已在异乡。

正当他出神之际，却已走到楼的侧面。这一边树木稀疏，月色满铺地上，把草地照成了一片黑亮的油毡。他再三仰望流连，忽见三层楼上秀珊卧室的窗子，似乎有异。细细一看，原来房中还未亮灯，却在窗口露出乱蓬蓬的一团，又不知是什么。他凝眸再看，才瞧出是秀珊的头儿探出窗外，月光照着她的头发。看她纹丝不动的样子，想是她在面对月光出神呢。

蓉湄心中一跳，忽然冲口叫道："妹妹。"窗内的秀珊这才转过脸儿，望见蓉湄，将身向外一探，忽又缩回，须臾再露出脸儿来。蓉湄仰着头儿，也不知说什么才好，半晌才道："妹妹，多么好的月光！下来走走么？"

秀珊没有答话，迟一会儿才举起手来，向上一指，说了句话。蓉湄只听到"平台"二字，以为她是说平台上的月色比地下的好，就应着道："好，我就上去。"秀珊闻言，缩入窗内，芳容顿渺。

蓉湄便从楼后循着楼梯，一直走上四层楼顶的平台，见上面除了烟囱和去年夏季遗留的几只破烂椅以外，空荡荡的一片，洋灰顶面被月光照得似银色的小沼。他倚着边栏小立。须臾，秀珊从中间楼梯上来，已换了一身银灰色素衣，在月光中悄然涌现，临风小立，更显得玉立亭亭。蓉湄慢慢向她走过来，到了近前，相对一望，秀珊便一转身，将前胸部对着边栏，似乎在凝眸远眺。蓉湄方要开口，猛想起维刚的话，立刻心跳起来。

这时，只听秀珊低声道："好明亮的月色啊！"

蓉湄才道："今天是旧历十四呢。"秀珊低应了一声，便循着边栏，徐徐走着。她从南面走到北面，回头望望蓉湄，然后仍旧对着月光出神。蓉湄见她的脸庞在月色之中，只显得其白如玉，而瞧不出颊上一丝的娇红，加上她素衣飘飘，看上去竟像一座由名手雕成的白石仙女。

他二人遥遥相望了一会儿，秀珊方举手相招，蓉湄一见，便忙走了过去。秀珊本来是面向着他的，等他到了跟前，秀珊又转过身去，低声说道："蓉湄，你明天一定走么？"

蓉湄道："是的，一定走的。"

秀珊问道："这一次出洋，可是你自己的意思么？"

蓉湄应声道："当然……"

秀珊不大相信："是爹爹叫你去的，还是你自己要去的？"

蓉湄道："爹爹以前早就有这个意思，一切都准备好了的。只因为中间出事，到现在方又提起。"

秀珊仍只问他："当初是爹爹的意思，那么现在却是你自己的意思了？"

蓉湄愕然不解地道："你……你这话……"

秀珊霍地一转身，与蓉湄面面相对，扶住他的肩头，叫道："你这几日的准备，全要枉费了。你不能走，我不许你走！"

蓉湄听了大惊，暗想维刚的话果然应验了！但他也答不出话来，只是呆呆然地望着她。

秀珊又低下头去说道："你为爹爹，为我，都不该出门远行。爹爹那样大年纪……我也很明白自己在这里的地位，你走了，我怎么还能呆在这里……"秀珊这句话的意思，本来是说，蓉湄是因为她的缘故才远涉重洋的，她为此要负破坏家庭幸福的责任，所以倘或蓉湄真的走了，她也会感到惭愧，因而不能再在这里住下去了。可蓉湄听了，却还以为她所以住在这里，完全是为了自己；自己一离开，她也无心再留！他只觉得秀珊已把蕴积的爱情都赤裸裸地表现了出来，不由大为感动，忍不住就拉住她的手叫道："妹妹……你是？"

秀珊秋波向上一翻，射到蓉湄脸上，低声说道："我愿意你不走……"

蓉湄立刻又感到她那无限缠绵之意，更相信她是爱己已久，只一直在芳心中深蕴，等到这离别的时候，才无可奈何地露出真情，来相挽留。他浑身发颤地痴望着她，忽然抱住她的香肩，秀珊并不躲开，而用另一只手握住蓉湄的腕子。蓉湄此际觉得已实在不能矜持了，就把脸颊偎着她的秀发道："妹妹，你……真舍不得我走么？"

秀珊不答，只把头儿一侧，蓉湄也把头一歪，脸颊正碰上秀珊的额角，蓉湄心儿一跳："妹妹，我真想不到你会这样……爱我！我真是蠢人……"

秀珊忽地轻轻转过脸，泪水莹莹地说道："我只问你还走不走？"

蓉湄微叹道："妹妹，你不愿我走，这我明白。可是我走这也是爹爹的意思啊，都已经定妥了的，这时怎能反悔？"

秀珊道："爹爹未必……你只答应我不走，我可以对爹爹说。"

蓉湄道："那样恐怕爹爹会不高兴。"

秀珊低头沉思了一会儿，赧然道："你随我到爹爹面前去。"

蓉湄道："可又怎么说呢？"

秀珊说："就请爹爹设法再弄张护照，我和你一起出洋去。"

蓉湄愕然："咱们一同去，难道把爹爹一人丢在家里么？"

秀珊忽然哧的一笑，指着蓉湄道："你好傻！"

蓉湄恍然大悟，立刻把她抱在怀里，叫道："妹妹，你可太聪明了！我问你，你真爱么？"

秀珊摇头道："我不知道，我只知从见你以后，我就不是我了。"

蓉湄道："怎么……"

秀珊道："你想想……在保定初见时的我，可是这样么？"

蓉湄一想，果然她到天津以后，便由活泼变为沉静了，却原来是她芳心中的天真已被爱情所取代，不禁在她额上吻了一下。二人相视无语。

秀珊忽然推开他道："走，下楼对爹爹说去，好叫他老人家早些安心。"蓉湄虽不明白她何以将父亲的意思会错，但在这时已不能拦她，只可随着她下了楼顶。

到了起居室门前，蓉湄还有些踌躇地道："郭老伯也在这房里呢。"秀珊不语，只是拉着他一同走入房中。

渭渔和寿岩正在谈论着什么，维刚则坐在一旁静听，忽然看见他二人推门直入，立在渭渔面前。秀珊叫道："爹爹，湄哥明天不能走了。"

渭渔一怔道："为什么？"

秀珊道："我也要随他一同去呢，您再给弄张护照，过些日子我们一同走，成么？"

渭渔闻言初而惊异，与寿岩相顾愕眙；继而同时都转着眼珠，面上露出了笑容。寿岩先笑道："这好极了！由你陪他去最好。这样，蓉湄明天的行期就算作废了，你们等领了护照再走吧。"

蓉湄见寿岩不问情由，不经思索，就贸然替父亲应允了。他正在诧异不已，渭渔却也含笑而起，挥着手道："这样蓉儿暂时便不能走了，你们送行的都请回去吧，我也要歇着了。"杨维刚应声先走了出去，寿岩和渭渔随后也出了起居室，但在他俩离坐的时候，都似在桌子上拍了一下，出门后还砰地将门带上了。蓉湄和秀珊看到这种情形，全都怔住了，不禁面面相觑不解其意。

忽然，秀珊看到在中间圆台上放有两个小盒，上面还写着字；她仔细一看，却见其中一个盒子上贴着块小方白纸，上面写上自己的名字；再看另一个盒子，上面却写着蓉湄的名字，不由惊叫道："这是什么？"

蓉湄闻声也过来看了看，忙拿起其中一个盒子，揭开盖儿，只见里面是一只钻石戒指；盖子的反面写上了四个大些的字，是"订婚纪念"，下面六个小字是"蓉湄敬赠秀珊"。他又去瞧另一个盒儿，里面一样也装着个戒指，也写着"订婚纪念"，只是小些的字却是写的"秀珊敬赠蓉湄"。二人看完，互相痴望，就好像在梦中一样，猜不出是何道理。

过了半晌，秀珊方颤声说道："这是什么意思？咱们在楼顶说话，算来也不过才一刻钟之久，他们怎么都知道了？"

蓉湄心里虽然纳闷，但已体会到父亲是赞成这桩婚事的，而秀珊又那样爱着自己。事已至此，自己不能犹豫了。想到这里，他笑着说道："大约这里面必有缘故。你不知道，郭老伯刁钻古怪，像老小孩儿一样，专爱办这种出人意外的事；然而这也是父亲的主意，我们不可违背老人家……"说着他便一把握住秀珊的手，从盒子里拿出戒指，就要套到她的手指上。

可秀珊忽然弯起手指，说道："慢着，我有一句话要问你。你爱我，我很知道，我爱你，当然我自己也知道，这在我俩没有问题。但是，我不会侵占林影梅的地位么?"

蓉湄闻言，微微震动，但仍矜持地说道："她死了。"

秀珊道："这个我明白，我问的是你心里的她。"

蓉湄面色一变，半晌才沉声道："妹妹，我哪能对你说谎? 我……"

秀珊忙掩住他的嘴："你不用说了，我知道你没有忘她。"说完她低下了头。

蓉湄以为她生了气，还怕要把事弄成僵局，可又不肯昧着良心说已忘了死者，只好说道："她死了，她死了。我将试着把她忘却。妹妹……你也替我想想……"

秀珊抬起头来，面上又有了笑容，她摇头道："你不要这样说，不仅你不能忘记她，就是我也还要替你纪念她呢。"说着她便将身儿倚到蓉湄怀里，伸开那弯曲着的手指，小声说道，"我只要得你的爱情的几分之几，就很满足了。"

蓉湄一边吻着她，一边说道："妹妹，你能原谅我，我很感激你。现在我不能说什么，你往后看好了。"同时他又把戒指给秀珊戴上。

秀珊眼光往下一扫，又瞧了瞧自己的手，便把另一盒中的戒指，也替蓉湄套在手指上。然后，又与他互相拥抱了一会儿。

蓉湄说道："我真猜不透此事。他们怎么知道的?"秀珊也沉吟着思索起来。

二人纳闷了一会儿，蓉湄忽然笑道："我们何必去费这番脑筋呢? 明天郭老伯自会说出来的。"

秀珊却道："我可是闷得难受，偏要想想这到底是怎么回事。"

蓉湄坐在沙发上，抽冷子一把揽住秀珊的腰向下一拉，秀珊便跌倒在他怀里，忙叫道："你这是干什么?!"

蓉湄笑道："我想要试行我的夫权，不许你想了。"

秀珊伏在蓉湄肩上，红着脸儿道："我也要行使我的妻权。"说着便握紧拳头，打了蓉湄一下。

蓉湄一笑："这就是你的'妻拳'哪！为什么打我?"

秀珊道："你还不该打？就要打你那绕弯儿的心。你爱我就径直爱好了，为什么又绕出洋么大一个圈子……"话未说完，猛听房门一响，两人转脸看时，竟是维刚推门进来了，慌得秀珊起立不迭，蓉湄也是大为窘迫。

维刚含笑点头道："对不起，我是来拿钢笔的。"

蓉湄知道，纸笔随处都有，他却偏到这里来拿，似是出于故意，但他也只得搭讪着问道："我还当你走了呢。拿纸笔做什么?"

维刚道："我是被老人家留住的，他要我顺路到电报局去，给格林太太……"说着他笑了一声，拉开抽屉拿了支笔，便又出去了。

蓉湄秀珊望着他，明白了这件事是早有安排的，便相视而笑。两人又缠绵了一会儿，方才各自归寝。

次日晨起，在早餐的时候，渭渔看到他们俩时，竟不提起昨夜的事，对出洋一事像是已经忘记了，只是望着他俩的手上，不住地笑。

蓉湄向秀珊使了个眼色，一同立起，叫道："爹爹，我们……"说话时他俩都把手放在台子上。

渭渔哈哈笑道："我早知道了，这是我最得意的事。格林太太的话是不错，果然有了今天!"

蓉湄秀珊连忙离座，走到渭渔跟前，一同鞠了三躬。渭渔大喜，

182

忙叫归座道："今天我才算了却了平生心愿。你们还要去谢谢郭老伯和杨维刚，他们二位为了你们出力可不小。现在我不说什么，今天晚上却要邀约一班朋友宴会，在席上宣布你们的婚约；同时我还有许多话要说呢！"秀珊见父亲这样高兴，更觉欣喜，屡次与蓉湄相顾偷笑。

早饭后，二人便先到郭宅去看寿岩，寿岩却仍高卧未起。只得出来，又到银行去访维刚，进了办公室，同人们见少东来了，全都上前恭维。蓉湄却因人多不好说话，便要到维刚寝室去坐，维刚只得领他们去宿舍。

一进寝室门，蓉湄便发现维刚这里四壁空空，不禁惊异起来："这是你的房间么？我上个月来时，还见有陈设，现在怎么变成了这个样子？"

维刚既是有苦衷不能实说，又担心蓉湄疑他有嫖赌行为，直急得他期期艾艾地半晌才道："我搬家了。"

蓉湄道："向来只听说你住宿舍，几时又搬了出去？"

维刚道："我是嫌这里不……不……不方便。"

蓉湄看看他，又瞧瞧秀珊。秀珊早知维刚单身无家室，也觉得他这话有异，就笑道："杨大哥，你搬到哪里去了。"

维刚含糊答道："不远，就在这条街上。"

秀珊向蓉湄道："我们瞧瞧杨大哥的新家去好不好？"

蓉湄瞧着维刚的神情，料想其中必有奥秘，便要故意窘他，就点头道："好。维刚，你带我们去吧。"

维刚道："我那破家烂屋的有什么可看？再说办公时间，也不许出去呀。"

蓉湄笑道："别跟我打官腔！秀珊还有话要对你说呢，这里连个坐的地方都没有，你就这样慢待女客么？"

维刚无奈，只得带他们出了宿舍，到街上坐了蓉湄的汽车，由维刚开着。汽车到维刚新居所在的弄堂口上停住，三人下车进弄，由维刚领着叩门上楼，进了那间小室。

蓉湄本料着他那新居里必有特别之处，哪知室中竟空寂无人，倒觉失望，便问道："你放着宿舍不住，却来花钱租房子干吗呢？"维刚便答说宿舍里太嘈杂。

蓉湄因无甚可疑，方要向维刚表示奉命来谢之意，忽听秀珊叫道："湄，你来看，这是什么？"

蓉湄回头一看，见秀珊正立在一架镜台前，便走了过去。秀珊指着拉开的小抽屉道："你瞧，杨大哥的秘密可被我发现了！这都是女人用的东西。"说着便一件一件的都给拿了出来，却是冷霜扑粉胭脂唇膏之类的东西。蓉湄笑着叫了一声，也拉开其他抽屉和下面的小柜门查看，只见里面竟然全是些女人用的物件。

二人好像拿住了贼赃似的，得意洋洋地向维刚说道："难怪你刚才不愿让我们来，敢情这里藏着秘密。是太太还是女朋友？哼，你真也可以，瞒得我们都不知影儿！"

维刚大窘之下，吃吃地分辩道："没有的事！这里哪有女人？不信你们去问问楼下的二房东。"

蓉湄道："问什么？这里有赃证呢。你快说实话，和这女人是什么关系？同居已有多长时间？"

维刚道："什么同居？！我每天都在宿舍住，这里却一直空着。"

秀珊笑了："你的谎说得太不圆了，刚才说立了新家，如今又说在宿舍住。别瞒我们了，快把嫂子引见引见吧。"

维刚着急道："我敢发誓，这里若有女人……"

蓉湄道："没女人？女人的东西可是这样齐全！"说着又向秀珊挤挤眼，拉着她便向外走，一边还说着，"我知道，维刚，你是害羞呢，你娶了太太，却不敢声张，待我们回去请爹爹出头，给你们正式热闹一下，这样偷偷摸摸地算什么呢？"

维刚赶忙上前拦住道："蓉湄，你别胡闹！实在是什么都没有。若叫老人家知道，可就糟了。"

蓉湄笑道："一点儿也不糟。爹爹一审你，你就招了，我们跟着一起喝喜酒，那有多么好！"

维刚此时实在窘迫万分，忽而发急，忽而赔笑，不住向蓉湄分辩央求。蓉湄："你若怕我爹爹知道，就快说实话，我们再斟酌轻重，或者还不给你宣传。"

维刚将身体拦在房门口，怔了半晌，才搔着头发道："我真倒运，碰见你这个魔鬼。我知道，这事不告诉你们，你们不饶；告诉了，又给你们留下笑柄。"

秀珊道："你说了，我们准要帮忙，怎能笑你？"

维刚又踌躇了一下，才无可奈何地把自己怎样遇见女工沈三姑，怎样赁了这间房子，请她来住，那沈三姑竟然拒绝了；自己又怎样痴情，因为没法救她，所以要与她同辛共苦的话，都说了出来。蓉湄还不大信，秀珊看到这房子中冷气森森，不像有人住着，而且里面的一切女人用物，全都原封未动，便替维刚把这理由解释了，蓉湄才点头笑道："原来维刚在害单相思呢！这真是异想天开，倘若那女工永不爱你，难道你就让这房子永远空下去么？"说着，又向秀珊道："这真是奇怪。凭维刚的人品学识，怎么还得不到一个女工的心？害得他这样神魂颠倒。"

秀珊听了维刚的述说，却已大为感动，她悄然说道："杨大哥不是太可怜了么？女工是什么样的人？竟这样高傲。"

蓉湄道："女工都是穷家女子，在洋行里拣羊毛、砸核桃。她们一天只能赚两三角钱，而且听说品行都是极坏。这个沈三姑，莫非早已和别的男监工姘上了，所以维刚挨不上边?"

维刚摇手道："你不要随便侮辱人。人家可真是冰清玉洁，出污泥而不染。"蓉湄听了，笑了笑。

秀珊道："哪里都有好人，不能一概而论。"

蓉湄道："你又不知道真相，她们才无耻呢!"

秀珊道："也许这一个不同，而且特别好。咱们得帮忙，让杨大哥和那沈三姑成为……"说着格格一笑，道，"这房里预备多么齐全! 别让杨大哥白费了心呀!"

维刚连连作揖道："你们别怄我了。只求你们口下留情，替我保守秘密，就感激不尽了。"

秀珊拉蓉湄到旁边，悄悄说了几句，两人重又走到维刚面前，向维刚敬鞠了三躬道："杨大哥，爹爹叫我们来谢你。"

维刚道："谢我什么?"

蓉湄道："你倒跟我装糊涂……"

秀珊插口道："我们的差事交代了，快让杨大哥领我们去看沈三姑。"

维刚道："她没到洋行来上工，改天看吧!"

蓉湄道："你每天午前在银行，午后才上洋行，这时怎知道她没在? 快领我们去吧!"维刚仍自推托不肯。

秀珊道："杨大哥一定要背着我们，就别强人所难了，回家吧。"蓉湄会意，含笑着随秀珊转身便走。维刚只怕他们回去对渭渔学说，便拦住不放，又应允带他们去。

秀珊笑道："杨大哥，就是这样! 让我们瞧瞧怕什么?"

维刚道："你们可要知道，人家是极规矩的女孩子。我和她并没有半点关系，你们去了万不要起哄，或是说些轻薄的话。"

秀珊道："你放心，我们怎敢不尊敬大嫂嫂啊!"

维刚急道："如果你们安着这种心去，可就要惹恼了人家，你们只装着参观的样儿，在工厂走过，我指给你们看。看见了就算了，不要轻嘴薄舌，嬉皮笑脸。"

蓉湄笑道："瞧你这爱护的劲儿！我们同谁嬉皮笑脸过？"

维刚道："我是怕你们给我难堪呀！得了得了，走吧。"说着三人下楼，出门坐汽车又到了大孚洋行。这次是蓉湄开车，把汽车一直开进工厂门内的院中才停住下来。

秀珊道："在哪儿呢？"

维刚叮嘱他们规矩些，才道："随我来。"就领头先走进东西边的缝皮房中。

他立在门首，向里张望，只见这房中一行行的案子，女工都相对踞案而坐，井然有序。女工衣履好较整洁，只是喧杂声仍然不免。影梅正在屋隅一条案角旁埋头工作，维刚本为应付蓉湄、秀珊，就先看准了影梅的衣服和座位。他回头见蓉湄和秀珊已互挽着臂儿走了进来，就低声说道："东南角上，那一个剪发穿白衣服的就是。"

蓉湄、秀珊方在抬头寻觅，但因为秀珊穿着高跟鞋，走路声音格格地响，许多女工都闻声而抬起头来看，只有影梅坐得距门口较远，又正专心致志地工作，竟没理会。女工多是留着发辫的，剪发的很少，所以蓉湄秀珊二人很容易地就瞧见了影梅，只因为她正低头工作，所以看不见其面目。

秀珊低声道："杨大哥，你请她过来，让我们见见面，行么？"维刚摇头。

秀珊又道："要不，我们就过去看看。"

维刚还要拦阻，但这时女工已多半因看他们而停止了工作，连带嘈杂声也渐渐地止息了，房中反而异常沉寂。影梅突觉耳中清静，无意中抬起头来，先瞧身边的同伴，只见她们都在向外看什么，也

187

随着往门口望去，这才瞧出是杨维刚，后面还跟着一对少年男女。倏地，蓉湄的脸映入她的眼中，影梅猛觉芳心一阵发乱，才想这不可能是他，耳中却忽然听到一声狂叫道："呀……"

原来，林影梅抬头的时候，蓉湄已瞧得清楚，她极像自己的未婚妻，不由失声叫了起来。但他刚叫出一个"呀"字，突然想起影梅已死，便又把一口气咽住，只是直瞪着眼瞧着。

这时影梅已看清确是蓉湄，不自知地忽然立起，向前走了几步，张臂叫道："你……回来了……"但这句话还没说完，却瞥见蓉湄和那个美貌女子双臂互挽，不由脚步立停，身躯一侧，扶住了旁边一个女工。

维刚和秀珊看看影梅，又看看蓉湄，还没待说出惊异的问语，蓉湄早已切实看准是影梅，连忙丢开秀珊，叫了声："影梅，是你……"就跳将过去。哪知还未到跟前，影梅已颤颤地向后便倒，蓉湄随着也扑地跪在地上，将她抱起，看了看她的脸，又贴近听了听，见她气息甚粗，知道是感情震动过度，因而晕倒。

此时此刻，蓉湄很快就明白了林老婆说谎及杨维刚单恋的原因，忙蹲身抱起她，回头向维刚道："有清静的房间么？你领我去。"

维刚听蓉湄叫出"影梅"二字，心里早在惊异中悟会到点什么，但在这紧急的时候，已顾不得再仔细思索了。他闻声应道："有有，到管栈的房间去吧。"

蓉湄抱着影梅，随他走入内院，进了管栈房中，将影梅放在床上。见她仍是昏然不醒，忙倒了杯开水给她饮下。影梅这才呻吟一声，微微张眼，一瞧见蓉湄，她猛然热泪如潮，口儿频张，只听她喉咙中叫道："你……你……你……"

蓉湄这时已顾不得房中还有维刚秀珊，将影梅的头扶起，哭叫道："梅，梅，你怎么会流落到这里？"

影梅头被扶起，才缓过气来，悲声道："你不是出洋了么？"

蓉湄道："我何曾出过洋？"

影梅目光一直道："那么你爹爹赚了我！"

蓉湄道："你母亲骗了我，她说你已死了。"

影梅道："自从你和我见了那一面，我就打算拼着等你四年。我不肯再去唱，哪知我那没良心的母亲，又和王敬孙勾上，想要毁我。幸亏让我知道了，才跑出来，投到你家，却被爹爹拒绝了，我只可到洋行来做工求得生存。想不到……"说着又呜咽起来。

蓉湄听了，痛哭失声："你为我……我可害苦了你……你为什么定要来受这份苦哇？"

影梅道："我怕家里寻到……"

蓉湄顿足道："你可知道这大孚洋行是咱们家开的么？我真该死！近在眼前，却会让你苦了这么些日子。"

影梅又问蓉湄的一切经过，蓉湄就把自己被绑的事，说了一下。他刚说到半截，回头见维刚和秀珊都已没了影儿，不知何时都溜出去了。蓉湄心知要出事，但此时也管不得许多。他接着又把遇救归来，到林家去访影梅，林老婆却谎说影梅已死，自己因而悲痛至今等等，从头至尾说了一遍，却把秀珊一层隐住没提。影梅听完，抱住蓉湄的脖子，用他肩上的衣服拭了拭泪，忽然正色道："我到你家去，可爹爹说不认得我，硬赶出来，我就知道我的希望已很少了，可是我怕我会对不住你，才决意要等你四年后回来时再说。如今想不到这么快就见着了面。我痛快地跟你说吧，你父亲是不喜欢我的，我自己应该知趣些，莫连累你为难。咱们的婚约，我想可以……取消了。"说着她随即伸手由衣底探入裤袋中，摸出那只钻石戒指来，咬牙说道，"还你。"

蓉湄心里已万分感动，知道她是看透了父亲的意思，故而辞婚，忙握住她的手道："你不能这样说，爱情是咱俩的，既定了婚约，我就爱你到底，何况你还为我受过许多苦楚呢！现在咱们除爱情外，又加上了一层患难之交，我宁死也不能离开你。你要再说这话，就是要我死！"说完他把戒指重又套到她指上，忽然想昨天也替秀珊戴过一个，不由心乱如麻。影梅却握住他的手，不使离开，又问道："方才我看见你同一个女子在一起，她是谁？"

蓉湄哪敢把实情告诉她，便答道："她是秀珊，就是那在保定救我出险的女子，父亲认她为义女，是咱们的妹妹。"影梅听了，这才把他的手松开。蓉湄怔了一下，忽然他搔着头皮，把眼瞪得滚圆，好似下了什么决心一样，把脚一顿道，"你能起来么？"

影梅坐起问道："做什么？"

蓉湄道："走，随我回家见父亲去。"

影梅直摇头："我不能去，你父亲绝对不会肯要我的。"

蓉湄道："你还不知道我父亲的为人，他若得你的情形，大概会比我还更喜爱你呢，你放心地随我去吧。便是父亲万一不容，你还照样去做女工，我则出来陪你做男工，咱们也要苦在一处。"

影梅听了，虽然感激，但仍恐没把握，便含泪摇头道："我是你的人，上哪里都该跟着你去。可是回家……我真怕……你自己先去和父亲说一下，等他允许了你再来接我。"

蓉湄大声道："不，不！你一定得跟我走。我正要父亲瞧瞧他都做了些什么。现在你想要离开一分钟都不成。妹妹，别发慌，你为我千辛万苦都受了，已熬到头儿，还怕什么？"说完他从床上抱起影梅，拥着便向外走去。这时，行中管栈人等，见少东与一位女工发生关联，早已替他颁布了戒严令，把男女工人全都关在屋子里，不许张望，他二人竟得清清静静地走出。到外面一看，车子仍停在院中，蓉湄又想起秀珊和维刚，料到他俩早已躲走，不由得心里又是一阵慌乱。当即将影梅扶入车中，自行驾驶，开大速度，直奔家中去了。

正是：方欣爱河波定，落花与倦絮俱停；行看恨海风生，巨浪卷洪涛而去。

后事如何，下回分解。

第十回

廿年事云破月来相思结局外
一纸书楼空燕去遗恨落人间

话说蓉湄开车载着影梅回到家里，进门问过仆人，知道渭渔正在二楼起居室中，和郭寿岩说话，蓉湄明白，寿岩定是因自己和秀珊前去拜谢，醒后闻报，才跟着过来的。哪知在这一转瞬之间，事情已是大变！

蓉湄扶着影梅一同上楼，此时他眼都直了，不暇思考别的事情，只抱着誓死要与影梅结合的决心。到了起居室门口，他毫不踌躇地便推门直入。

渭渔和寿岩正同坐在一只长沙发里，每人手里都夹着一支雪茄，欣欣然在谈论小儿女们的婚事，忽见蓉湄闯了进来，寿岩方要向他调侃贺喜，还未及开口，却已瞧出蓉湄脸色惨淡，两目发直，一只手在身后还携着一位布衣淡装的贫家少女。他方自一怔，蓉湄已拉着影梅走到渭渔跟前，扑通跪下，影梅也随着屈膝在地。

渭渔大惊失色，说道："这……这……你……"

蓉湄低声叫道："爹爹，影梅没死，我已寻着她了，她在咱们大孚洋行做女工……她为等我，从家里跑出来，受尽了艰难。今天方才遇见……"渭渔听了，腾地一惊而起，却六神无主地复又坐回原处，张着口说不出话来，眼也直了，只向他俩瞠目而视。

192

蓉湄又道："爹爹，她为我真不容易，当初爹爹也许了我们的……"说着他又拉起影梅的手道，"爹，你瞧，她做女工穷到没饭吃，却还保存着这只戒指……您……您……昨天我是做了件错事。无论如何，您也得成全，让我和她……"说到这里，蓉湄忽听得渭渔厉声惊叫，那声音奇怪得就像小孩看见了什么鬼物似的，他立时惊得面如土色，目瞪口呆，直如就要发狂。他叫道："爹爹，您怎么啦……"

寿岩也觉得可怕，忙喊道："渭渔……"

影梅更是惊得直往后躲闪。

渭渔猛地连喘了几口气，一把抓住影梅，向她直望，随又拉起她的手来瞧着。蓉湄见父亲如此神情，满腹惊疑，只是怔怔地望着他，又随着他的眼光瞧到影梅手上，才看出自己在仓促中，把戒指给套错了指头，而她这只小指竟天然短了半截。

影梅被渭渔瞧得心里既疑且怕，但当她的目光接触时，突觉心里动将起来，不知怎地，鼻头一酸，眼中又涌出了热泪。

渭渔凝望了半晌，寿岩连声唤他，他竟似没听见。忽然，他浑身抖战地问道："你多大岁数？"

影梅听他突然发问，就沉着答道："我不知道。我从小儿就被妈妈买来学戏，她说我是十九岁，我也不知道对不对。"

渭渔跳将起来，搔头搓手地走到墙角，又转回来，问道："你……你的手上缺了半截小指，脚上小趾也缺了半截，是么？"

这话一出口，满室俱惊。寿岩的细缝儿眼瞪得有生以来从未有过的大，影梅也是目瞪口呆。怔了一会儿，她才望着渭渔点头道："是的。"

渭渔揪住寿岩，狂笑道："大哥，你是知道我的事的。这就是她，是她，一定是她。"说完，他便飞也似跑了出去。

蓉湄仍自跪着，他惊疑万状地向寿岩叫道："老伯，您知道我爹爹这是怎么回事？"

寿岩听到渭渔问起手指足趾，心中已有点儿明白，他只是摇着头顿足叹息道："冤孽，冤孽啊！真是岂有此理！但我不能说，等你父亲自己告诉你吧。"

影梅这时却只剩了害怕，她拉住蓉湄低声问道："怎的啦？怎的啦？要不我走吧。"

影梅话还未说完，就听房门砰的一响，渭渔踢开门直扑进来，手里拿着一张照片，递给蓉湄，说道："你看吧，你看吧，混蛋小子！认认她是谁？她是谁？！"

蓉湄接过照片一看，只见上面是个女子，容貌活脱脱就像影梅，她穿着一身旧式衣服，照片也还是若干年前的格式，一个茶几上摆座钟，花瓶等陈列在钟的两边，前面还放了两盆鲜花；这女子手扶茶几，侧身稍倚，正迎风展笑。他瞧着瞧着，不禁又回头去看影梅。影梅就在他的身边，也把照片看了个真切，还在诧异自己儿时照了这张像。

渭渔喘着气说道："你们都瞧明白了吧！我要痛快地说，蓉湄，你不是我的儿子；影梅，你乃是我的亲生女儿。你们俩可又是兄妹，今天算是意外遇上了。你们还要说什么……"说完，他便拉着影梅，大哭了一阵，才又说道，"我这么说，你们并不明白，可怜我已没法亲自把昔日的事告诉你们了。寿岩，寿岩，你是听我说过此事的，影梅就是我当初被媒婆霸了去的女儿。你把一切都告诉他们吧，一点儿也别隐瞒。你快说，快说呀！"

寿岩见事已至此，渭渔的隐私是非说出不可了，他一边在心里叹息造化弄人，竟播弄出如此奇巧的孽事，一边就把当时渭渔向他诉说的一切都讲了出来。待他讲到绮雯生了一女，此女手足小指俱缺一截，而与渭渔的一样时，渭渔便脱下袜子，露脚伸足，给他二人细看。

直到寿岩说完，影梅与蓉湄方听得明白，他们看看照片，再加上身上的天然证据，都相信寿岩所说是真。影梅这才知道，自己原是渭渔的女儿，而蓉湄也明白自己本姓李。两人对望一下，心知他们的爱情将被骨肉的关系隔断，而以前的白头之盟，自然也要取消，从此无再相亲相近的可能了，只觉异样的羞涩和惆怅，同时低下了头。

这时的渭渔，就像一头重伤的猛兽，歪倒在沙发上，掩面叫道："天哪！今天才是我的真正的报应啊！二十年前的罪恶，老天还不许隐瞒，必要将其揭露出来！我是完了。"

影梅立在渭渔身边，忽地叫了声"爹爹"，渭渔的目光从手指缝中射到她的脸上，哀声说道："孩子，你不必认我这丧失人格的父亲。我真惭愧……"

影梅握住他的手道："不，爹爹，我活到这么大，从懂事时起，就一直想着自己的亲爹娘，可是这么大的世界，我连自己的姓都不知道，又到哪里去找？本来早已把指望断了，可今天想不到上天可怜，还让我遇见爹爹，知道了本姓……"

渭渔抱着她叹道："孩子，你从小起就受折磨，不恨我么？"

影梅摇头道："您别这么说，我在这世界上就只您这一位亲人了。"

渭渔点点头，又对蓉湄说道："蓉儿，我骗了你这些年，本想等你成家立业以后，再把你的出身告诉你。可想不到今天我被逼到这步田地，不能不让你知道了。你怨恨我，或者原谅我，都随你便吧。"

蓉湄流泪说道："我今天知道了这回事后，方更明白了你抚育我的苦心，二十年来你为我把心都操碎了，我愿发誓，对你只有加倍的感激。"

渭渔忽然哈哈大笑道："你也不恨我？哈哈……她也不恨我！这倒有趣……上天奖励我这恶棍呢！哈哈……你们都待我好，可惜我不能……"说到这里，他忽然停住，又是狂笑不已。过了好一会儿，才停笑拭泪道："你们已知道你们是兄妹了，同母……不同父……喂，寿岩，你看应该怎么办？"

寿岩正凝望着天花板出神，闻言通身蠕动了一下，答道："同母不同父，照样是亲兄妹，亲骨肉……"

寿岩话未说完，影梅那里已悄悄脱下戒指，寂无一言地递到渭渔手里。渭渔接过去瞧了瞧，忽然目光一动，叫道："秀珊呢？"

蓉湄道："不知道。"

渭渔问道："她不是和你一道出去了么？"

蓉湄道："在大孚洋行，我遇见……"他本想要说影梅，却叫不出口来，只向影梅指了指道，"遇见她的时候，秀珊就不见了。想是回来了吧？"

渭渔跳起道："这怕……你快上楼，看看她回来了没有。"

蓉湄方应声慢慢向外走去，渭渔催促道："快！快！快上去！"蓉湄只得向楼上急跑。

来到秀珊房外，见门关着，用手一推便自开了，他忙叫："秀珊！"却没人答应，把三间房都寻遍了，仍是没有踪迹。蓉湄正在卧室里发怔，忽觉从窗口射进来的阳光，映到镜台之上，似乎异样刺目，他一看镜台，方见上面放着一只钻戒。原来阳光照在钻戒上，带着钻石的光芒映入镜中，又反射到对面墙上，而蓉湄正立在中间，自然觉得光线亮得特异。

他一瞧见钻戒，心中早已明白了一半，忙走过看时，果然是昨

196

夜给秀珊戴上的那枚戒指，底下还压着一张小纸，上面写着："叩谢父亲大恩，拜贺蓉湄哥大喜。秀珊去矣！"只这寥寥十几个字，蓉湄一看，立时惊得呆了，脚下发软，举步不得。

正在这时，渭渔从外面跑入，叫道："怎么样了？怎么样？秀珊她回来了没有？"

渭渔随着他的手向镜台上一看，立刻闭口无声，半晌才道："我听说她看见了你和影梅的情形，就怕有这一着。果然她就走了，事情若发生在前两天，她也不至于走。本来嘛，昨夜才跟你订婚，今天就遇见……她除了走还有什么路……"

此时蓉湄想起秀珊相救之恩，格林太太托付之义，着急地说道："爹爹，你瞧这怎么办哪？"

渭渔这时倒沉住了气，按铃将看门的仆人唤来，问秀珊几时出去的。仆人回答说，秀珊过九点多随蓉湄出去，过十点便独自回来了；不大工夫，又匆匆出去了。渭渔看看表，已是快十二点钟了，便把仆人挥出去，向蓉湄说道："秀珊没处可去，准是回保定了。"

蓉湄说："格林太太不在，她回去投奔谁？"

渭渔提醒他："你忘了？她在学校当教员呀。现在她一定是投奔那个学校去了。她从咱家出去，绝不会停留，一定乘十一点的车走了。你要赶快去追她，就乘两点的火车去，把这个都带了去。见到她之后就把这里的情形告诉她，请她务必快回来。"说完将方才影梅褪下的和秀珊留下的两只戒指，都交给了蓉湄。

蓉湄道："我去，我去。可是还有两个钟头才开车呢。"

渭渔道："我这时心绪不宁，你下楼到自己的房里歇着，到时候就走，寻着秀珊再一同回来见我。现在我想清静一会儿。"

蓉湄应声便往外走，渭渔又叫住道："你也不要进起居室，影梅不愿见你。"蓉湄只得唯唯而退，回到楼下。他这半天神经震动过度，头昏脑乱，一进房就睡倒在床上。

在床上他回想起刚才的经过，只觉心肠翻乱，简直寻不出一个准确字眼来形容他这时的情绪。虽然是悲喜、惭惶、忧思、怅惘，一切俱有，但又全然不是，只觉迷迷糊糊，好似做了一场大梦。他忽而流泪，忽而叹息，忽而掩住脸儿，忽而又立起绕屋疾走。好容易熬到将近两点，便换了一件衣服，带了些零钱。因为渭渔先有吩咐，他没敢上楼辞别，就自出门直奔车站，买了张头等车票匆匆上车，须臾车就开动了。

在这头等车厢中，座客稀少，甚为清静。蓉湄呆坐如痴，直到走过一半路程，他才想起询问车役，这趟车是否可以在长辛店赶上京汉路的车。车役问他到哪里，他回说到保定，车役便道："这趟车很巧，四点三十分到长辛店，你可以先打个尖儿，到五点半有京汉车开到，你就可以换坐到保定了。"蓉湄听完暗自盘算，这样一来，到保定可就已是晚上了，那么就只好拼着通宵不睡，也要寻着秀珊。他这么想着，又昏昏沉沉地闷坐。

车到长辛店，蓉湄便自下去，瞧着所坐的火车直奔北京而去，站台上的人也倏然鸟飞兽散，眼前变成一片荒凉的景况。这小站本来就清冷，只是车来时才热闹一会儿。

蓉湄立在站台上，望着西方衔山的落日，左近似乎还有村墟街道，感到万分凄凉。本可以寻一处客店打个尖，只是腹中毫不思食，也不觉倦乏，就徘徊着等候车来。

他走下站台，见路轨旁不远便有田地，种着庄稼，就慢慢踱了过去。到了田边，他望着高茎绿叶的谷子，站了一会儿，却又见距离数丈之外，就在谷茎的密行中，似隐隐有个人影。因为谷茎矮得只有半人高，在弥望平涛中便露出了黑色的头发，被风吹得飘飘拂拂。

蓉湄瞧着诧异，暗想那人若是个男子，怎会有这样长的头发？若是个女人，又怎么会坐到郊野里来？他想看个真切，就慢慢走了过去，还没走到切近，竟由参差不齐的谷茎之间，看见是个剪发女子，身穿黑白格子的衣服，坐在地上，因是背对着他，蓉湄看不清她的脸。但他心中一动，觉得那人的后影很像秀珊。

他不敢径直走过去看，便大宽转地绕着土坡，转到前面再瞧，立刻惊叫起来，原来此人竟是秀珊！此刻，她正低着头抱膝支颊地坐在地上，看样子好像是睡着了，身上却穿着她在保定初会时穿过的衣服，身边还放着个小皮包儿。

蓉湄呼叫着，直跑到她跟前。秀珊慢慢抬起头来，只见她虽然面色惨淡，却并无惊诧之意。蓉湄忙坐在她对面叫道："妹妹，你怎么还在这里，万幸咱们在这里遇见了，否则，若要错过了，我就会一直到保定……"他方要询问秀珊所以滞留在此的原因，忽又想起应该先说更要紧的话，忙又改口道："妹妹，你差点儿把爹爹和我急死，你怎么不声不响就走了？现在事情……"

秀珊不待他说完，便摇头道："是爹爹叫你来追我的么？你不要多说了，我是不能回去的，你……"

蓉湄更不答话，只从衣袋里掏出那两只戒指，抓住秀珊的手道："妹妹，你的心思，我很明白，可是现在事情变了，我们还是我们。"

秀珊见蓉湄手中一共有三只戒指，不由大愕道："怎么……莫非爹爹逼你舍弃了影梅么？这可太残忍了！我更不能……"

蓉湄道："不是，事情已发生了特殊的变化，影梅原来是我的胞妹。爹爹说出了二十年前旧事，局面竟完全变了。"接着他又把一切详细情形，都诉说了一遍，又道，"这件万分奇怪的事，竟被咱们遇上了，我真做了一场大梦似的。妹妹，你当然可以回去了。"

秀珊闻言怔了半晌，才道："居然有这样的事！可是我还是不能回去。"

蓉湄道："你还恼着我么？我知道，早晨在洋行里我见了影梅，就把你抛在一旁，很惹你伤心。"

秀珊摇头道："不是。我何必那样小性儿？不过……我回去算做什么呢？倘若没有昨夜这一层……"说着她指指蓉湄手上的钻石戒指，又道，"我今天根本就不必走。可既有了昨天这一层，我回去若仍做你的妹妹，爹爹一定不依；若再维持咱们的婚约，恐怕……你和影梅虽是同母兄妹，可还隔着姓呢，未必就不可以委曲成全，我又何必……"

蓉湄闻言猛然跳起身道："妹妹，你这不是侮辱我么？我能同胞妹再……再……我还是人么？"说完便气哼哼地走开了。

秀珊秋波一转，忙也立起，走过去抚着蓉湄的肩头道："你别生气，我说错了。"

蓉湄说道："你知道说错了，就应该相信我，随我回去。"

秀珊踌躇地道："我总怕见影梅的面。"

蓉湄怔了怔，握住秀珊的手道："妹妹，我不瞒你说，当日我曾和影梅有了那样关系，如今忽然变成兄妹，还要常在一处住，也觉得终究有些难为情。咱们这样吧，回去就求爹爹让咱们提早完婚，婚后还借着度蜜月的名儿，一同到外国留学。爹爹有影梅做伴，也不致寂寞。咱们过几年再回来，那时影梅必定也已结婚，这样大家就都可忘却前事了。"秀珊想了想，方才点头。

蓉湄又问她何以在这荒地里独坐，才知秀珊并未赶上先一趟车，竟是和蓉湄同车而来的，只因她买的三等车票，故而未相遇见。直到到了长辛店来换车，秀珊才瞧见蓉湄，知道他定是来追自己的，便躲出站外，想不到被蓉湄无意中寻着。

当下二人自然不会再去保定了，就到站上询问开回天津的车，知道要到夜间十点时才有。二人无法，只可进街里，寻了家店暂时歇息，一起用了乡村风味的晚餐。

二人此时都晓得姻缘已定，满腹欢欣。蓉湄还恐秀珊疑他尚未忘情于影梅，竭力向她示爱，真是有说不尽的缠绵情致，接着又跟秀珊议定过婚后蜜月的计划。秀珊见蓉湄确实已断了对影梅的旧情，也很高兴，就提议由蓉湄去请求渭渔，让影梅与维刚结成夫妇，蓉湄大喜，表示赞成。

二人只知这样地说说笑笑，竟忘了把动身时刻告知店家；店家则以为他们要在此休息一晚，也未惊动他们。等到他们想起来问时，开往天津的火车早已过了站了，二人只得住下。

这一夜二人如何度过，是否利用机会成就了好事，却是不得而知。只知道他们二人都好似担心再误了行程，一夜未曾酣睡，以致清晨都黑着眼圈儿，草草地洗漱完毕，算还店账，便乘六点钟的早车回了天津。

火车一到站，他们就下车直奔家中。进门后，蓉湄拉着秀珊直往楼上跑，还以为渭渔这时定在起居室中，哪知室里竟空无一人。二人又跑进渭渔卧室，也是没有。蓉湄又料想影梅必是睡在秀珊房里，等跑过去看时，竟连她的影儿也不见。蓉湄愕然道："他们都到哪里去了？"

秀珊道："出门了吧？"说着便按铃唤仆人来问。

仆人在蓉湄进门时，并未瞧见。这时听了铃声上楼一看，才知蓉湄回来了。还没等他问，就说道："少爷小姐回来啦。老爷从昨天晚上就带着那位新来的小姐出门了，临走时说是去看戏，还吩咐下在卧室保险柜里留下了东西，要您回来时自己开柜去看。"

蓉湄听了吃惊道："那么……从昨夜出去，到现在还没回来么？"

仆人道："是的，我们等了一夜的门。"

蓉湄道："汽车也没回来么？"

仆人道："没坐汽车，是雇洋车走的。"

蓉湄听了，忙拉起秀珊就奔渭渔卧室，只见室中仍和平时一样，并无异状。蓉湄看了看那保险柜道："这柜怎么开法？爹爹从未告诉过我，我又没钥匙……"

秀珊道："爹爹前两天曾和我说过，这不用钥匙。"说着就把柜面浮镶的白铜字码转动几个，门儿立刻开了，里面却还有一层门，插着钥匙。秀珊将钥匙转了三转，随即抽出，第二层门也自行开了。

蓉湄见上方的夹空里摆着两封信，连忙拿起来看。一封信的封面上写着"付蓉儿珊媳同视"，另一封是要"丞代呈郭寿岩兄"。蓉湄就把第一封拆开，取出信纸，和秀珊同看。只见上面写着：

蓉珊同览：

时至今日，拂仍自居为父，殊觉颜赧，然恐伤汝等之心，故仍旧称，亦仅此一次矣！昨日寿岩所述，汝等当已明白，识之识之！汝父为李旭初，母为常绮雯。

今先追远，当别有在；余则二十年来一罪人也。今日罪已披露，实无颜居此忝为老太爷。影梅为余亲女，受彼苍播弄，致有先前一桩公案；丛菁蒙羞，势难与汝等同居，故偕吾而去。天涯海角，随意所之，此生不复返矣。

余二十年兢兢业业，幸已为蓉儿立业成家，亦不过补旧过于万一，汝等万勿念我。唯愿汝等早日易姓归宗，延李氏之祀，将我忘于九霄云外，我在远方便觉心安。汝等更莫张皇寻觅，天南地北，寻亦徒然，徒彰我罪而已。

秀珊为人余详知之，汝等相爱相助，必能光大李氏门楣。死者有知，亦当含笑地下。余一生千辜万罪，唯为蓉儿得此贤妻，差堪自慰也。

余之家产皆由寿岩代理，已留函切托。彼必能部署妥当。寿岩乃今之古人，汝等当视之如父，遇事恭谨从命，必能受益。杨维刚少年老成，蓉儿可终身引为臂助，万勿参商。

余不多嘱。

父渔留字

蓉湄读罢，大哭起来。秀珊也是泪如泉涌，半晌她才劝住蓉湄道："你尽哭无益，还不快想法子追回来！"

蓉湄顿足道："他们是昨夜走的，又不知去向，哪里去追呀？咳，父亲也太小心眼儿了。"

秀珊叹道："大约他也是为了影梅吧，因为……"

蓉湄拦住道："别说了！这都是冤孽……"说着他忽听门外有仆人叫道："少爷在房里么？"

蓉湄问道："什么事？"

仆人道："郭大爷和杨先生来了，在楼下客厅里。"

蓉湄道："他来得正巧，我还要去寻他呢。"说完便拿了两封信，和秀珊一同下楼。

他们进了客厅，只见寿岩正自笑嘻嘻地坐着，维刚则坐在屋隅，低头看报。蓉湄一见，便知他二人还不知道父亲和影梅走了一事，方要跑去报告，寿岩已瞥见他俩，但因正笑得眼睛没了缝儿，所以没瞧出他们脸上的神情，竟哈哈大笑道："秀珊回来了，哈哈，给你们贺喜了！你们可不要光自己喜，我还带来了另一件喜事呢！"

蓉湄秀珊二人一听这话，全都一怔，还以为他说的喜事是关于

203

父亲的消息的，就静静地听着。

寿岩却不瞧他俩，只是望维刚，说道："今天我才知道，维刚曾单方面恋着影梅，只因影梅不明白自己的身世，固守着旧约，所以对维刚很冷淡。昨天蓉湄遇见影梅，维刚还痛苦了一天呢。今天早晨他到我家去，知道影梅是蓉湄胞妹，事情已发生了变化，他才跟我把心思都说了。我一想，这可是件极好的事，所以拉他来当面保这门亲。渭渔最爱维刚，一定愿意的。维刚还忸怩不肯来，我说，这怕什么，见了渭渔，你就拜丈人，准没错儿。哈哈，那老东西呢？"说着便挥手蓉湄去唤渭渔。

因为他已语罢笑止，眼已睁开，才瞧见蓉湄秀珊面有泪痕，方愕然欲问，蓉湄已凄然说道："您来晚了，爹爹……"随即把两封信递了过去。

寿岩大惊道："什么事？"

蓉湄道："你瞧信吧。"

寿岩先将已拆开的一封看起来，没到一半，就顿足狂叫，又见给自己的信中，也是话别之语，并且殷殷只将蓉湄夫妇相托。待到瞧完，他已是老泪纵横，挣扎立起，双手摸着秃头，在房中乱蹀。忽然他竟哈哈大笑道："对对，走得对！他为自己，为影梅，都该走。若再拖泥带水地住下去，倒没了意味，并且……并且……将来……将来……"说着他又举手高叫道，"渭渔，我正愁你以后会处境艰难，想不到你真聪明，倒这样干脆地解脱了！老弟，祝你们父女在外面幸福……"

这时维刚已把寿岩丢下的信看了，立刻呆若木鸡，抱头不语。

蓉湄秀珊二人正万分难过，却不料寿岩说出这种话来，都很诧异地含泪望着他。寿岩又走到他们面前道："你们不必伤心，他们应该走的，试想他们若还住在这里，精神上该忍受多大的痛苦？这一

204

走倒是海阔天空了。”

蓉湄哭道：“老伯，你怎么说这样的话？爹爹他那样大的年纪，还要到外面漂泊……再说抛下我们……”

寿岩道：“孩子，你们怕什么？已成就一对好夫妇，又拥着偌大财产，快乐的日子都在后头呢。只可怜……”说着他回手一拍维刚肩头道，“他是一切失望。昨天已够难过的了，最可怜是今天这一场空欢喜。”

维刚忽地立起，双手掩住脸儿，直跑出去，任凭呼唤，并不回头。秀珊也跟着直追了出去。寿岩叹了一声，与蓉湄相望无语。

须臾，秀珊回来了，她扬着手道：“维刚真可怜。我已经替影梅送给他一件纪念品了。”

蓉湄悄然问道：“是什么？”秀珊伸手在他面前一张，蓉湄见她手上只剩下一个和自己订婚的戒指，另外一个影梅戴过的较大的戒指，已不见了。